그저

하루
치의

낙담

그저

하루
치의

낙담

박선영

반비

차례

프롤로그

— 도망치기, 숨기,
낙담하기

나는 늘 은둔과 도피의 서사에 매혹됐다. 지금은 줄거리도 잘 기억나지 않는 가브리엘 살바토레 감독의 영화 「지중해」(1991)의 마지막 장면이 "도피하고 있는 모든 이에게 바침"이라는 문구로 끝날 때, 도피를 용인해주는 그 한 줄에 어린 심장이 얼마나 쿵쾅거렸던지. 도피가 왜 나쁘단 말인가. 감당할 수 없으면 도망쳐! 상처받지 않으려면 숨어! "이런 시대에 살아남아 꿈을 꿀 수 있는 길은 도피뿐이다." 다시 찾아본 영화의 시작을 알리는 문구다. 옳거니!

항상 도피하는 사람은 도피를 꿈꾸지 않는다. 그냥 도피한다. 도망치고 싶지만 울면서 맞서는 사람들이 늘 도피를 열망한다. 그렇게 도망치고 싶었으면서도 나는 차마 그것을 결행하지 못했다. 머물기의 괴로움. 이것이 내 삶의 핵심 주제였다. 발목을 붙잡는 것은 그때그때 달랐다. 물러서면 안 된다는 세상의 규칙, 그것을 납득하는 나의 오성. 넘쳐야 마땅한 책임감. 도피 이후의 대책 없음. 남겨지는 사람들의 슬픔 같은 것들. 그래서 늘 우물쭈물 맞섰고, 자주 패배했다. 작은 승리의 경험이 때때로 있었지만, 그것들이 나의 도피욕을 잠재워주지는 못했다. 나는 자주 도망가고 싶었고, 숨고 싶었다. 기자라는 일에서 도망치고 싶었고, 관계로부터 도망치고 싶었으며, 때로는 양육으로부터도 도망치고 싶었다. 근원적으로는 인간세계에서 도망치고 싶었다. 그 많고 좋은 백석의 시구 중 하필이면 "산골로 가는 것은 세상한테 지는 것이 아니다 / 세상 같은 건 더러워

버리는 것이다" 같은 것만 저절로 외워졌다.

서른한 살 봄이었다. 오래 사귄 애인에게 배신당하고, 그가 새 애인과 알콩달콩 우리의 추억의 장소로 데이트 다니던 모습을 싸이월드로 훔쳐보던 시절. 그를 죽이거나 나를 죽이거나 둘 중 하나는 해야겠는데, 아무것도 할 수가 없었다. 아무래도 인간에 대한 혐오의 염을 떨치지 못하겠어서 어느 수녀원으로 전화를 걸었다. 수녀가 되고 싶다고, 어떻게 하면 되는지 절차를 안내받고 싶다고 말했다. 한참을 설명해주던 수녀님이 물었다. "그런데 나이가 어떻게 되시죠?" "서른하나"라고 말하니 수녀님이 답했다. "아, 이런. 어쩌죠? 저희 수녀원 입회는 30세 이하만 가능합니다." 어색한 말투로 "아, 그렇군요, 아쉽네요." 같은 말들을 더듬거리다 전화를 끊은 후 나는 손에 잡히는 물건 하나를 집어던졌다. "수녀원마저 이래. 나한테 왜 이래! 세상이 다 왜 이래!" 나중에 찬찬히 알아보니 나는 세례도 받지 않은 개신교도 출신이라 '가톨릭 세례 후 3년 이상'이라는 기본조건도 충족하지 못하는, 애초에 자격 미달인 처지였다. 결정적으로 무신론자였다. 그냥 기자를 계속하는 수밖에 없었다. 「신과 함께 가라」 같은 수도원에 관한 영화를 보면서 그레고리안 성가만 듣고 또 들었다.

학교를 졸업하고 쉴 새 없이 사회로 떠밀려 나온 후 나는 고독이라는 영토를 잃어버렸다. 출입처 기자실에 가면 백여 명의 기자들이 앉아 있다. 회사에 나가도 그쯤의 기자들이 앉아 있다. 그들의 10퍼센트 정도와는 매일 대화를 나누고, 20퍼센트와는 인사를 주고받으며, 50퍼센트쯤과는 눈빛을 교환한다. 태생적 에너지 빈곤층인 나로서는 이것만으로 이미 가용 에너지의 절반쯤은 써버린 셈이다. 눈이 마주쳤을 때 인사를 할 것인가 말 것인가, 무슨 말로 대화를 이어갈 것인가, 아까 봤는데 또다시 인사를 해야 하는가, 쌩 지나치고 나선 역시 인사할 걸 그랬나 같은 생각들을 하느라 나는 분주했다. 모르는 사람들이 제보와 홍보를 위해 쉴 새 없이 찾아오고, 모르는 사람들에게 끊임없이 전화를 걸었다. 급하게 섭외를 하거나 팩트를 확인하기 위해 수십 통씩 전화를 돌리던 날들. 뜨끈뜨끈해진 수화기를 귀와 어깨 사이에 끼우고 자동응답기처럼 "안녕하세요, 저는 한국일보 박선영 기자라고 하는데요."를 쏟아내던 날들엔 내 입속 가득한 단내로 토할 것만 같았다. 어떤 날은 뒤통수로 스치는 누군지 모를 이의 눈빛마저 싫었고, 어떤 날은 시선과 시선이 부딪히고 기운과 기운이 충돌하는 거대한 공간 속에 우두커니 놓여 있는 나란 존재가 싫었다. 그런 상태로 세상을 향해 무언가를 외쳤다. 매일 외쳤고, 뭐라도 외쳤다. 어제 외쳤던 걸 오늘 또 외쳤고, 아무 의미도 없는 걸 나만 아는 거랍시고 크게 외쳤다. 그래서 나는 세상에 어떤 기여를 했나? 못 했지. 그렇게 많은 말을 하고도, 그렇게 많은 사람들 속에서 고독을 잃고도 뭐 하나 이룬 게 없다. 기자로서 나는 업적이 없다. 꼭 그런 건 아니라는 이런저런 위로의 말들은 고맙지만, 없는 건 없는 거다. 나는 그저 문장을 좀 쓸 줄 아는, 일 처리가 깔끔한 언론 종사자였을 뿐이다.

　수많은 사람과 수많은 말 속에서 당장 짐을 싸 도망쳐버리고 싶은 그 많은 날들을 나는 어떻게든 견뎠다. 심지어 인간들을 견디는 그 힘든 일을 기가 막히게 잘해냈다. 나는 나를 세뇌했다. 저 정도면 좋은 사람이라며, 모른 척 안 본 척, 잘 지냈다. 유머와 친화력은 내 무수한 성격적 결함들을 커버하며 조직형 인간의 장점으로 두루 각광받았다. '사내정치의 달인'이라는 비아냥이 들려왔을 때, 내가 울었던가 웃었던가. 쟤는 출세하려고 저런다, 누구하고나 잘 지내는 거 봐라, 저게 다 권력 획득을 위한 관리다 등등. 차라리 그런 사짜의 권력의지가 내게 있다면 좋았을 것을. 그럼 분열 없이 행복했을 것인데. 못하기 싫었을 뿐인데 쓸데없이 너무 잘해버려서, 은밀히 이런 고충을 토로하면 모두가 놀라며 믿어주지 않았던 것. 피부에 들러붙은 피복처럼 몸에 익어버린 처세. 내면과 외면의 격차. 그게 내 고통의 원천이고, 이러지도 저러지도 못할 나이에 커리어의 한복판에 주저앉아버린 원인일 것이다.

　좋은 순간들이 없지 않았다. 세상을 더 좋은 곳으로 만드는 데 기여할 수 있을 거라고, 서로가 낙관의 힘을 쥐어짜며 뭉클해하던 순간들도 분명 있었다. 그렇게 우리들이 기울여온 술잔들. 동지애로 버텨온 절박의 순간들. 내가 떠나면 당신이 슬프니까 조금 더 머물겠다며, 서로가 서로를 위해 이별을 유예했었지. 근본적으로 이 바닥에는 사양산업에 종사하는 사람들 특유의 슬픔이 있다. 그렇게 시끄러우면서도, 그래서 흥겨움이 없다. 오해는 없길 바란다. 나는 원래 저물어가는 것에만 끌린다. 나는 일몰의 인간이지, 일출의 인간이 아니다. 그렇지만 몰락을 하더라도 아름답게 몰락하고 싶었다. 조금은 장엄하게 스러지고 싶었다. 한 일이라곤 이것뿐인데, 남는 것이 무의미뿐이라면, 그건 너무 슬픈 일이었다.

　　나는 지금 너무 함부로 말하고 있다. 희망을 놓지 않고 분투하는 저 많은 훌륭한 기자들을 모욕하고 상처 입히고 있다. 하지만 나는 염세의 인간. 구제불능의 낙담가. 너무 중요한 일이니까 잘하고 싶고, 잘하고 싶은데 도무지 잘할 수가 없는 여건이다. 그럼에도 잘하고 싶다면 자기 자신을 바수어넣는 수밖에 없는데, 그렇게 세월을 보내다 보면 결국은 자기 자신을 상실하고 만다. 뭔가를 해볼 수 있는 권한 같은 건 그런 자들에게 주어지지 않는다. 이렇게 해도 저렇게 해도 세상은 좋아지지 않는다는 낙담. 어디에서든 희망의 단초를 발굴하려던 오랜 노력의 실패. 변방의 소수언어인 한국어 시장, 그중에서도 가장 협소하고 영세한 시장인 언론업계에서 나는 이제 도망치고 싶었다. 아등바등의 세계, 옥신각신의 이 세계에서 저 멀리 고요한 곳으로 도망가고 싶었다. 희망이 어떠니, 정의가 어떠니 떠들었으나, 결국 도망치고 마는 것이다.

7년이 흘렀다.(시간이 너무 빨리 간다고 느껴진다면 플랭크를 해본 적이 없다는 뜻이라는데, 7년이라는 숫자를 말하고 또 소스라치게 놀라는 걸 보니 내일은 꼭 플랭크를 해야만 하겠다.) 부끄러우니까, 지긋지긋하니까, 그냥 가만히 집에만 있었다. 폴란드 망명정부의 지폐처럼 흩날리는 길고도 지루한 이력서는 어디 낼 곳도 없고, 내 장래를 걱정해주던 사람들은 이내 사라지고 이제 나 혼자만 내 앞날을 걱정하고 있다.(엄마는 말했다. "넌 이제 글렀어." 언제는 내가 평생의 자랑거리라더니.) 그래서 후회하느냐 하면 그것은 결코 아니어서, 시간을 되돌려 다시 그날의 편집국으로 돌아간다 해도 내 선택은 변함이 없다. 나는 다시 이 혼돈과 방황의 시간 속으로 입장할 것이다. 이것은 불가피한 여정이었다. 크고 중요한 일들만 추구하며 살아온 약아빠진 내 인생에 반드시 필요한 시간이었다. 유리병에 커다란 돌멩이를 집어넣는다. 하나 더 넣는다. 또 하나 넣는다. 하지만 병을 가득 채우지는 못한다. 틈새의 빈 공간들은 오로지 작은 모래들로만 채울 수 있다. 내 인생엔 그 모래들이 없었다. 커다란 돌멩이들만이 덜그덕거리고 있었다. 물론 모래만으로는 그 병을 다 채우기 어려울 것이다. 하지만 돌멩이만으로도 병은 채워지지 않는다.

평생 가졌던 하나뿐인 직업을 집어던지고, 남들은 학위를 따도 두 개는 땄을 긴 시간 동안 나는 정말이지 사소하고 한심한 일들만 했다. 기타를 배우고, 별자리를 공부하며, 칸트 철학 강의를 들으러 다녔다. 꽃꽂이를 배우고, 중세 수도원에 관한 책들을 한동안 들이팠다. 아무 책이나 막 읽는 즐거움을 처음으로 누려봤다. 어느 날은 테드 휴스와 바람이 나 실비아 플라스를 자살로 몰아간 아시아 베빌의 평전 『부조리의 연인*A Lover of Unreason*』을 읽고, 다음 날은 우주인 버즈 올드린이 쓴 자기계발서 『꿈에는 한계가 없다*No Dream Is Too High*』를 읽었다. 마루야마 겐지의 『인생 따위 엿이나 먹어라』를 읽으며 '회사는 노예들이나 다니는 것', '상사란 자신의 출세를 위해 부하 직원들을 착취하는 멍청이들' 같은 내용에 낄낄거리다가, 『매디슨 카운티의 다리』를 영문으로 다시 읽으며 훌쩍거렸다. 코페르니쿠스와 베토벤의 평전을 읽었고, 움베르토 에코 편집의 『중세』를 뒤적거리며 별로라고 툴툴거리다가, 크리스토프 브룩의 『수도원의 탄생』을 읽고 다시 한번 종교 귀의를 진지하게 고민했다. 무직자가 아니었다면 평생 손도 댈 일이 없는 책들을 열심히도, 재미지게도 읽었다. 기사를 쓰지 않아도 되는 독서의 즐거움! 쓸데없는 것을 알게 되는 쾌락! 여러분, 중세 유럽에 공부 안 하는 왕자들을 대신해 매를 맞아주는 소년들이 있었다는 사실을 알고 계신가요? 함께 공부를 배우다 왕자가 게으름을 피우거나 숙제를 안 하면 죄 없는 평민 소년을 채찍으로 혹독하게 휘갈기고, 그걸 보고 양심의 가책을 느낀 왕자가 공부에 매진케 하려는 교수법이었답니다.

한심하게 빈둥거렸던 그 긴 시간이 즐거웠다고만 할 수는 없다. 늘 낙담해 있었기 때문이다. 나 자신에 대해, 나를 둘러싼 사람들과 내게 벌어지는 일들에 대해, 나의 미래와 내가 살아가는 세상에 대해, 나는 자주 낙담했다. 혼자서 학교 다닐 수 있으면 자식은 다 키운 거라던 내 계산은 완전히 빗나간 오답이어서, 두 사춘기 자녀의 양육이라는 눈덩이처럼 불어난 과업은 다른 어떤 일에도 집중할 수 없도록 나를 압도했다. 달콤했던 고독이 자각할 새도 없이 위태로운 고립으로 나를 몰아넣은 일도 흔했다. 세상에는 여전히 울 일이 많았고, 나는 이렇게 긴 시간 동안 아무것도 해내지 못한 자신에 대해 낙담하고 또 낙담했다.

하지만 예전만큼 괴롭지는 않았다. 내가 한 것이 실망도, 절망도, 비관도, 포기도, 체념도 아닌 낙담이었기 때문이다. '낙담: 바라던 일이 뜻대로 되지 않아 마음이 몹시 상함.' 떨어질 落에 쓸개 膽을 쓴다. 쓸개가 떨어지는 기분. 사막의 낙타가 흘리는 눈물인지 땀인지 모를 어떤 뜨듯하고 축축한 액상의 정서가 이 단어에는 배어 있다. [낙땀]. 비슷한 뜻을 지닌 그 모든 단어들 중에서 낙담이야말로 가장 사랑스럽고 대견한 단어다. 시무룩한 얼굴과 축 처진 어깨, 저무는 석양처럼 한쪽으로 기울어진 고개를 한 채, 떨어진 쓸개를 주워담으며 하는 말. 에이, 다시 한번 해보자. 쓸개를 떨어뜨린 채 계속 살아갈 수 있는 사람은 없으니까. 이 단어에서 풍기는 한시성은 마음껏 낙담하도록 거대한 자유를 준다. 작은 일을 도모하며 작게 실패한 사람이 금세 딛고 일어나 다시 이뤄낼 그 작은 무언가를, 낙담이라는 단어를 들으며 상상한다. 손에 든 지갑을 실수로 잠시 땅에 떨어뜨린 것처럼 용기와 줏대가 잠시 소강하는 것뿐. 다시 집어올리면 그만이다. 때로는 후두둑 눈물이 떨어질 때도 있지만, 손등으로 재빨리 훔치며 슬쩍 웃어본다. 괜찮아. 아무것도 아니야. 정말 아무것도 아니야. 나는 절망하지도 않았고, 비관하지도 않았고, 체념하지도 않았다. 그저 하루치의 낙담을 하고, 다음 날이면 다시 하루치의 작은 기대를 품으며 사소하고 한심한 일들을 계속한다.

　내가 하는 이 작고 한심한 일들이 언젠가는 쓰일 데가 있을 거라고 믿는다. 뭐, 꼭 쓸모가 없어도 괜찮다. 내 유리병의 돌멩이들이 덜그덕거리지 않도록, 거친 돌들의 격돌에 유리병이 깨지지 않도록 그 작고 고운 모래들이 완충해줄 테니까. 지난 7년간 나는 제법 많이 울었다. 모래에 눈물이 섞였으니 그것은 더욱 탄탄하다. 지금 내게 필요한 건 크고 텅 빈 것이 아니라 작고 꽉 찬 것들이다. 더 이상 나는 덜그덕거리지 않는다. 나는 내파內破하지 않았다.

1부

기자라서
좋았고,

기자라서
슬펐다

찰리 스키너 국장을
기리며

기자 일을 그만두고 나서 가장 처음 열심히 한 일이 뭐였냐면, 아이러니하게도 기자들이 주인공으로 나오는 영화와 드라마 들을 집중적으로 본 것이다. 별꼴이었다. 정작 기자로 일할 때는 너무 바빠 볼 엄두도 못 냈던, 봐봤자 배부른 '미국' 기자들 얘기겠지, 하며 시니컬하게 제쳐뒀던 작품들을 성지순례하듯 하나씩 하나씩 해치웠다. 다시 기자를 할 생각은 손톱만큼도 없었다. 비유하자면, 대입을 포기한 후 군 입대를 앞두고서 마지막 수능시험의 오답노트를 작성하는 N수생 같았다. 이상한 일이었다.

퇴사 이튿날 초등생이던 아이 둘을 등교시키고, 《워싱턴포스트》 사주였던 캐서린 그레이엄을 중심으로 '펜타곤 페이퍼' 사건을 다룬 「더 포스트」를 혼자 조조로 보러 갔다. 열 명 남짓한 텅 빈 아침의 극장에서 입을 틀어막고 혼자서 꺼이꺼이 얼마나 오열을 했던지. 양순한 상류층 유한마담이 느닷없이 언론사를 상속받고, 자신의 모든 것을 내걸어야 하는 결단의 순간에 맞닥뜨린다. 역대 정부들이 베트남전의 전황을 속여왔다는 세기의 특종을 내보내고 국가반역죄로 구속될 것이냐, 친구와 지인 들이 수두룩한 닉슨 행정부의 언론탄압을 모른 체하며 지금껏 살아온 것처럼 앞으로도 살아갈 것이냐. 파티 중이던 메릴 스트립이 결단을 독촉받다가 전화기에 대고 "렛츠, 렛츠 두 잇!"이라고 말을 더듬을 때, 죽도록 두렵고 떨리는 마음으로 옳은 일을 하기로 결정했을 때, 나는 신음을 삼키며 울기 시작했다. 그저 옳은 일이기 때문에 결행하는 숭고의 순간이 퍼드득퍼드득 불꽃처럼 타오르고 있었기 때문이다. 세속의 부르주아가 숭고의 영토로 한 발을 떼던 순간. 우리에겐 없었던 숭고의 순간.

실은 다 아는 얘기들이었다. 캐서린 그레이엄 이야기야 마르고 닳도록 기자들이 써먹은 얘기 아닌가. 그런데 이제 와서 왜 그렇게 사무쳤을까. 퇴사_후_감상_증후군에 갱년기 진입 전 호르몬 교란인가. 퉁퉁 부은 눈으로 돌아오는 길에 곰곰이 생각해보니, 좋은 언론을 만드는 건 결국 좋은 언론사주고 내가 되고 싶은 건 기자가 아니라 언론사주였다는 황당한 결론이 나왔다. "내가 책임질 테니, 윤전기 돌리세요." 그렇게 말하고 감옥 가는 것이 내 깊은 잠재의식 속 판타지였던 것이다. 이거 어쩌나, 상속받을 언론사가 없는데.

며칠 후엔 《보스턴글로브》가 가톨릭교회의 아동 성추행 사건을 파헤치는 탐사보도 과정을 담은 「스포트라이트」를 가족이 모두 잠든 후 거실에서 보다가 날밤을 새웠다. 자신들이 뭉갠 사건으로 인해 얼마나 많은 아동 피해자가 양산됐는지 자책하는 기자들을 보면서, 어떤 직업은 책임을 다하지 못하는 것이 죄악이 된다는 걸 새삼 절감했다. 수많은 피해자들을 만나고 또 만나고 또 만나 설득하는 그 오랜 취재 과정을 영화는 고스란히 다 보여준다. 하루에 서너 건씩도 기사를 써대던 내 초라한 기자 시절이 어쩔 수 없이 떠올랐다. 눈은 높은데 현실은 남루하고, 의미 있는 일을 하고 싶은데 지면은 광활하다. 우선 지면부터 막자. 기사는 언제부터인가 쓰는 것이 아니라 막는 것이 되었다. 막아야 하는 기사에서 의미를 찾기란 몹시 어렵다. 거기서 노동소외가 발생한다.

영화 「스포트라이트」는 마지막 장면에서 백발 성성한 탐사보도팀 노기자가 따르릉 울리는 전화를 받으며 끝난다. 팀 이름인 "스포트라이트"를 외치며 또다시 새로운 제보를 받는 장면에서 화면이 검게 변하며 엔딩곡이 나오는데, 오소소 돋은 소름이 가라앉지를 않았다. 제보란 이전 기사들로 구축한 신뢰의 대가다. 독자들은 저 기사를 쓴 기자라면 믿을 만하다는 판단하에 제보거리를 들고 온다. 그것은 필시 아름다운 연쇄의 순환고리다. 물먹은 기자들이 흔히 내뱉는 질시의 어리석은 한탄구가 있다. "그거 제보 받아서 쓴 거야!" 바보들. 제보가 왜 그리로 갔을까. 물론 그 매체가 힘이 있어서 그렇기도 하다. 어려서는 그게 서러웠다. 하지만 언론이 다 같이 사양산업의 가파른 비탈길에서 힘을 잃어간 덕분에, 이제 제보는 한 기자의 신뢰도와 더욱 긴밀히 연결되어 있다. 저 기자라면 믿을 만하다, 는 모르는 독자의 신뢰는 그 어떤 화려한 수상이력보다도 자랑스러운 것이라고 나는 생각한다. 그러나 나는 이제 그런 고리의 연결에서 탈락되었지. 늙어서 저렇게 팀 이름을 밝히며 제보전화를 받는 노기자는 될 수 없겠구나 생각하니, 어쩐지 슬프고 비장해져서 결국 와인병을 따고 말았다.

그 유명한 미국 HBO 드라마 시리즈 「뉴스룸」이 그다음 이었다. 이제서야 내가 이걸 보다니. "나는 신문방송학과 나오면 다들 저러고 사는 줄 알았지."라는 한국 독자의 리뷰가 슬픈 폭소를 자아내는 이 시리즈는 기자란 무엇인가의 정의부터 기자가 해야 할 일과 하지 말아야 할 일이 무엇인지, 정파성이란 무엇이며 객관성이란 무엇인지까지, 기자들이 배우고 가르쳐야 할 거의 모든 것을 담고 있었다. 나는 놀랐다. 이렇게 사실적이면서도 극적일 수가. 애런 소킨이라는 작가에 대해 경탄을 금할 수 없었다.

수많은 매력적인 인물들이 등장해 저마다의 고민과 역경을 헤쳐나가지만, 나는 조연인 찰리 스키너 국장에게 첫 시즌 첫 회에서 이미 반해버렸다. 누구에게도 싫은 소리를 하지 않는 걸로 인기를 끄는 자사 메인뉴스의 앵커를 누구에게라도 싫은 소리를 할 수 있는 진짜 저널리스트로 변화시키기 위해 찰리 스키너 국장이 마련한 장치들이 시리즈 전체의 틀을 이룬다. 유머가 넘치고, 때로는 허당이며, 성격은 종종 지랄맞지만, 찰리 스키너 국장은 위대한 언론인이다. 나는, 오로지 그를 기리기 위해 이 글을 쓴다. 저도 당신과 함께 일해보고 싶어요. 당신 같은 상사 밑에서 일할 수만 있다면 이 지긋지긋한 기자짓 다시 할 수 있을 것 같아요. 시리즈를 보는 내내 그렇게 속으로 울부짖었다. 보타이를 맨 그가 버럭버럭 소리를 지를 때마다, 모종의 쾌감을 느꼈다. 나는 마조히스트였다. 그에게 욕을 먹고 싶었다. 나는 그에게 깨지고 또 깨지는 자가 생성 판타지 속에서 찰리 스키너 국장을 흠모하고 있었다.

"야, 그건 드라마잖아. 정신 차려!" 주위 많은 사람들이 내게 꿀밤을 날렸지만, 그런 드라마적 판타지에 대한 욕망을 품고 있지 않은 것이 한국 언론의 이 비참한 현실을 만들어낸 원인 중 하나가 아닐까 싶다. 언제부턴가 한국의 기자들은 걸 멋조차 부리지 않는다. 우리는 가오를 잃었다. 가오를 잃는다는 건 윤리의 최저선이 붕괴된다는 뜻이다. '진짜 기자가 가오가 있지, 어떻게 저런 짓을 하냐.'라는 힐난 자체가 사치스러워졌다. 그러니까 나는 단언할 수 있다. 장차 찰리 스키너 같은 국장이 되고 싶다고 부끄럼 없이 기자들이 말할 수 있는 날, 비로소 한국 언론에 희망이 있는 것이라고. 사람이란 결국 자기가 되고 싶은 존재가 되고 마는 것이니까.

다시는 이 바닥에 발을 들이지 않겠다고 굳게 결심한 뒤에야 이런 것들에 몰두했던 건, 아마도 내가 해왔던 일의 의미를 사후적으로나마 정리할 필요가 있다고 느껴서였던 것 같다. 유품정리인의 심정으로 내 가난한 유산들을 뒤적여보며 내가 삶의 유일한 직업으로 종사한 지난 17년의 시간을 뒤돌아봤다. 때로는 떠밀려온 시간이었고, 때로는 앞장선 시간이었다. 별로 내세울 업적은 없지만, 소소하게 세상에 기여한 바는 있는 것도 같다. 지병이었던 공명심을 버리고 묵묵히 팀의 일원으로 일하는 쾌락을 배운 건 내가 직업에서 도달한 성숙의 최고점이었다. 소심한 탓에 크게 부끄러운 짓은 하지 않을 수 있었다.

회한은 없다고 생각했다. 더 이상 이 바닥에서 잘해낼 자신이 없으니까. 나는 정말 이 말 많은 세계에 질려버렸으니까. 그런데 「뉴스룸」 시즌 2의 시그널이 나오는 인트로를 볼 때마다 가슴이 아팠다. 클로즈업된 어느 기자의 손이 형광펜으로 조간신문에 슥슥슥 줄을 치는 찰나의 장면. 피트니스 센터의 사이클 위에 앉아 그 장면을 돌리고 또 돌려 봤다. 남들은 무슨 기사를 썼나, 혹시 물먹은 건 없나(역시 있군!) 출근하자마자 조간신문들을 펼쳐놓고 빠르게 읽어내던 시간. 손가락으로 행갈이를 하면서 미간을 찌푸리던 시간들이 내게도 있었지. 세상의 급류에 몸을 담그고 바짝 긴장한 채 물살을 가르며 헤쳐나가던 그 시간. 이제는 내게 없을 그 시간.

"너는 지금 침몰하는 배에서 뛰어내리는 것뿐이야."

첫 시즌의 첫 화에서 대형 설화를 빚고 시청률 폭락의 환난에 맞닥뜨린 앵커 윌 매커보이가 자신을 떠나려는 프로듀서에게 퍼붓는 이 별다른 의미 없는 대사에 나는 불시의 가격을 당한 듯 가슴이 철렁했다. 침몰하는 배에서 도망치기. 커리어의 상당 부분을 만성적 경영난을 겪는 영세 중도 언론 종사자로 살면서 내내 붙들고 씨름한 주제가 이거였다. 이 배는 침몰하고 있다. 현명한 사람들은 하나둘 도망치는 중이다. 몇 년에 한 번꼴로 엑소더스도 일어난다. 동료들이 떼를 지어 떠난 휑한 편집국에서 어렸던 나는 얼마나 서럽고 외로웠던가. 월급을 훨씬 많이 주는 회사로, 더 힘이 세고 위세가 있는 곳으로, 아예 다른 직업의 세계로 사람들이 대거 떠나갔다. 나는 어쩌지? 막막한 기분으로, 때로는 열패감에 시달리며 주변을 두리번거린다. 그러나 가고 싶은 곳이 없다. 지금 여기가 최선이다. 나에게는 편이 없으므로 이곳이 최적의 서식지다. 침몰할 것 같지만, 떠날 수가 없다. 떠나본들 행복할 것 같지도 않다. 그렇다면 이곳에서 침몰하자. 우직하게 그냥 가라앉는 것도 해볼 만한 생의 경험이다.

영화 「타이타닉」의 바이올린 연주자들을 종종 떠올렸다. 침몰과 탈출의 아수라 속에서 연주자들은 체념의 슬픈 얼굴로 바이올린을 어깨 위에 올리고 「내 주를 가까이 하려 함은」을 연주하기 시작한다. 한 명이 그렇게 현을 울리기 시작하자 탈출하려던 다른 연주자가 발걸음을 돌려 합류한다. 그가 눈을 내리깔고 모종의 결심을 하는 찰나를 카메라는 놓치지 않는다. 두 명의 바이올린 주자가 선율을 이어나가자 등을 돌리고 있던 첼로 연주자도, 더블베이스 연주자도 돌아선다. 갑판에는 이미 물이 반 이상 차올랐고, 아비규환의 비명 속에서 네 사람은 슬픈 연주를 묵묵히 이어간다. 살기를 포기했다. 죽음의 마지막 순간까지 내 하던 일을 하겠다. 연주가 끝나고, 가장 처음 연주를 시작했던 바이올린 연주자가 다음과 같이 말할 때 극장 안에서 통곡하지 않았던 사람 누구인가.

"여러분. 오늘 밤 여러분과 함께 연주를 할 수 있어서 영광이었습니다."

저렇게 말하자. 나도 저렇게 말하며 내 커리어를 끝내자. 기자를 하는 동안에는 이곳에서 하겠다. 이 배에서 뛰어내린다면, 그때는 더 이상 기자를 하지 않는다. 내게는 진영이 없으므로 갈 곳도 없다. 시시비비를 매번 새롭게, 처음부터 다시 판단하는 것이 기자의 일이고, 그 일을 제대로 해내기에 여기만큼 합당한 곳도 없다. 안타깝게도 나는 그 인기 없다는, 뼛속부터 중도인 회색의 인간이었다. 답도 없는 사양산업에 들어온 것으로도 모자라 편도 없고 색깔도 없는 중도 언론사에 근무하면서, 나는 내내 파락호의 딸 같다는 기분에 사로잡혀 있었다. 허드렛일을 해야 하는 몰락 양반의 딸 같은 기분으로 배에 끝까지 남아 있기. 뭐, 신나는 인생이었다고는 할 수 없다. 쟁의가 있었고, 사주가 바뀌었으며, 자본이 들어왔다. 이제는 신나는 기자 인생이 펼쳐지려나. 그럴 리가. 결국은 탈출하고 말았다.

남들은 납득하지 못했다. 어디 갈 곳이 있는 것도 아니면서, 한창 커리어를 꽃피울 시기에 왜 떠나겠다는 것인지. 만류에 만류를 거듭하던 상사가 "너의 진로가 명확해질 때까지는 보내주지 않겠다, 더 좋은 곳으로 가게 되면 그때 놓아주겠다"고 했을 때, 나는 그의 호의와 애정을 충분히 알면서도 짜증이 났다. 웃으면서 말하려고 노력했지만, 자꾸 말이 빨라지고 있었다. "더 좋은 데 어디요? 산업부에 있다가 대기업 홍보실 가는 거요? 정치부 있다가 청와대 가는 거요? 빨아주는 기사 한창 써대다가 출입처에 자리 만들어서 옮기는 거요? 저는 선배들 그러는 거 볼 때마다 너무 부끄러웠는데요? 그런 짓 안 하고, 아무 갈 데도 없이 퇴사하는 거 저는 자랑스러운데요?" 나는 조금 무례했고, 무례했던 덕분에 설득이라는 이름의 무한 루프에서 마침내 빠져나올 수 있었다. 내겐 그것이 떠나는 자의 윤리였고, 정녕 이토록 오랫동안 백수로 지내는 것에 동료들이 놀란다는 소식을 들을 때면 통쾌하기 짝이 없다.(스스로는 자괴감에 허덕이고 있지만.)

"정말 오랫동안 제대로 된 저녁 뉴스를 TV에서 볼 수 있길 간절히 바랐지. 그런데 생각해보니 내가 보도국장이더라고. [……] 자네 그거 아나? 조금 전에, 그러니까 대략 10분쯤 전에, 우리는 뉴스를 아주 제대로 만들었어. 어떻게 그랬는지 아나? 우리가 그렇게 하기로 결정했거든."
—「뉴스룸」 시즌 1, 에피소드 1

《워싱턴포스트》가 캐서린 그레이엄의 것이었던 것처럼 언론사는 언론사주의 것이다. 슬프게도, 궁극적으로는 그러하다. 편집과 경영의 분리라는 공허한 이론은 저널리즘 교과서에서만 빛난다. 나는 그런 것은 이제 믿지 않는다. 편집된 상품을 가지고 나가서 경영을 해야 하는데, 돈만 대고 입도 뻥긋하지 말라고 하면 누가 언론사를 경영하겠는가 일면 납득도 한다. 사람들은 기자들을 비난한다. 저런 쓰레기 같은 기사를 쓰면서 공론장을 더럽힌다고. 맞다. 그런 기자들이 많다는 것, 누구보다도 잘 안다. 매일 뉴스 보는 게 업이었던지라 사무치도록 보았다. 그렇다면, 오로지 공동체의 공의와 이익을 위해 독자만을 바라보며 기사를 쓰는 기자는 저 많은 언론사에 한 명도 없는 것인가.

우리가 종종 마주치는 기사다운 기사들. 놀라운 기사들. 마음을 울리는 기사들. 시각을 바꿔주는 기사들. 세상을 바꾸는 데 작게나마 기여하겠다고 결심하게 만드는 기사들. 세상의 그늘과 구석에 조명을 비추고 언어 없는 이들의 말을 끊임없이 번역하는 기사들. 입을 틀어막히고 번쩍 들어올려진 채 어디론가 끌려나갈까봐 다수가 권력 앞에 몸을 사리고 말없이 침묵하고 있을 때, 이런 짓은 가당치 않다며 집어치우라고 일갈하는 칼럼과 사설 들. 이런 것들은 누가 쓰는가. 그것들은 어떤 과정을 거쳐 세상에 나오게 됐을까. 지면과 화면에 나오는 것 자체가 크든 작든 어떤 투쟁의 결과라는 것을 사람들이 알아주면 좋겠다. '언론'이라는 한 단어로 뭉뚱그려 그 전부를 쓰레기라고 비난할 때, 무너져내리는 이들은 언제나 좋은 기자들이라는 걸 좀 알아주면 좋겠다.

좋은 기사를 만드는 데는 돈이 든다. 기사라는 게 무료 공공재가 되도록 온 언론사들이 포털 사이트에 놀아난 덕분에 독자들로부터는 한 푼도 벌어들일 수 없는 시장구조가 고착되었다. 기업이 광고를 줘야 이달 치 월급이 나오고, 정부가 협찬을 해줘야 다음 달 월급이 마련된다. 그들에게 헌납되는 기사들이 없을 수 없다. 그럼에도 독자만 바라보며 기사를 쓰는 기자들이 있다. 기자가 당연히 해야 하는 일이기 때문에 우직하게 그냥 하는 기자들이 있다. 그들은 조직 내에서 어떤 위치에 있으며, 앞날에 대해 어떠한 전망을 갖고 있을까. 그들이 주요 의사결정권자의 자리에 갈 수 있을까. 다음번 인사에서 물이나 먹고 한직에 처박히는 신세를 모면할 수는 있을까. 모든 조직에는 악화와 양화가 뒤섞여 있다. 양화가 악화를 구축했다는 말은 이제껏 들어본 적이 없어서, 약아빠진 나는 도망쳤다. 존경하던 기자들이 출세의 관문에서 얼굴색을 바꾸는 모습을 많이도 보았다. 물건 만드는 회사에 다닐 것을. 만들어 파는 게 하필이면 윤리적 결단을 요하는 상품이어서 내게는 슬픈 전망밖에 보이지 않았다. 의로운 길을 가려다가 패배하거나, 인생이 다 그런 거라며 얼굴색을 바꾼 채 잘 먹고 잘 살거나. 나는 태생이 비겁해서 그 무엇도 선택하지 못한다.

조직 내에서 외롭고 서럽게 분투하는 각 사의 여전한 기자들을 보면, 기자가 아니게 된 지 벌써 7년이 됐지만, 아직도 울컥하게 된다. 그들은 일종의 내전을 치르고 있다고 해도 좋다. 이긴다는 전망도 없이, 도와주러 올 우군이 있다는 기대도 없이, 그들은 안에서 싸우고 있다. 누군가 그랬다. 조직에서 치르는 내부와의 전쟁에 너무 많은 에너지를 써버린 탓에 기자로서 좋은 기사를 제대로 써보지도 못한 것 같다고. 그는 아주 좋은 기자이고, 좋은 기사를 아주 많이 썼다. 하지만 그 마음을 또 너무 잘 알겠어서 그와 함께 속으로 울었다. 아무리 기다려도 계몽군주는 오지 않고, 나는 출신이 비천해 군주가 될 도리가 없다.

찰리 스키너 국장이 나를 사로잡았던 건 내가 뛰어들기도 전에 줄행랑쳤던 그 싸움에 슬픈 패배가 예정되어 있음을 알면서도 자신을 내던졌기 때문이다. 후배들이 소명대로 일할 수 있도록 방패가 되어주고, 우산이 되어주며, 발생한 사고에 대해서는 최종 결정권자로서 결연히 책임을 진다. 대형 오보사태로 사표를 냈을 때, 만류를 거듭하는 사주에게 스키너 국장은 소리치며 말했다. "언론이 신뢰를 잃으면 모든 것을 다 잃은 겁니다. 다른 건 중요치 않아요. 그게 팩트요." 나는 이런 국장을 본 적이 없는 것은 물론이거니와 풍문으로도 들어본 일이 없다.

인사권이란 참으로 무서운 것이다. 큰 조직이든 작은 조직이든, 사기업이든 국가기관이든 권력이란 그 조직의 수장에게 부여된 인사권을 일컫는 말이란 걸 깨달았다. 조직의 소명과 비전에 따라, 능력과 적성에 맞춰 인사를 하면 참으로 좋으련만, 너무 많은 리더들이 자신의 안위와 편의를 최종심급으로 인사권을 행사한다. 내 말을 잘 듣고 나를 불편하게 하지 않는 사람이 내가 등용할 사람이다 보니 그들이 유능하거나 윤리적인 경우는 매우 드물다. 그런 자들은 옆에 두면 불편하니까. 피곤하니까. 그렇게 등용된 사람은 당연히 인사권자의 은혜에 감읍하여 충성에 충성을 다한다. 본인도 처음엔 놀랐을 저 높은 자리에 한번 발을 들이고 보니 자리 보전이 지상의 과제가 되는 것도 당연하다. 아래로는 쥐어짜고 위로는 굽신굽신거리는 사이, 어, 비전과 소명은 어디로 갔지? 가끔씩 비루하다는 생각이 들 때면, 운전기사가 딸린 법인차량을 떠올린다. 전망 좋은 임원실과 명함을 내밀면 고개를 조아리며 "만나뵙게 돼서 영광"이라던 사람들을 생각한다. 이만하면 성공한 삶이다. 나는 잘 살고 있다. 이 모든 것을 잃을 순 없다. 주제에 감히 의로운 것들은 짜증나서 견딜 수가 없다.

찰리 스키너 국장이 앵커 윌 매커보이와 함께 결연히 사의를 표명할 수 있었던 것은 그가 유능한 동시에 윤리적인 사람이기 때문이었다. 언론상품은 근본적으로 윤리상품이다. 그래서 유능하다는 것이 윤리적이라는 것과 전혀 배치되지 않는다. 배치되기는커녕 완전한 합치를 이룬다. 언론사가 공론장에 판매하는 정보라는 상품은 공동체의 이익이라는 윤리적 기준에 의거해 취사선택되고, 구매자는 이 상품이 그런 윤리적 기준에 의해 제작됐다는 전제하에 대가를 지불하기 때문이다. 「뉴스룸」의 기자들은 찰리 스키너 국장의 핵우산 아래서 그런 상품들을 만들어냈다. 오보를 내지 않기 위해 이를 악물고 판판이 물을 먹었으며, 긴급 총격 사건이 벌어졌을 때도 다른 방송사들이 앞다투어 피해자 정치인의 사망 소식을 전하는 가운데 "사망선고는 의사가 내리지 뉴스가 내리는 게 아니"라며 의료진의 발표가 있을 때까지 피해자의 생사에 대한 보도를 유예했다.(정치인은 죽지 않았고, 덕분에 「뉴스룸」의 기자들만 오보를 내지 않았다.) 윌 매커보이는 공화당원 출신임에도 날마다 공화당을 조져대서 민주당원이라는 오해를 받고, 조직 내에 아무리 미운 놈, 싫은 놈이 있어도 그놈이 옳은 일을 할 때는 그의 편이 돼주었다. 무릇 숭고하다 일컬어도 좋은 태도였다. 이 모든 숭고한 것들 뒤에서 찰리 스키너 국장은 음험하고 짓궂게 씨익 웃고 있었다. 버번 병을 손에 들고서.

신록이 눈부신 초여름의 아침이었다. 피트니스 센터에서 자전거 바퀴를 열심히 돌려대며 「뉴스룸」의 마지막 두 편을 보고 있었다. 젊은 IT 창업가에게 인수된 그들의 회사가 뉴미디어의 광풍 아래 레이디 가가 매니저 인터뷰를 메인뉴스로 내

보내고 트위터를 실시간 중계해야 하는 치욕적 상황에 처하게 됐다. 찰리 스키너 국장 같은 올드스쿨에겐 사형선고나 마찬가지. 그의 존재는 휘청거렸다. 횡설수설했고, 악다구니를 썼으며, 시종 시니컬했다. 그의 자포자기와 절망, 체념과 분노. 그리고 어떤 충격적 결말.

나는 자전거 위에서 "어어억" 비명을 토하며 통곡하기 시작했다. 이럴 순 없어. 이럴 순 없는 거야. 미친 듯이 눈물이 쏟아져 얼굴 전체가 흥건하게 젖어버렸다. 남들 볼까 두려워 두 손으로 얼굴을 가리고서 꺽꺽 울었다. 참으려는 의지도 없이, 일그러진 얼굴을 가리고 아이처럼 울어버렸다. 그래도 운동은 해보겠다고 두 발로는 쉬지 않고 페달을 밟았다. 땀과 눈물이 뒤범벅되고, 울음과 페달이 박자를 맞췄다. 감지도 않은 똥머리에 터질 듯한 레깅스. 자전거 위에 앉아 오열하고 있던 나는, 아, 얼마나 괴상한 사람으로 보였을까.

겪어본 적 없는 시절인데 잃어버린 것처럼 깊은 향수를 느끼는 것을 '아네모이아Anemoia'라고 한다. '바람'을 뜻하는 고대 그리스어 ἄνεμος(ánemos)에 '마음'이라는 뜻의 νόος(nóos)를 붙여 미국 작가 존 케닉이 2012년 '모호한 슬픔들의 사전The Dictionary of Obscure Sorrows'이라는 온라인 프로젝트●에 등재시킨 신조어다. 나는 찰리 스키너 같은 국장과 일해본 적이 없지만, 그가 미칠 듯이 그립다. 찰

● 프로젝트의 결과물은 책으로도 출간되어 국내에는 2024년 '슬픔에 이름 붙이기'라는 제목으로 소개되었다.

리 스키너 국장이 같이 일하자고 불러주지 않는 한 아마도 다시 기자를 하는 일은 없을 것이다. 태어나 온 청춘을 다 바친 단 하나의 직업인데, 환멸에 패배한 채 이렇게 끝나버려 나는 무척 화가 나 있었다. 발도 들이지 말 것을. 애저녁에 집어치워 버릴 것을. 이제는 이렇게 다 늙어버렸는데, 억울하고 원통했다. 누구도 만나고 싶지 않았다. 찰리 스키너 국장만 만나고 또 만났다.

　　아버지 없이 자란 소녀가장의 기분으로 서럽게, 그러나 그렇게 잘 자라지는 못해 미안한 마음으로, 나는 다시 한번 찰리 스키너 국장을 기린다. 나를 미워하는 것도, 남을 원망하는 것도 이 시리즈를 두 번 정주행하면서 그만둘 수 있었다. 다 찰리 스키너 국장 덕분이다. 나는 도망치기는 했지만 패배한 것은 아니다. 더 잘했으면 좋았겠지만 이만하면 나쁘지 않다고 나 스스로를 대견히 여기며, 이제는 내 지나온 길을 더 이상 뒤돌아보지 않는다. 무슨 일을 하든 그가 점화해준 내 작은 숭고의 불꽃만은 꺼뜨리지 않겠다는 모종의 굳은 결의를 다지면 되는 것이다.

　　더 이상 기자가 아닌 나는 장차 좋은 독자가 되겠다고 결심했더랬다. 펼쳐보지도 않을지언정 내가 좋아하는 기자가 있는 신문을 구독하고, 좋은 기사를 볼 때마다 응원의 메시지와 피드백을 보낸다. 한국 언론을 위해 내가 할 수 있는 일이란 지독히도 외로울 그들에게 든든한 독자가 되어주는 일, 고작 그것뿐이다. 그들이 자신의 윤리를 포기하지 않고도 성공할 수 있도록, 찰리 스키너의 후예들을 후원하고 지지해주는 것. 내가 찰리 스키너가 될 수 있었으면 좋았으련만, 나는 여기까지다. 찰리 스키너 같은 사람이 한국에서 국장이 될 턱이 있냐는 시니컬한 소리는 입을 싸매고 절대 발설하지 않는다. 남은 사람들에게는 거짓일지라도 희망이 필요하고, 나는 천연덕스런 얼굴로 네가 남아 있는 한은 그런 거짓말을 흔쾌히 해주고 싶다. 언제나 나를 믿고 두 손 두 발 걷어붙인 채 도와주며 늘 함께했던 내 곱고 똑똑한 후배들을 미안한 마음으로 떠올리는 비 내리는 아침이다.

안녕, 얘들아? 좋은 기사 쓰고 있지?

우리가 우직했던
순간들

스무 살 때였다. 내 인생엔 대체로 그런 일이 없는데, 예외적으로다가 딱 한 번, 키가 크고 몸이 좋은 데다 얼굴까지 잘생긴 경영대 남학생의 구애를 받은 일이 있다. 이게 웬 떡이냐. 어, 이거이거, 내 인생에도 이제 별 드나, 라고 생각했던 것도 잠시. 며칠 만나보니 딱 싫어지는 것이었다. 내가 세상에서 제일 싫어하는 타입, 야. 심. 가. 눈에서 야망이 이글이글 불타오르는 게 드라마 「청춘의 덫」에 나왔던 이종원을 방불케 하는 인물이었다. 입만 벌리면 부와 출세, 성공의 사다리 저 꼭대기를 향한 청운의 꿈을 읊어대는데, 뭐 어쩌라고, 싶은 비뚤어진 마음만 들면서, 세상에 그 잘생긴 애를 내가 차버렸지 뭐야?(얘, 잘 지내고 있니? 그래, 지금은 사다리 몇째 칸까지 올라가 있니?)

연애나 사랑 같은 건 한 인간의 욕망구조를 가장 적나라하게 투시하는 엑스레이라서, 이 일화는 나 스스로 어떤 사람인지 잘 알게 된 결정적 모멘텀 중 하나로 남아 있다. 오로지 저만 아는 자에 대한 경멸 같은 것이 내겐 있구나. 세계가 좁은 자들에 대한 멸시가 있구나. 사춘기 시절 친구들끼리 모여 서로의 이상형을 털어놓던 자리에서 나는 당시 절찬리에 방영됐던 대하드라마의 독립투사를 언급했다가 산 채로 아스팔트 밑에 묻힐 뻔했다. 일제강점기를 배경으로 하는 그 드라마에서 남자 주인공이 독립운동하러 만주인가 어디로 떠나기 전날 밤이었다. 가난한 초가집 호롱불 앞에 앉아 "서방님, 여기 걱정은 마시고 거사에만 전념하시어요."라고 말하는 아내 역할의 배우에게 나는 그만 홀딱 반해버린 것이다. 장차 저기 앉아 저 대사를 치는 여인이 되고 말리라! 조국의 명운을 구하기 위하여 불철주야 뛰어다니는 멋진 운동권 오빠, 그 오빠의 뒷바라지를 하는 듬직한 여친이 되겠어! 지금이야 "그깟 독립운동 내가 한다 인마." 같은 대사가 적격인 강철부인이 되었지만, 어쨌든 돌이켜보면 이것이 내 욕망의 원형이었던 것이다.

열정적 사익추구자에 대한 본능적 거부감. 내 협애한 마음의 장벽. 물론 돈 좋다. 엄청 좋다. 그렇지만 가장 좋지는 않다. 돈이 가장 좋은 사람은 나랑 안 된다. 돈은 아무리 좋아봐야 두 번째로 좋아야 하는 것이다. 당장 생존을 도모할 방도가 없을 때가 아니고서야 돈이 가장 좋을 수는 없다.

겸허하게 인정한다. 내게는 윤리적 허영이 있다. 그걸 인정할 만큼은 내가 양심적이다. 윤리도 욕망이고, 그 욕망이 때로는 물욕이나 출세욕, 성욕보다도 강할 수 있다. 그것은 어쩌면 타인의 인정을 갈구하는 궁핍한 마음의 소산이며, 그저 럭셔리 브랜드의 가방과 의류로 몸을 두르고 싶은 욕망과 근원적으로 다를 게 없을지도 모른다. 그저 올바른 사람으로 보이고 싶은 것이 아니라 정녕 올바른 사람이고 싶은 것이라고 스스로는 믿고 있지만, 그것을 자꾸 현시하려는 나의 욕망은 나조차도 진의가 의심스럽다. 그러나 어쨌든 윤리도 욕망이다. 욕망과 윤리는 상호 대립항으로 이해되지만, 윤리 혹은 윤리적 허영이 욕망의 사다리 제일 꼭대기에 있는 사람도 있다. 그런 욕망도 있는 것이다.

직업의 세계들을 탐방—세계가 빈곤해 탐방이랄 것도 없었지만—하던 어린 시절, 그렇게 없이 살던 때인데도 이상하게 공적 영역 바깥으론 눈이 안 갔다. 가족과 친인척 모두가 하루 벌어 하루 먹고살기도 빠듯한 도시 변두리의 영세 자영업자들이라 그랬을까. 실제로는 본 적 없는 공적 영역 사람들에 대한 선망이 있었다. 공익, 보다 거창하게는 공공선에 복무한다는 자긍심, 그걸 갖고 싶었다. 작고 미약하나마 세상의 빛과 소금이 되고 싶다는 환상. 그래서 내 발로 언론계라는 곳에 걸어 들어갔다. 매달 26일이면 월급명세서를 들여다보며 폭음을 하면서도 오랜 시간 그곳을 빠져나오지 못했던 건 모두 이런 자기환상 때문이었다. 엄마는 내게 말했지. "야, 그 돈 벌려고 하루 종일 나가 있느니, 집에서 애나 키우는 게 남는 장사겠다!" 엄마는 진짜! 내가 지금, 어, 공동체의 빛과 소금이 될라 그러는데, 어!

물론 이제는 안다. 공적 영역과 사적 영역이라는 것이 그렇게 분명하게 구분되는 게 아니라는 걸. 공적 영역의 무수한 사기꾼들과 사적 영역의 빅 히어로들도 수두룩이 보았다. 저마다 자기 자리에서 최선을 다해 좋은 사람으로 살아간다면 충분히 공공선에 복무하는 것이라는 걸 잘 알고 있다. 어린 마음의 편견 따위 이제는 없다. 그러나 다시 백수건달의 자리로 돌아와 무슨 일을 하며 살아갈 것인가를 고민하다 보면, 결국은 원점이다. 돈 되는 일에는 영 마음이 끌리지 않는 것이, 어린 마음의 편견은 여전히 내 안에 살아 있는 것이다. 돈을 그렇게 좋아하는데, 하고 싶은 일은 온통 돈 안 되는 일들뿐이라니. 왜 나란 존재는 이렇게 생겨먹은 것인가!

무라카미 하루키 산문집 『직업으로서의 소설가』에서 내가 제일 좋아하는 부분은 그가 출판계 사람들에 대해 가진 깊은 신뢰와 애정을 드러내는 대목이다. 기자들 중에 기레기가 없지 않은 것처럼, 출판계라고 해서 양식 있고 선량한 사람들만 있는 것은 아니다. 출판 담당 기자로 일하면서 잇속만 밝은 약아빠진 편집자들도 여럿 보았고, 그런 이들이 승승장구하면서 판을 흐려놓는 것도 종종 목격했다. 돈 벌어다주는 작가에게만 굽신굽신하며 기자들 상대로 농간을 부리는 편집자들이 왜 없었겠는가. 그렇지만 나도, 무라카미 하루키처럼, 어떤 사람이 출판 일을 한다고 하면 기본적으로는 그에게 호감을 갖는다. 아이고, 그 어려운 공부 해가지고서 박봉의 출판계로, 무슨 납치, 유괴를 당한 것도 아니고 제 발로 걸어들어왔다니, 이거 존경의 염을 금할 수가 없습니다, 라는 생각이 무슨 동작감지 센서가 작동하듯이 절로 드는 것이다.

하루키의 말마따나 세계 어느 나라에서든 이런 사람들은 책을 돈보다 좋아하니까 출판계로 오는 것이다. 가장 상업적이라는 미국 출판계에서도 그렇다. 월스트리트로 가든지 유수의 광고 에이전시가 즐비한 매디슨가로 갈 수도 있었을 사람들이, 이곳엔 별로 돈이 없다는 것을 알면서도 좋은 책을 만들고 싶다는 욕망을 저버리지 못해 제 발로 찾아와 문을 두드린다. 돈 되는 작가가 매번 더 사랑스러운 것과 별개로, 그의 마음속에는 책을 사랑하기 때문에 이 일을 한다는 자부심과 좋은 작품을 찾아낼 때면 솟구치는 흡사 신대륙을 발견한 콜럼버스의 희열 같은 것이 면면히 흐르고 있는 것이다.

순정純情. 아마도 그것은 순정일 것이다. 세파에 시달리고 때로는 이재에 눈이 멀어 휘어졌을지언정, 순정은 내 몸을 일으켜 세우는 척추기립근이다. 애초에 이 바닥으로 자진해 들어왔다는 것 자체가 당신 안에 순정의 분말이나마 존재한다는 뜻이다. 왜 어떤 사람들은 월스트리트로 가고, 어떤 사람들은 출판계로 갈까. 월스트리트로 간 사람들을 비난할 생각은 전혀 없다. 그곳에도 공동체에 크게 이바지하는 빅 히어로는 존재하니까. 다만 어디에 더욱 끌리냐고 묻는다면 나는 월스트리트보다는 출판계인, 아직도 우직한 순정에 마음이 끌리는 그런 촌스러운 사람이라는 것이다.

큰애가 유치원 다니던 시절, 가깝게 지내던 아이 친구의 엄마가 경찰이었다. 사기 배임 횡령 같은 경제사범들을 다루는 경제팀 소속 경찰이었는데, 성격 화통한 것이 나랑 잘 맞았다. 그가 어느 날 말했다. 지인에게 200만 원인가 사기를 당했다며 몇 달째 매일 찾아오는 할머니가 한 분 있는데, 업무에 방해가 돼 미치겠다는 것이다. 그 돈은 찾을 방법이 없다고 아무리 얘기해도 할머니는 경찰이 왜 그걸 못 찾느냐며 찾아와 닦달을 하고, 그는 언젠가부터 그 할머니에게 친절할 수가 없다. "어느 날 보니까 내가 아주 구악 경찰이더라고요. 그냥 딱 구악이야. 민원인 면박 주고, 뭐라고 말을 해도 들어주지도 않고. 아주 투캅스가 따로 없어." 그러더니 갑자기 울기 시작했다. "나도 처음에 경찰 되겠다고 이 바닥에 들어왔을 땐, 그런 사람이 아니었는데. 사람들에게 도움이 되는 그런 좋은 경찰이 되고 싶었는데." 나는 어찌해야 할지 몰라 말없이 그의 손등을 토닥였다. 나도 그 마음을 안다. 누가 이 일 안하면 벌을 내린다고 한 것도 아닌데 내 발로 걸어들어와 왜 이 모양 이 꼴로 살고 있을까, 스스로가 미워지는 순간들. 일은 많고, 힘은 달리고, 그렇다고 억만금을 버는 것도 아니고, 집에서는 새끼들이 악악거리고. 보람이고 나발이고 다 때려치우고 싶은 그런 순간들. 그러나 나는 또한 알고 있다. 그런 자신이 미워 울 줄 아는 사람이라면 다시 돌아가게 된다는 걸. 완전히 처음으로는 아니더라도, 몇 걸음 정도는 되돌아갈 수 있으리라는 걸. 그렇게 몇 걸음씩 되돌아 걷다 보면 그렇게까지 나쁜 사람은 될 수가 없다는 걸. 나는 그가 경찰이라는 사실이 좋았고, 경찰이 되고 싶었던 스물몇 살의 어떤 아가씨를 떠올릴 때마다 더더욱 그가 좋아졌다.

사람들은 저마다 자기 욕망의 지도를 따라서 인생을 살아간다. 내 삶은 지금까지 축적해온 내 선택들의 총합이다. 나는 아마 인생을 다시 살아도 이렇게밖에 살지 못할 것이다. 내 욕망의 나침반이 결국 같은 지도를 그리게 만들 테니 말이다. 욕망의 지번이 다른 사람들과는 관계가 지속되지 못한다. 그래서 내 주변에는 온통 나 같은 사람들이다. 끝내 순정을 포기하지 못한 사람들, 아무리 날렵한 지성과 세련된 유머를 구사해도 알고 보면 우직하기 그지없는 사람들. 촌스러운 사람들.

미국 아동문학의 대부 닥터 수스가 쓴 『코끼리 호튼이 알을 품어요*Horton Hatches the Egg*』를 아이가 도서관에서 빌려왔길래 읽어주다가 그만 목이 메고 말았다. 내가 되고 싶었던 것, 이루고 싶었던 꿈이 거기에 있었다. 동화는 게으름뱅이 어미새 메이지에게 속아 꼼짝 못 하고 새알을 대신 품게 된 코끼리 호튼의 이야기다. 다리 사이에 알을 끼우고 온종일 앉아 있는 게 못 견디게 힘들고 지루해진 메이지는 신나게 놀러다닐 수 있는 자유를 갈망하고, 때마침 나무 앞을 지나가던 코끼리 호튼에게 잠시만 대신 알을 품어달라고 부탁한다. 호튼은 조심조심 새 둥지에 올라가 알을 품고, 이내 알에는 온기가 번지기 시작한다. 하지만 메이지는 돌아오지 않는다. 낮이 지나고 밤이 오고 다시 낮이 지나도, 한여름의 소낙비와 천둥 번개가 내리쳐도 오지 않는다. 비바람에 부들부들 떨면서 호튼이 알을 품고 있는 동안 팜비치에 누워 일광욕 중인 메이지는 전혀 돌아올 생각이 없다.

그렇게 여름이 지나고, 가을이 지나고, 겨울이 왔다. 여름의 곤란과 가을의 고충과 겨울의 혹독을 호튼은 알을 품은 채 고스란히 견뎌낸다. 꽁꽁 얼어 얼음동상처럼 되었어도 한겨울의 호튼은 나무에서 내려오지 않는다. 왜냐면, 약속했으니까. 메이지가 돌아올 때까지 알을 품고 있겠다고, 비록 생각했던 것보다 엄청나게 길어지고 있긴 하지만, 약속을 했으니까. 재미도 없고, 힘든 일이지만, 어쨌든 하겠다고 약속을 했으니까.

"나는 말한 건 꼭 지켜. 그리고 꼭 지킬 것만 말하지. 코끼리는 충직해. 100퍼센트 충직해."

장면마다 반복되는 코끼리 호튼의 독백이다.

다시 온 봄을 즐기러 나온 동물 친구들이 놀려대도, 심지어 사냥꾼들이 총을 겨눠도 코끼리는 꿈쩍하지 않는다. 절대로 알을 떠나지 않는 진기한 코끼리는 둥지째 서커스단으로 팔려가고, 새알을 품는 코끼리의 서커스 쇼는 성황리에 전국을 순회한다. 우연히 근처를 지나던 엄마 새 메이지가 쇼를 보러 서커스단의 텐트 안으로 쑤욱 들어와 코끼리 호튼과 눈이 마주치는 순간, 백지장처럼 하얗게 변한 호튼의 얼굴엔 놀람과 공포가 스치고, 알 속에선 아기 새가 부화하기 시작한다.

"내 알! 내 알이 부화하고 있어!"

코끼리가 자기도 모르게 소리치자, 엄마 새 메이지는 날카롭게 응수한다. "내 알이거든!" 힘든 노동의 시간은 모두 끝났다. 메이지는 이제 알을 돌려받고 싶다. "이건 내 알이야. 넌

내 알을 훔쳤어. 내 둥지에서 꺼져, 내 나무에서도 꺼져!" 그렇지. 이것은 메이지의 알이고, 메이지의 둥지이며, 메이지의 나무지. 불쌍한 호튼은 슬프고 무거운 마음으로 물러선다. 그때 펑, 하고 아기 새가 알을 깨고 나오는데…… 여기서 나는 그만 울먹이고 말았다.

"코끼리새다!"

알을 깨고 나온 아기 새는 코끼리 호튼을 꼭 닮은 긴 코에 큰 귀, 꼬리까지, 날개만 있다 뿐이지 영락없는 아기 코끼리였다. 서커스의 관중들은 환호하며 소리쳤다. "그래야지, 그래야 하고말고, 반드시 그래야지! 왜냐면 코끼리 호튼은 충직하니까! 그는 알 위에 앉아 있고 또 앉아 있었어! 호튼은 말한 것은 지키고, 지킬 것만 말하니까……." 코끼리와 코끼리새는 꼭 닮은 얼굴로 행복하게 서로를 바라보고, 서커스단은 이들을 행복한 마음으로 풀어준다. 아기 새는 메이지를 조금도 닮지 않았다. 아기 새는 비가 오나 바람이 부나 눈보라가 치나 자신을 꼭 품어준 우직한 코끼리 호튼을 닮았다. 그들은 자신을 꼭 닮은 서로를 사랑하고, 언제까지나 행복하다.

20대 시절 문학 강의실에서 그토록 촌스럽다고 규탄됐던 권선징악의 이야기를 좋아하는 중년의 어른이 나는 되어버렸다. 리얼리즘이고 모더니즘이고 포스트모더니즘이고 다다이즘이고 간에 이제 나는 인과응보, 권선징악의 이야기가 좋다. 소망 충족의 서사가 좋다. 선善에 대한 보상을 원한다. 이 세상 어디서도 보상받지 못하는 선을 위해 이야기로 인심 좀 쓰면 어디가 어떻단 말인가. 권선징악의 결말은 읽는 이를 고무시킨다. 현실 세계 어느 구석을 둘러보아도 권선징악은 이뤄지지 않고 있으니까. 리얼리티가 어떻고, 열린 결말이 어떻고, 이런 건 그나마 세상살이가 어지간할 때 할 수 있는 이야기가 아닌가 싶은 것이다. 나만 혼자 이 책에 감동받은 것인가 궁금해 찾아본 서평 사이트 리뷰에는 호평들이 즐비했다. "내 평생 가장 잊을 수 없는 동화책. 진실한 사람이 되도록 내 인생을 이끈 책. 아직도 호튼의 대사들을 종종 인용하곤 한다." "아동문학의 성서. 내 어린 시절 수도 없이 읽었고, 이제 어른이 된 내 딸에게도 수도 없이 읽어준 책. 모두가 호튼을 흉내 내며 자란다면, 세상은 더 좋은 곳이 될 게 분명하다." "내 인생 최고의 슈퍼 히어로, 호튼."

기자 커리어의 초반 몇 년간 나는 형편없는 기자였다.(나중이라고 형편이 썩 괜찮아진 것은 아니지만.) 내 발로 공동체의 빛과 소금이 되겠다며 걸어들어왔지만 나는 업계의 관행과 조직의 논리에 완벽하게 순응하는, 회사의 상사와 선배들 눈에 드는 것에만 급급한 영악하고 잔망스런 초년병 기자였다. 거지 같은 기사를 쓰라고 지시를 받으면 예쁘게 꾸며서 조금이나마 덜 거지처럼 보이도록 최선을 다해 재빠르게 납품했고—그렇다고 거지 같지 않을 리 없다—, 부당한 지시가 내려오면 관행이 그런 것이지, 라고 스스로 납득하며 충실하게 지시를 이행했다. 빠릿빠릿하게 매끈매끈하게 시키는 모든 것을 군말 없이 해냈다. 그렇게 몇 년을 지내고 나니 윗사람들의 사랑을 듬뿍 받는 어여쁘고 유능한 조직의 꼬마 병기가 되어 있었다. 딴에는 그것이 자랑스러웠다.

경찰기자 시절이었다. 보육원 어린이들이 전두환 이순자 부부에게 세배하고 받은 세뱃돈을 기부했다는 통신사 기사를 받아쓰라길래 충실한 보강취재와 깔끔한 문장으로 이쁘게 단장해 '미담기사'로 납품한 적이 있는데, 그날 오후 지금은 세상에 없는 존경하던 선배가 전화를 걸어와 내게 마구 화를 냈다. 너는 생각이 있는 애냐, 없는 애냐고. 전두환 같은 살인마한테 애들 세배를 시킨 보육원을 조져야지 그걸 미담기사랍시고 쓰고 있냐고. 나는 귀 끝까지 얼굴이 새빨개졌다. 부끄러웠다. 나는 생각이 없는 애였다. 이제는 회사에 없는, 조금도 존경하지 않았던 당시 데스크에게 전화를 걸어 기사를 킬●하는 게 좋지 않겠냐고 있는 용기 없는 용기 끌어내 기어들어가는 목소리로 말했을 때, 그가 대답

● 기자가 발제하는 기사 아이템 중 뉴스 가치가 낮거나 보도가 적절치 않아 채택하지 않는 아이템을 일컫는 언론계 은어.

했다. "웃기는 소리 하고 있네." 기사는 나갔다.

그저 사랑받고 싶어서, 조직의 권력자들에게 싫은 소리를 듣기 싫어서 형편없는 기자질을 멈추지 못하던 내가 코끼리 호튼처럼 우직한 마음의 부스러기 같은 것이나마 품을 수 있게

된 것은 첫아기를 낳고 나서였다. 출산휴가 후 복직한 지 얼마 안 됐을 무렵이었다. 노동쟁의가 한창이던 시절 노동 담당으로 복직했는데, 내가 온종일 취재한 노동계의 절실한 목소리가 기사 맨 마지막에 "한편 노동계는 이에 대해 총파업도 불사하겠다는 입장을 밝혔다"는 단 한 문장으로만 반영된 걸 초판 신문을 보고 알았다. 1면에 실린 기사는 처음부터 끝까지 노동쟁의로 인한 연간 조업일수 손실과 손실액, 한국 경제에 끼치는 악영향으로만 도배가 돼 있었고, 그 기사 밑에 내 이름이 달려 있었다. 눈앞이 아득해졌다.

기사를 총괄한 선배는 감히 전화를 걸어 말도 꺼내기 어려운 무시무시한 캐릭터였다. 이전 같았으면 동료들이나 몇 불러 모아놓고 선배 흉이나 보며 고충을 토로하는 정도로 아마 끝냈을 것이다. 원치 않았으나 힘이 없어 불의를 막지 못한 불운한 기자의 포즈를 취하며 술이나 마셔댔을 것이다. 그런데 어디서 그런 결의와 충정이 끓어오른 걸까. 분노를 참을 수가 없었다. 어쩌면 호르몬 교란기여서 그랬는지도 모른다. 새끼 낳은 짐승은 함부로 건드리는 게 아니지. 내가 이런 기사나 쓰려고 우는 새끼 떼어놓고 나와 이 짓을 하고 있는 줄 알아? 의분이 치솟으면서 회사, 까짓것 그만두면 된다, 는 눈에 뵈는 것이 없는 상태로 순식간에 전이됐다. 쿵쾅거리는 가슴을 안고, 그러나 결연하게 전화기를 들었다.

"기사가 너무 편파적이에요. 이렇게 나가면 안 된다고

생각하는데요."

　　말이 너무 대차게 술술 나와 내가 먼저 놀랐다. 그는 '어
쭈, 이것 봐라.' 하는 눈치였다.

　　"뭐? 어쩌라고?"

　　"제가 취재한 노동계 입장을 기사에 공평하게 반영해주
세요."

　　어처구니없어하는, 그의 혀 차는 소리가 수화기 건너로
들려왔다.

　　"안 해주면 어쩔 건데?"

　　"기사에서 제 이름 빼주세요. 그런 기사에 제 이름 못 나
갑니다."

　　편집국의 애완견인 줄 알았던 후배가 이렇게 나오자 아
마 그는 당황한 것 같았다. 잠시 후에 다시 얘기하자며 전화
를 거칠게 끊었다. 기사가 고쳐질 것이라는 기대는 없었다. 이
렇게 회사를 그만두겠구나, 생각하며 퇴근하는 차 안에서 엉
엉 울기 시작했다. 아기 생각이 많이 났다. 아기한테 너무 부끄
러웠다. 아기를 봐주시는 시어머니한테도 부끄러웠다. 여러 사
람을 힘들게 하면서 내가 이 일을 하는 의미, 그것을 찾을 수가
없었다. 엉엉 울면서 집에 도착했는데, 그 선배에게서 전화가
왔다.

　　"기사 고친 거 봤냐?"

　　"아직 못 봤습니다."

"한번 봐라."

찰칵. 전화가 끊겼다.

컴퓨터를 켜고 기사집배신●에 접속하니, 내가 처음 썼던 것과 비슷하게 기사가 복구   ● 기사를 작성하고 송고하는 시스템.

돼 있었다. 내 의견이 관철된 것이다. 선배에게 전화를 걸었다.

"이제 마음에 드냐?"

"네. 마음에 듭니다. 감사합니다."

"알았다."

또 찰칵.

일은 생각보다 간단히 해결되었고, 그날 이후 나는 그 이전과는 조금 다른 기자가 되었다. 작디작은, 일화라기에도 민망한 소소한 일화이지만, 이것이 내게는 인생의 결정적 사건이자 분기점으로 남아 있다. 다른 누구도 아닌 내가 옳은 것을 주장하면 옳은 방향으로 갈 수도 있다는 자기효능감을 부끄럽지만 그날 처음 맛봤다. 그 선배 역시 자기 발로 걸어들어와 기자가 된 사람이었다. 우리 모두는 사실 알고 보면 조금씩은 우직한 데가 있는, 순정파인 구석이 있는 인간들인 것이다. 삐딱선을 타다가도 '어어어, 여기가 어디지?' 하고 고개를 세차게 흔들며 후닥닥 제자리로 돌아올 수도 있는 것이다.

무엇보다도 그날 이후 노동에 대한 나의 가치체계가 바뀌었다. 이것은 내가 그토록 품에 안고 싶은 아기를 떼어놓고 울려가면서까지 할 만한 가치가 있는 일인가? 그 물음이 판단의 최종심급이 되어 매번 내 안에서 메아리쳤다. 좋은 사람이 되고 싶게 만드는 수많은 이유와 명분 중에서 내게는 아기의 존재가 가장 효과적이고 강력했다. 이것은 아기가 장차 살아갈 세상에 부끄러운 짓 아닌가, 스스로 매번 물었다. 그러다 보니 비로소 기자 비슷한 그 무엇에나마 근접하게 되었다. 세상에나. 제 발로 걸어들어간 곳에서 제대로 일을 해내기까지 그 오랜 시일이 걸리다니. 스스로 그곳에 갔다고 해서 저절로 그것이 되는 것은 아니라니. 그러고 보면 부끄러움이란 이 간악한 인간종에게 얼마나 필수불가결한, 훌륭한 교사란 말인가. 우리를 우직하게 그 자리에 다시 서 있게 만드는 척추기립근.

　몇 년 전 관악구청 앞 사거리에서 허리가 다 꼬부라진 할머니가 빨간불이 들어오도록 횡단보도 한복판에서 못 넘어오는 걸 본 일이 있다. 그때 20대 후반으로 보이던 날씬한 남자 경찰이 호루라기와 손짓으로 교통을 통제하더니 뚜벅뚜벅 도로 한복판으로 걸어가 할머니 손을 잡고 건널목을 건너오기 시작했다. 8차로의 모든 차들이 멈춘 그 텅 빈 횡단보도에서 마치 웨딩마치라도 하듯 할머니를 이끄는 그의 살짝 비틀린 옆걸음. 그야말로 영화의 한 장면이었다. 이것이 바로 공권력이다! 오, 아름다워라! 나는 그 경찰에게 한눈에 홀딱 반했다. 내가 사랑하고 싶은 사람의 모습은 바로 저것이었다. 나는 인도에 우뚝 선 채 뚫어져라 그를 바라보았다. 가슴속으로 뜨듯한 기운이 번지며 당장이라도 달려가 "저기요, 저랑 사귀실래요?"라고 말할 뻔했는데, 아이구머니나, 그때 내가 우리 둘째를 업고 있었네.

미학의 정점에는 윤리가 있다. 세상에서 가장 아름다운 것은 윤리적이고자 하는 인간의 의지라고 나는 생각한다. 그렇게까지 윤리적이지 못한 존재들이 그래도 윤리적이고자 온 힘을 쥐어짤 때, 부끄럽기 싫어서, 차마 부끄러울 수 없어서, 눈 질끈 감고 옳은 일에 자신을 내던지는 어떤 숭고의 순간들을 나는 사랑한다. 누가 보든 말든(봐주면 더 보람차겠지만) 내게 이익이 되든 손해가 되든(이익이 되면 더 좋겠지만) 해야 할 일을 우직하게 하는 사람들, 하기로 약속한 일은 어쨌든 끝내 해내는 사람들. 그런 사람들은 눈에 잘 띄지 않는다. 그들에게는 이렇다 할 보상도 없다. 그 일을 우직하게 계속하고 있을 유인이 언제나 부족하다. 그렇지만 그들은 태생이 우직하므로 그렇게 우직하게 일생을 산다. 그들은 승리하지 못한다. 보상도 없이, 보람도 없이, 패배감 속에서, 그렇지만 그렇게 생겨먹었기 때문에 어쩔 수 없이, 그들은 그렇게 산다. 나는 우직하고 싶지만 마냥 우직하기엔 약아빠진 인간이라서, 언젠가는 흉내 내는 이 짓마저도 때려치울 것 같아 불안한 마음이라서, 이런 사람들을 목격하게 될 때면 울면서 달려가 부둥켜안고만 싶다. 당신들에게 상을 주고 싶은데 내가 가진 것이 없네요.

이보시오, 경찰 양반. 그때 당신 모습이 참으로 아름다워 내 마음이 다 설렜소. 아마 댁이 큰돈을 벌거나 큰 영화를 누리기는 힘들 것이오. 그러나 크게 궁핍하지도 곤궁하지도 않기를, 대개는 안온하고 화평하기를 내가 바라오. 살기가 힘들어 잠시 휘어지더라도 금세 되돌아오기를, 되돌아와 부끄러움으로 더 좋은 경찰이 되기를, 보람으로 갈비뼈가 뻐근한 날들이 많기를 멀리서 내가 바라오.(타령조를 용서하시오. 둘째 업고 숭한 마음 품은 것이 미안해서 그러오.)

아, 진짜. 세련되고자 온 생애를 분투했는데, 결국 끌어안고 만 것은 순정, 우직, 신의, 성실, 권선징악, 인과응보 같은 촌스럽기 그지없는 것들뿐이다. 타령조로 판소리 다섯 마당 같은 소리나 읊어대고 있는 나는 장차 어느 방면으로 나가든 솔직히 글러먹었다고 생각한다.

하지 않은 일들,
하지 않은 말들

부고 기사를 쓸 때면 항상 어떤 갈등을 느끼곤 했다. 한 인간이 세상에 나와 이룩하거나 저지른 무수한 일들의 목록을 연대기 순으로 정리하다 보면 그 식상한 위업이나 악업 들에 이내 싫증이 나면서, 드러내고 한 일보다는 하지 않아 드러나지 않은 일들이 문득 더 궁금해지는 것이다. 예컨대 원수의 목을 딸 수 있었으나 칼 쥔 손을 떨군 채 뒤돌아섰다거나, 배신자의 실책을 폭로할 수 있었으나 조용히 입을 다물었던 순간들. 오래 흠모했던 이웃의 아내가 유혹의 손길을 내밀었을 때 부들부들 떨리는 손으로 뿌리쳤다거나, 높은 자리나 거액의 금품을 권유받고도 직업윤리를 준수하고자 도리질 치며 머릿속에서 빈한한 살림살이를 떨치려고 했던 일 같은 것 말이다. 그러니까, 차마 하지 못한 일. 나는 언제나 그것에 관심이 갔다. 존재의 진면목이란 그가 한 일만큼이나 하지 않은 일에서도 또렷하게 드러나는 법이니까.

　　하지 않은 일들의 목록으로 작성된 부고를 써보고 싶다는 허구적 욕구는 부고를 쓸 때마다 강렬하게 나를 덮쳤지만, 애당초 그것은 일어날 수 없는 일이었다. 하지 않음으로써 존재의 자기 입법을 지켜낸 사람들은 대체로 그 일들을 널리 외치고 다니지 않기 때문이다. 하지 않은 일을 널리 떠벌리고 다닌다면 그것은 쇼의 영역에서 벌어진 일이기 십상이며, 그렇다면 그자는 하지 않은 것이 아니라 하지 않음을 보여주기 위해 무언가 강력하게 하고 있는 셈이다.

하지 않은 일들은 아무도 알아주지 않는다. 거기엔 보상이 없다. 고독한 길이다. 오늘날 우리가 살아가는 세상은 그 어느 때보다 더 주목이라는 재화를 놓고 경쟁하는 시장이어서, 해선 안 될 일을 하지 않는 것만으로는 아무것도 얻는 게 없다. 누가 더 주목받는가의 경쟁에서 무서운 속도로 도태될 뿐이다. 한자리 차지하는 것이 중요하고, 더 높은 곳으로 올라가는 것만이 장땡이다. 어떻게 했는지 따위는 중요하지 않다. 길고 화려한 이력서가 없다면 너는 루저다. 세상은 당신이 하지 않은 일 따위에는 아무 관심도 없답니다. 억울하면 출세하세요!

신문에 칼럼을 쓰면 독자들의 반응이 제법 있던 시절이었다. 어느 선배가 트위터에 내 칼럼을 크게 칭찬하면서, 그런데 얘는 실제로는 이렇게까지 훌륭한 사람이 아니라는 트윗을 올렸다. 어, 어떻게 알았지? 완전 맞는 말이잖아! 하지만 그 트윗을 보는 순간, 어쩔 수 없는 자기방어기제가 작동했다. 모멸감에 귀까지 붉어진 채 '훌륭하지 않기로는 당신도 만만치 않지!' 싶은 모종의 결기가 솟구치며 그의 급소를 가격할 수 있는 일화들이 불꽃놀이처럼 머릿속에서 팡팡 터졌다. 보내버리겠어! 하지만 이내 집어치웠다. 그가 어떤 인간이든, 어떤 일들을 했든, 그가 한 말이 맞는 말이기 때문이다. 왜 나는 그렇게 훌륭하지도 않으면서 그런 훌륭한 글을 썼을까? 그럼 내가 쓴 그 아름다운 문장들은 모두 거짓인 걸까?

그렇지는 않았다. 나는 거짓을 쓰지 않았다. 딴에는 내가 쓰는 문장에서만큼은 결백하려고 부단히 노력했다. 분투했다고 해도 좋다. 그렇지만 그의 말마따나, 나는 훌륭한 인간이 아니다. 그럼 뭐지? 그에게 보복하기 위한 내면의 불꽃놀이를 멈추고, 왜 이런 일이 일어났는지 나 자신에 대해 곰곰이 생각해보기 시작했다. 생각하기로 결심만 하면 답을 알아내는 건 쉽다. 자신을 해부하려는 용기만 내면 된다. 내가 진실만을 썼음에도 불구하고 글과 나라는 인간 사이에 괴리가 발생하는 건 진실의 본질적 속성, 바로 총체성 때문이었다. 진실이란 언제나 총체적이다. 부분적 진실이란 거짓이기 십상이며, 자신의 선을 위장하기 위한 소재일 뿐이다.

돌이켜 보면 나는 내가 칭찬받을 수 있을 만한 얘기만 칼럼에 썼다. 거리낄 것이 없는 주제들만 다뤘다. 살면서 나쁜 일, 잘못된 일, 하지 않았으면 좋았을 일 들을 많이 했지만, 그런 것은 쓰지 않았다. 그게 잘못이야? 나의 또 다른 자아가 항변했다. 미치지 않고서야 그런 걸 왜 여론의 광장에 전시하지? 누가 그걸 보기 원하는데? 공론장이란 이 세상을 조금이라도 더 나은 곳으로 만들기 위한 생각들을 공유하는 곳이고, 자신이 가진 가장 좋은 생각들을 들고 등판하는 무대 아니야?

물론 그러하다. 무대에 올라 바지를 내리고 용변을 볼 필요는 없는 일이다. 그러고 보면 이 모순의 근원적 원인은 공론장이 무대라는 속성을 지니고 있다는 점이다. 동네 반상

회에 모여 조용히 자신의 좋은 생각을 공유하면 벌어지지 않을 일들인데 전국구 무대에서 상시 공연을 거듭하다 보니 Naeronambul(내로남불)이라는 새 단어까지 《뉴욕타임스》에 등장시키며(물론 한국인 기자가 기사를 썼다.) 전 세계에 널리 알리는 경지에 이르게 되는 것이다. 외국이라고 이런 일들이 없을 리 없지만, 식민 시대에 시작된 한국 특유의 지사적 언론관(조국을 위해 이 한목숨 바치겠소!)과 조선 반도의 가장 탁월한 미학 골계미(저놈, 저 꼴 좀 보소!)의 애티튜드까지 가미되면, 글 몇 줄로 순식간에 훌륭한 인간으로 거듭나는 오해의 아우토반이 깔리는 것이다.

내가 써온 아름다운 문장들이 언젠가부터 견딜 수 없이 싫어졌다. 나는 나의 미문을 자랑하기 위해 사안에 대해, 사물에 대해, 사람에 대해 필요 이상 격찬했다는 혐의를 스스로 벗기 어려웠다. 대상이 사람으로 오면 특히 심각해졌다. 내가 아름다운 언어로 붓질한 사람들 중 감옥에 간 사람은 몇 명이며, 사회에서 매장당해 재기가 어려운 사람은 또 몇 명이고, 한때의 권세를 허랑방탕 누리다가 지금은 끈 떨어진 갓 신세로 여기저기 기웃거리는 사람은 또 몇 명인가. 단 한 줄도 더는 쓰기 싫어서 그나마 하나 있는 배운 도둑질을 집어치우고 난 후, 칼럼과 인터뷰는 거의 읽지 않았다. 장안의 화제라고 해도, 아무리 좋다고 내 사랑하는 사람들이 입을 모아 칭찬해도, 나는 읽지 않았다. 세상을 향해 나팔을 부는 일, 나 가진 가장 좋은 것들만 전시해야 하는 공연장. 거짓말을 하지 않아도 결국은 거짓말이 되어버리는 그 본질적 속성은 생각하면 생각할수록 무서운 것이었다. 가고 싶지도, 보고 싶지도 않았다. 헛되도다, 헛되고, 또 헛되도다.

지금 승리하고 있는 사람은 불멸인 것처럼 보인다.
　—조지 오웰

　　세상에 나온 이래, 너무 많은 몰락을 보았다. 10년 전 세상을 호령했던 사람 중 아직도 그 자리에 남아 있는 사람은 거의 없다. 인터뷰 한번 해보려고 그렇게 매달렸던 유력인사도 10년 후, 아니, 10년이 다 뭔가, 3, 4년만 지나도 맥주 한잔하자며 먼저 전화를 걸어오고, 나는 귀찮기 그지없어 받지도 않았다. 기자란 자기 홍보가 필요할 땐 기자님이지만 잘나가는 자기를 비판할 땐 기레기인 그런 존재이기 때문이다. 지금 승리하고 있는 사람이 불멸인 것처럼 보이는 이유는, 진실이란 사람들이 하는 말 속에 있기보다 하지 않는 말 속에 있기 때문이다. 사람들이 하는 얘기란 대체로 해도 되는 안전한 얘기들이다. 일단 '대세'라는 이름표가 붙고 나면 사람들은 자기 내면의 이곳저곳에서 울리는 알람 장치를 조용히 꺼주는 아량을 그에게 베푼다. 하지만 대세의 가장 열렬한 추종자조차, 그가 인간인 이상, 무엇이 옳고 그른지에 대한 감은 있다. 자꾸 울리는 알람을 알아서 꺼주며 부정할지언정 그 판단체계는 암암리에 작동하게 마련이고, 그렇게 파멸의 포인트는 은밀히 적립되고 있는 것이다. 중요한 건 지금 사람들이 무슨 얘기를 하고 있느냐가 아니다. 지금 사람들이 안 하고 있는 얘기가 무엇인지 알아내는 게 훨씬 더 중요하다. 대체로 진실은 거기에 있다. 불만스런 표정으로 입을 꾹 다문 채 있는 사람들. 그들이 하지 않는 말. 모두가 대세를 얘기할 때, 말없이 차곡차곡 포인트를 쌓고 있는 사람들. 그러다 찰랑찰랑 컵 위로 넘칠 듯 말 듯한 물이 표면장력 붕괴와 함께 범람하기 시작할 때, 그때가 불멸인 것처럼 보이던 그 승리자의 목을 치는 순간이다. 그들은 당황하며 항변할 것이다. 갑자기 왜 이래? 아니, 갑자기가 아니야. 절대로, 갑자기가 아니야. 하지 않은 말들의 기미를 알아차리려 귀를 쫑긋 세우기를 멈추는 순간, 당신의 몰락은 예정돼 있다. 사람들이 말하기 시작했을 땐, 이미 늦은 것이다.

차마 하지 않은 일들이 보다 위대한 과업이고, 굳이 하지 않은 말들이 가장 두려운 진실이라는 건 지나치게 소극적이고 수동적인 세계관이다. 세상에 태어나 어떻게 훌륭한 위업을 이룰까 하는 야심은 없고 기껏 한단 소리가 어떻게 하면 죄는 짓지 않을까 궁리하는 삶이라니, 어머니, 죄송합니다. 그렇지만 세상에는 이런 사람도 있는 법이다. 나는 보상도 없는 그 고독한 길을 가면서 눈에 쌍심지를 켜고 그런 사람들을 찾아낼 것이다. 해선 안 되는 짓은 하지 않고 하지 않는 말들에 귀를 기울이려는 사람들을 찾아내 그들의 외로움을 위무하고 친구가 될 것이다. 세상에는 그런 사람들이 있다. 분명 있다.

언니들의 어깨

― 흙 묻은 알사탕을
씻어줄게

J 언니와 처음 같이 일하게 된 건 2006년 2월이었다. 지긋지긋하던 경찰서 사건기자를 만기 복역하고 오매불망하던 문화부로 발령받고서 얼마나 기뻤던지. 어리바리한 표정으로 도착한 문화부는 그러나 붙박이 고참 기자들로 가득한, 지나치게 조용하고 냉담한 듯 차분한 분위기였다. 서로들 안 친한가. 왜 이렇게 말들이 없어. 큰소리로 누굴 조지는 일은 없을 것 같아 안심이 되면서도, 각자 자기 일에 골몰한 채 내겐 아무것도 가르쳐줄 것 같지 않아 두려운 마음이 동시에 엄습했다.

잔뜩 주눅이 들어 팀장 밑자리에 앉았는데, 그 팀장이 J 언니였다. 냉담한 듯 차분한 인상으로는 문화부 최강이었다. 너는 이제부터 방송, 영화, 대중음악 2진에 뮤지컬 1진을 맡게 될 거라고 J 언니가 말했다. 한마디로 대중문화팀의 모든 것을 맡으라는 얘기였는데, 그것이 과중하다는 생각 같은 건 떠오르지도 않았다. 대감집 머슴처럼 "예이~" 대답하고서 주섬주섬 노트북을 펼쳤다.

'J 언니'라고 하니 어쩐지 하늘하늘한 원피스에 긴 파마 머리를 휘날리며 새침한 표정으로 말했을 것 같지만, 기실 나는 J 언니를 "언니"라고 불러본 적이 단 한 번도 없다. 20년간 우정을 나눠온 지금까지도 "선배"라고 부를 뿐, "언니"라는 말은 입에 담아본 적이 없다. 짧은 머리에 큰 키, 뉴트럴한 인텔리전트룩을 선보이며 언제나 논리적이고 차분한, 요즘 말로 MBTI상 '쌉T'의 언어를 구사하는 J 언니는, 솔직히 무서웠다.

'언니'의 이응 자만 꺼내도 작살이 날 것 같았다. 남기자들이 서로를 "형"이라고 부르며 끈끈한 우애를 다질 때, 여기자들끼리는 깍듯이 "선배"라는 말로 거리를 두고 있었다. 여성성이란 들통났다가는 큰일나는 열등의 증표여서 혹시라도 "언니" 같은 말을 쓰다가 책잡힐까봐 각별히 조심하고 있었던 것이다. 빌어먹을!

그날 문화부에서 쓴 첫 기사는 TV 프로그램 소개 기사였다. 내가 슬그머니 집배신에 송고해놓은 기사를 J 언니가 말도 없이 읽어보더니 무표정하게 말했다. "자네, 기사에 '내일'이란 단어를 썼네? 독자들이 신문을 보는 내일도 내일일까? 기사엔 정확한 날짜를 써야 하는 걸 몇 년 차인데 아직도 모르고 있지?" 나는 얼어붙었다. 연신 "죄송합니다." 중얼거리며 잽싸게 기사를 고쳤다. 등신, 등신, 스스로 머리를 쥐어박으며. 심장이 그렇게 쿵쾅거려도 목구멍 밖으로 튀어나오지는 않는다는 것은 참으로 인체의 신비다.(아니, 왠지 TV 프로그램 기사에서는 VJ 같은 말투로 "오늘 밤 방송됩니다. 채널 고정!" 그래야만 할 것 같았다고요. 사회부에서는 안 그랬다고요!)

J 언니는 어마어마한 기자였다. 국제부에 근무하며 일제강점기 위안부로 캄보디아에 끌려갔다가 모국어를 잊고 산 소녀의 존재를 세상에 알린 '훈할머니 특종'으로 한국신문협회가 그해 가장 훌륭한 기사에 수여하는 한국신문상을 받은 것은 물론 고작 29세의 나이로 당시 최연소 최은희여기자상 수상자가

되었다. 황우석 사태 때는 후술할 H 언니와 함께 황우석 사기극과 「PD수첩」 사태의 진실을 밝힌 주역이었다. 내가 만일 일제 위안부 강제동원의 참혹상을 전 세계에 알린 전설적 특종을 터뜨렸더라면 어깨에 힘주고 다니느라 20대에 이미 오십견이 왔을 텐데, J 언니는 단 한 번도 자신의 업적에 대해 말을 꺼내는 일이 없었다. "팀에서 다 같이 한 거야. 어쩌다 보니 내가 그 취재를 맡게 된 거고." 그 취재를 기막히게 잘해서 특종이 된 건뎁쇼?

J 언니는 놀랍도록 침착하다. 내가 만난 가장 강한 마음의 소유자이며, 최고로 단련된 정신의 주인이다. 그 어떤 외압에도 동요하지 않는다. 청와대에서 전화를 걸어와 그 기사는 그만 쓰는 게 좋겠다고 해도, 전직 국무총리가 욕지거리를 하며 삿대질을 해도, 윗사람으로부터 아무리 부당한 처사를 당해도 무너지지 않는다. 나처럼 복수심에 사로잡혀 부들거리지도 않는다. 상대가 강하면 강할수록 J 언니는 말없이 더 강해지는데, 반도 출신이면서 흡사 대륙의 여제인 양 호방한 기상이 핏줄을 타고 흐르는 것이다. 내가 이런 그녀의 마음에 들 리는 없어 보였다.

그런데 참 이상하지. 내일을 내일이라고 썼다가 잔뜩 쪼그라들었던 첫 기억 다음으로는 곧장 하하호호 즐거웠던 우리들의 회의시간이 떠오른다. 건너뛰기가 아니다. 우린 이내 그렇게 되었다. 10년이나 뒤늦게 들어온 막내 기자가 내놓는 말도 안 되는 온갖 아이디어에 J 언니는 늘 귀를 기울였다. 한 번도 "그건 킬이야." 말하지 않았다.(나는 훗날 그렇게 남발했는데!) 뭘 어떻게 고치면 기사가 될지 역시나 차분하고 논리적인 언어로 가르쳐줬고, 그렇게 쓴 것들은 제법 그럴듯한 꼴의 기사로 지면에 인쇄됐다. 반짝이는 보석 가루 몇 개가 뒤섞인 흙을 한 줌 J 언니의 책상 위에 퍼다놓으면, J 언니는 안경을 고쳐 쓰곤 맹렬한 눈빛으로 흙들을 슥슥슥 골라내 몇 개 되지도 않는 보석 알갱이를 발굴한 후 나의 성취로 만들어주었다. J 언니가 그렇게 공을 들인 덕분이었지만, 어쨌든 그 기사의 바이라인엔 '박선영 기자'가 붙는 것이다.

　　나는 대책 없는 어린애처럼 여기저기서 흙더미들을 퍼담아 J 언니 앞에 부지런히 늘어놓았고, J 언니는 집에도 가지 않고 흙가루들을 콜록거리며 골라냈다. 그렇게 일주일에 몇 개 면을 쓰면서 점심에는 자리에 앉은 채 함께 김밥을 까먹고, 마감을 하면 포장마차에서 떡볶이를 사먹으며 힘든 줄도 모르고 일했다. 주말판 마감이 몰리는 금요일에는 어김없이 새벽까지 야심한 편집국에서 낄낄거리며 기사를 썼다. 술은 또 얼마나 마셨을까. 봄과 여름이 그렇게 지났다. 일이 재밌었다. 누가 시키지 않아도 새벽까지 회사에 남아 기사를 썼다. 일의 즐거움을 처음으로 느꼈고, 몰입의 기쁨에 빠졌으며, 동지애에 중독됐다. J 언니의 칭찬을 듣는 게 좋아서 마소처럼 일했다. J 언니를 기쁘게 하기 위해 어디라도 갔다. J 언니의 우산 밑이라면 두려울 게 없어서 참으로 많은 일들을 해냈다. 이런 것도 기사가 될 수 있을까 싶은 것들을 기사로 만들었고, J 언니의 흙 고르기 솜씨 덕분에 그것들은 제법 훌륭한 기사들이 되었다. 나는 훌쩍 성장했다. 단시간에 조련되었다. 나를 키워낸 건 J 언니라는 걸 그때 이미 알고 있었다.

H 언니를 처음 본 건 입사한 지 얼마 안 돼 편집부에 있을 때였다. 순정만화에나 나올 것 같은 주먹만 한 눈을 가진 단발머리의 만삭 선배가 과학 기사를 들고 지면 편집을 배당받은 내 자리로 왔다.● 나로 말하자면 고교 시절 과학 시험에서 100점 만점에 16점을 맞은 적도 있었던바(찍었으면 25점은 맞았을 텐데 성실하게도 다 풀었던 것이다!) 과학 전문 기자인 H 언니

● 기사에서 가장 중요하고 이목을 끄는 것은 제목이고, 이 제목은 기사를 쓴 취재기자가 아닌 편집기자가 붙인다. 제목이 그만큼 중요하기도 하고, 객관적인 안목에서 기사의 핵심을 독자에게 가장 잘 전달하기 위한 방편이기도 하다. 때때로 제목을 둘러싸고 취재기자와 편집기자 사이에 갈등이 벌어지기도 한다.

의 기사를 몇 번이나 읽었으나 도통 무슨 소린지 알아먹을 수가 없었다. 빅뱅이 이러저러하게 일어났고 암흑물질이 어찌어찌한 것으로 관측돼 최초로 뭔가 중요한 우주의 비밀이 밝혀졌다는 뭐 그런 얘기였던 것 같은데, 정규 교육과정을 이수했으면 충분히 이해할 수 있도록 쉽고 친절하게 풀어 쓴 기사라는 사실만 감으로 알 수 있을 뿐 정규 교육과정을 좀 대충 이수한 면이 있는 나로선 헤드라인을 뽑을 방도가 없었다. 들리는 풍

문에 의하면 H 언니는 자기 전 침대에 누워 연구자들이나 찾아 읽는 과학전문잡지 《네이처》나 《사이언스》를 영어로 읽으며, 과학 전문 기자가 되기 전에는 린다 김 특종 보도를 했고, 출산 이틀 전까지 정치부 야근을 했다는 전설의 여기자였다. 내게 가장 놀라운 점은 H 언니의 전공이 과학이 아니라 인문학이라는 점이었다. 이럴 수가. 같은 문과끼리 이러면 안 되는 거 아닌가요. 아무리 읽어도 모르겠는 기사를 손에 든 채 부끄러움을 무릅쓰고 용기를 쥐어짜내 H 언니를 찾아갔다. "제가 과학을 너무 몰라서요…… 이해가 잘……." 단 한 순간도 타박의 눈빛 없이 상세히 설명해준 기사를 읽고 또 읽으며 밑줄 치기와 인터넷 검색을 거듭한 끝에야 겨우 제목을 뽑았다. 초판 대장쇄를 본 H 언니가 내 자리로 오는 게 보였다. 가슴이 두근거렸다. "제목 이해 잘되게 잘 뽑았네. 수고했어." 그때 느낀 기쁨이란! 그것은 흡사, 어렵게 구한 관측값이 실제와 맞지 않는다는 걸 절망 속에서 수용하고 정직하게 재관측에 돌입한 끝에, 행성이 원이 아닌 타원의 궤도로 태양 주변을 돈다는 사실을 발견해낸 요하네스 케플러(케플러 제1법칙!)의 그것과도 같았다.

　　H 언니 역시 무서웠다. 이영애를 연상시키는 언니의 긴 앞머리가 꽃핀으로 이마에 딱 고정된 날에는 특히 몸가짐을 삼가야 했다. 황우석 사태 때였다. 당시 경찰기자였던 나는 옆 부서에서 꽃핀을 꽂고 사태를 뒤엎는 특종을 연신 쏟아내는 H 언니를 슬그머니 피해다니고 있었는데, 눈이라도 마주쳤다간

호출과 파견의 그물망에 걸려 과학계의 누군가를 만나러 칼바람과 눈보라를 맞으며 헤매다니다 뭔 소리인지도 모르겠는 말을 잔뜩 듣고 보고를 해야 했기 때문이었다. 소득이나 있으면 좋으련만. "또 허탕입니다." 그렇게 보고할 때마다 입술이 떨렸던 것은 추위 때문이었던가. 서울대병원 VIP 병실에 입원한 황우석을 만나러 전 세계 외신기자들까지 삼백여 명의 기자들과 진을 치고 몸싸움을 하며 며칠간 뻗치기(취재원을 만날 때까지 기다리는 것)를 했던 것은 되레 사치스러운 기억에 속한다. 황우석 사기극 의혹을 제기한 「PD수첩」의 보도가 사실이었음을 입증하는 특종 보도로 H 언니가 한국여기자협회에서 주는 올해의 여기자상을 받았을 때 꽃다발을 들고 가서 꺅꺅 소리를 지른 것이 이 일련의 사태에서 내가 세운 가장 큰 공이지만, 경망스럽게 너무 소리를 질렀나 혼자 자기검열을 했던 게 기억나는 걸 보면 역시 이때까지만 해도 H 언니는 내게 무서운 선배였던 것이 분명하다.

"야, 너 그 시리즈 기사, 여기자협회상 받게 공적조서 써와. 추천서는 내가 쓸 테니까."

첫애를 낳으러 병원에 입원하기 전날, 집에서 짐을 싸고 있던 내게 H 언니가 전화를 걸어왔다. 출산을 명분으로 중단했지만, 시작도 하기 전에 중단하고 싶었던 30여 회의 기명 인터뷰 시리즈였다.

"네? 저 상 같은 거 안 받아도 되는데요."

공적조서라니. 저는 그게 뭐든 한 줄도 더 쓰고 싶지 않다고요, 언니.

"무슨 소리야. 기사 잘 써놓고. 내일까지 보내."

병원 침대에 앉아 궁시렁거리며 자화자찬을 늘어놓아야 하는 고욕의 시간을 거친 후 나는 제왕절개를 받으러 수술실로 들어갔고, 기자상 따위 새까맣게 잊어버린 채 회복의 고통 속에서 신음하고 있을 때 H 언니에게 또 연락이 왔다. "이번엔 애석하게 빗나갔지만 다음번엔 꼭 받아보자"는 격려 전화였다. 어, 뭐지? 이상한 일이었다. 애 낳으러 가는 사람 성가시게 한다며 내심 짜증을 냈으면서, 왜 마음이 그렇게 몽글거렸을까. H 언니가 나를 유심히 지켜보고 있고, 나의 기사를 열심히 읽고 논평해주며, 도대체 어떤 가능성을 발견했는지 이 미천한 나를 출세(!)시키려 마음 쓰고 있다는 사실이 그렇게 든든할 수가 없었다. 'H 언니를 위해 더 잘하고 싶다!'는 노예의 마음이 절개된 근육들로 아랫배에 힘도 못 주던 내게 불끈 솟아올랐다.

문화부와 기획취재부에서 부장과 팀장으로 일하며 내 커리어의 마지막 3년은 H 언니와 늘 함께였다. 우린 매일을 함께 보냈다. "이런 거 한번 써보면 어때요?" 운을 떼면 뭐라 설명을 하기도 전에 "야, 그거 재밌겠다!" 반색과 화답이 돌아왔다. 회의라는 게 본디 리더의 삽질을 침묵으로 견디는 시간이건만, H 언니와 하는 회의는 지적 호기심과 탐구심으로 가득하

거나 우리 사는 이곳에 대한 걱정과 염려로 출렁이거나 억울한
이들의 고통에 대한 분노와 연민으로 뜨겁게 타올랐다. 기사
를 쓰고 고치며 낄낄거리다가 분통을 터트리다가 눈물을 찔끔
거리던, 우리의 아름답던 시간들. 에토스와 파토스와 로고스가
동시에 번득이는 시간이었다. 우리가 가장 많이 한 말은 "야,
이게 말이 되냐?", "아니, 선배, 그게 말이 돼요?"였다. 도무지
말이 안 되는 일들이 너무 많아서 쓸 기사는 끊이지가 않았고,
우리는 또 술을 그렇게나 많이 마셨다. 팽팽하게 의견이 맞설
때도 없지 않았다. 흥분한 내가 도발을 서슴지 않으면—나 같
으면 그런 후배 두고두고 뒤끝을 부리거나 그만 볼 텐데—H
언니는 그 큰 눈을 깜빡이지도 않은 채 나를 응시하다가 한나
절 후면 이내 내 의견의 합당한 부분을 수용해주고 나의 무례
는 용서해준 후, 내 의견의 관철을 위해 외부와 싸워주었다. 그
리고 우리는 또 술을 마셨다. 그건 정말 멋진 일이었다.

언니들을 원망하던 시절이 내게도 있었다. 왜 그렇게 일
들을 했는가. 어쩌자고 뒤따라가는 우리로선 도달할 수도 없는
기준을 설정해놓고 그에 미치지 못하면 기자도 아니라고 스스
로를 미워하게 만들어놓았는가. 왜 새벽까지 취재원과 술을 마
시고 아침 아홉 시도 되기 전에 형형한 눈빛으로 자리에 앉아
조간신문을 읽고 있으며, 숙취해소제도 마시지 않은 채 전날
취재 내용으로 단독기사를 쓰고 있는가. 어제도 야근이었는데

왜 오늘 또 야근을 하고 있지. 이상해서 야근표를 살펴보면 어느 날에도 이름이 없었던 언니들. 왜 야근을 자처하며 집에 가지 않는가. 애들이 보고 싶지도 않은가.

"보고 싶어 죽겠어."

그래놓고 다음 날이면 또 새까만 밤의 유리창 위에는 맹렬하게 키보드를 두드리는 그녀들의 모습이 거울처럼 비치고 있었다.

J 같은 기자만 되라고, H처럼만 기자를 하라고, 그러면 여기자라고 불이익 받을 것 하나 없다고(거짓말!) 입사 첫날부터 귀에 못이 박히도록 들었다. "네! 알겠습니다!!" 얼마나 우렁차게 대답했던가. 하지만 내겐 그게 불가능하다는 것을 아이를 낳고 금세 깨달았다. 나는 세대가 달랐다. 이토록 사랑스러운 아이를 내 손으로 직접 키우는 일이 내겐 특종보다 훨씬 중요했다. 나는 쉬운 일을 찾아 고개를 두리번거리기 시작했다. 어떤 일이 일찍 끝나나, 빨리 애 보러 갈 수 있는 출입처는 어딘가 염탐했다. 변절한 내가 미워질 때마다 나는 언니들을 원망했다. 왜 애 내팽개치고 일만 했냐고, 술만 마시면 "선배는 나쁜 년이에요!" 주사를 부렸다.

그러나 우리는 모두 역사 속의 존재들이다. 나라는 여기자는 여기자들의 역사라는 곡선 위에 한 점으로 존재한다. 언니들이 그렇게 일을 하지 않았더라면, 여자도 그토록 훌륭한 기자가 될 수 있다는 걸 온 생애로 증명하지 않았더라면, 나는 언론사 면접에서 결코 합격하지 못했을 것이다. 지금이야 수습기자 선발에서 여성이 절반 이상 되는 경우가 흔하지만, 내가 입사하던 시절만 해도 매 기수에 여기자는 한 명 남짓이었다. 열 명 중의 한 명으로 간신히 구색을 맞추고 있는 그 여기자는 대체로 수석 입사자였고, 일을 시켜보면 거개가 발군이었다. 여기자에게는 못날 자유가 없었다. 유능하다고 다 되는 것도 아니다. 이 거친 장시간 노동을 자녀 양육과 병행해 수십 년간 이어나가는 것은 또 다른 문제다. 언니들이 버려준 덕분에, 전사처럼 싸운 덕분에, 내가 기자가 될 수 있었던 것이다.

대한민국 유자녀 여성에게 일이란 누군가는 반드시 상처받는 삼각게임이다. 스스로 2급 트랙으로 후퇴하며 커리어를 만신창이로 만든 엄마가 상처받거나, 엄마 없이 외롭게 시간을 보내며 돌봄공백에 시달리는 아이가 상처받거나, 언제가 생의 최후일지 모르는 노년의 부모가 양육이라는 감옥에 갇혀 무너져내리거나, 셋 중 하나 혹은 둘이다. 희생에 가까운 외부 조력 없이 아이를 키우면서 아이도 행복하고 엄마도 승승장구하는 그림은 대체로 가능하지가 않다. 슬프게도 어딘가에는 상처받은 사람이 있는 것이다. 언니들과 내가 크고 작은 시차를 두고 자녀의 사춘기라는 격랑에 휘말릴 때, 우리는 서로의 가장 든든한 카운슬러이자 위로자였다. 어쩐지 나는 두 언니의 딸들에게 늘 미안한 마음이었다. 내가 뺏은 시간들, 나의 성장을 돕느라 집에 가지 못한 엄마 때문에 많이 외롭지는 않았니.

하지만 엄마가 그렇게 일한 덕분에 우리와 너희에게 세상의 문이 열렸다는 사실을 꼭 알아주면 좋겠다. 어느덧 멋진 어른이 된 언니들의 딸들은 그 열린 문을 통해 세상으로 나아갔고, 그 세상 속에서 엄마의 업적을 깨닫는다. 엄마에게 건네는 그런 딸들의 고백을 전해 들으면, 그렇게 마음이 좋을 수가 없다.

각 세대에게는 저마다의 소명이 있다. 언니들의 소명은 여성이 노동자, 그것도 1급, 아니 특급의 노동자가 될 수 있음을 증명하는 것이었다. 나는 양육이라는 문제를 일터로 끌고 들어와 육아휴직을 합당한 노동자의 권리로 정착시켰다. 애 낳을 때마다 따박따박 육아휴직 1년씩 쓰는 새 시대를 개막한 덕에 남자 후배들까지도 종종 육아휴직을 냈고, 이 새로운 관행은 당시 유행하던 '김영란법'의 명명법을 따라 '박선영법'이라고 불렸다. 둘째 낳으며 육아휴직을 한 번 더 쓰겠다고 했을 때 편집국의 그 경악하던 얼굴들. 한창 일 잘하는 시기에 또 쉬어서야 되겠냐며 너 없이는 신문을 만들 수 없다고 아기 내복 사주며 회유하던 편집국장에게 너무나도 미안했지만, "그거 안 받을래요." 밀쳐내며 관철시켰다.(물론 내복도 받았다. 아기 내복의 최고 명품 쇼콜라였다!) 언니들과 비교하며 "나는 기자로선 글렀다"고 자조했지만, 훗날 뒤돌아보니 꼭 그렇지만은 않았다. 일터에 유폐되지 않은 채 시민으로서의 삶을 살았고, 그것들을 고스란히 지면 안으로 끌고 들어왔다. 그게 내 세대의 소명이었고, 그 경험이 나를 더 좋은 기자로 만들었다. 세상을 뒤집어엎는 특종 같은 건 터뜨려본 적이 없지만, 이런 것도 기사가 될 수 있다고 독자들을 설득하며 저널리즘의 영토를 넓혔다. 그것은 나의 자부심이다.

우리는 모두 언니들의 어깨 위에 서 있다. 거인의 어깨 위에 선 난쟁이처럼, 우리는 언니들의 성취를 딛고 조금 더 좋은 곳, 조금 더 높은 곳으로 간다. 세상이 아직도 여성을 업신여겨서, 똑똑하고 유능하고 도덕적인 여성일수록 더 악착같이 찍어눌러서, 언니들의 미래가 아직은 통속극의 해피엔딩처럼 화끈하게 펼쳐지지는 않았다. 세상이 똑똑한 여자들을 대우하는 방식은 한결같다. 잔뜩 부려만 먹고, 권한 있는 큰 자리는 봉쇄해버린다. 나의 미래가 보였다. 셈이 빠른 나는 짐을 쌌다. 조직 같은 곳엔 더 이상 몸담지 않으리라 결심했다.

출세란 흙 묻은 알사탕과도 같다. 사탕은 먹고 싶은데, 흙을 삼킬 수는 없다. 그래서 아예 안 먹는 길을 택했고, 세상에 맛있는 게 어디 사탕뿐이냐, 쫀디기도 먹고 아폴로도 먹는다. 하지만 자주 울 것 같은 기분이 드는 것은 어쩔 수 없다. 나는 이 일을 아직도 사랑하는데, 끝이 뻔하다. 언니들이 합당한 쓰임을 받지 못할 때, 저 흙 묻은 알사탕을 수돗물에 헹궈주고 싶었다. 언니들이 내가 퍼온 흙더미 속에서 보석 알갱이를 찾아주었듯이, 나도 흙 묻은 알사탕을 깨끗하게 헹궈 "언니 먹어요." 건네주고 싶었다. 그러나 내겐 아무 힘도 없다. 그래서 술 마실 때마다 외쳤다. "우리 인터넷 신문 창간합시다!" 언니들이

픽 웃는다. "무슨 돈으로?" 그렇지, 언제나 그게 문제지. "내가 아주아주 야한 웹소설을 익명으로 연재해서 돈을 좀 벌어볼게요. 그 돈으로 우리, 진짜 좋은 신문을 만들어보는 거예요." 어이없어하면서도 언니들은 우리 매체가 생기면 어떤 기사를 주로 쓰고, 어떻게 지면을 운영하며, 어떤 기자들을 영입해올지 이야기하기 시작했다. 한참을 웃고 떠들며 서로의 포부를 펼친다. 그러면 어김없이, 잔잔한 슬픔이 일렁이는 호수의 물결처럼 우리를 흔든다.

뉴욕에 가족여행을 갔다가 아이들을 데리고 《뉴욕타임스》 건물 앞에 갔다. MSN 메신저라는 것이 세상에 만연하던 시절, 내 대화명이 한동안 '영어만 잘했으면 뉴욕타임스에서 기자질 하고 있을 텐데…'였던 때가 있었다. 대화명을 본 선배들이 여기저기서 위로인지 악담인지 모를 말들을 건네왔다. "니가 영어 못해서 정말 다행이다." "기자질 전 세계 어디서나 다 비슷하다." 《뉴욕타임스》 건물을 보며 엄마는 다시 태어나면 꼭 여기서 일하고 싶다고 아이들에게 말하는데 갑자기 가슴이 아렸다. 딸아이가 고맙게도 사진을 찍어주겠다고 했다. 포토저널리즘에 입각한 건지 너무 생긴 대로 찍어놓아 어디에도 쓸 수 없는 사진을 건네주는 딸에게, 만일 내세 같은 것이 없다면 혹시 엄마의 못 이룬 꿈을 위해 네가 대신 《뉴욕타임스》 기자가 되어줄 수 있겠냐고 물었다. 싫다고 했다. 자기는 게임 캐릭터를 그려 애니메이션으로 만드는 유튜버가 되겠단다. 아들을 바라보았다. 눈도 마주치기 전에 고개부터 저었다. 그때, 여전히 기자인 남편이 스멀스멀 핸드폰을 꺼내 자기도 빌딩 사진을 찍기 시작했다. 그래, 한국의 기자들에게만 사무친 것이지.

나는 The New York Times라고 크게 붙어 있는 빌딩을 한참 동안 올려다보았다. 10여 년간 풍문으로만 떠돌 뿐 누구도 취재에 성공하지 못했던 하비 와인스틴의 권력형 성범죄를 특종 보도한 조디 캔터 기자와 메건 투히 기자가 지금 저 편집국 안에 있으려나. 기밀유지협약NDA에 묶여 있어 피해자 그 누구도 취재에 응할 수 없던 상황에서, 두 기자는 돈의 흐름이 말을 하도록 취재했다. 와인스틴이 피해자들의 계좌로 보낸 합의금이 그날 호텔방에서 성폭력이 벌어졌다는 걸 직접 증언하지는 않지만, 무슨 일인가 있었다는 건 확실히 알려주고 있었기 때문이다. 언니들과 함께 이곳에 있었다면 나도 그런 기사를 쓸 수 있었을 것 같은, 근거도 없는 회한이 밀려왔다. 건물 앞에선 "뉴욕타임스의 헤드라인에는 왜 팔레스타인이 없는가"라고 쓰인 현수막을 들고 열 명 남짓의 젊은이들이 시위를 벌이고 있었다.

호텔로 돌아와 《뉴욕타임스》 웹사이트를 오랜만에 뒤적거려보았다. 임원단 소개 페이지를 살펴보니 총 열두 명의 임원 중 여섯 명이 여성이었다. 더 이상 기자가 아니게 된 지 이미 7년이 지났다. 그런데 나는 왜 이렇게 질척거리고 있는 것일까. 첫사랑과 헤어진 후 다시는 누구도 만나지 못하는 실연자처럼, 마치 내게는 시간이 흐르지 않은 것처럼, 여전히 기자라는 일의 주변을 나의 의식은 맴돌고 있다. 트렁크도 펼쳐놓기 어려운 좁디좁은 호텔방의 통창 아래로 32번가의 번화한 거리가 내려다보인다. 25년 전엔 꿈과 야망을 불러일으키던 풍경이 이젠 회한과 서글픔을 남긴다. 알사탕에는 여전히 흙이 묻어 있고, 우리에게는 아직도 헹굴 수돗물이 없기 때문이다.

하지만 모르는 것이다. 계속 걷다 보면 흐린 하늘 아래로 청량한 빗줄기가 후두둑 떨어지는 날도 있을 수 있고, 장마에 불어난 맑은 개울물과 마주칠 수도 있다. 그러면 언니, 내가 냅다 흙 묻은 알사탕을 헹궈줄게요. 언니는 그걸 먹어요.

우리가 멀어져갈 때

언젠가 설거지를 하다가 접시를, 마치 반지름이 14센티미터인 원을 면적이 동일한 두 개의 반원으로 나누라는 수학 문제라도 풀듯 정확히 절반으로 쪼개버린 일이 있다. 깔끔하게, 사금파리 한 조각 남기지 않고, 접시는 거품이 퐁퐁 일고 있는 내 손 안에서 반토막이 나버렸다. 억울해라. 나는 아무 짓도 하지 않았는데. 거친 손동작으로 와인잔을 싱크대 벽에 부딪친 것도 아니고, 미끄덩한 손아귀에서 밥그릇을 놓친 것도 아니고, 그저 열심히 접시에 비누칠을 하고 있었을 뿐인데. 내가 천하장사인가? 흡사 군사열병식의 병정처럼 오른발 뒤꿈치를 바닥에 고정한 채 깨진 접시의 반원만큼 휙 돌아 빨래를 개고 있던 남편에게 말했다.

"이것 좀 봐. 난 정말 아무 짓도 안 했어."

콜롬보 형사처럼 날카롭게 증거물을 훑어보던 그가 눈에 힘을 빼며 범연히 말했다. "실금이 잔뜩 가 있던 거네. 깨질 운명이었어." 다시 빨래 개기로 돌아간 그는 "그러니까 여기저기 쿵쿵 내려놓지 말고 조심조심 다루라"는 잔소리를 잊지 않았다. "지금 당장 깨지지는 않더라도 그렇게 충격을 계속 받다 보면 안으로 실금이 가게 마련이라고."

실금. '대소변을 참지 못하고 쌈'이 아니라 '그릇 따위가 깨지거나 터져서 생긴 가는 금'을 일컫는 말. 당장 산산조각을 내버리는 것은 아니지만 없었던 일로 하기엔 너무도 있었던 일이라서, 차곡차곡 내상으로 축적되는 사건들. 이상한 일이지.

나는 어느 날 갑자기 깨진 접시처럼 내 인생에서 떨어져나간 사람들을 떠올리기 시작했다. 내가 먼저 야멸차게 돌아섰던 사람들, 영문도 모른 채 내게서 멀어져간 사람들. 아마도 실금 때문이었을 것이다. 거기엔 어떤 사건이랄 것도 없었다. 우리 안에 차곡차곡 쌓여간 실금들만이 있었다.

공격적 언사와 가학적 유머로 내 무의식의 일부를 언제나 불편하게 했던 A, 늙지 않는 영혼으로 나를 매료했으나 청춘의 갱신 가능성 대신 게으르고 노회한 미성숙만 보여준 B, 나에게는 더없이 좋은 사람이었지만 결국은 비겁한 출세와 성공이 생의 척도였던 C. 우리가 낄낄거리며 신나게 노닥거렸던 그 긴 세월들을 떠올릴 때마다 그저 시절인연이라는 말로는 모두 담을 수 없는 아련한 슬픔이 몰려오지만, 나의 마음은 호수처럼 차갑다. 다시는 만나고 싶지 않다. 누군가에겐 나도 그런 실금의 총본산이겠지. 어디서도 나를 마주치지 않도록 그에게도 신의 가호를.

긴 세월 지지고 볶은 인간관계들을 통해 내가 내린 결론은, 인간들 사이의 모든 행위는 궁극적으로는 자기가 사랑받고 있는지 확인하기 위한 것이라는 점이다. 동물인 우리들의 불가피한 본능이다. 생존을 위한 우리 뇌의 배선이 그렇게 이루어졌다. 내 편인지 아닌지, 나를 해칠 것인지 아닌지 알아내야만 한다. 나의 의견을 반박하는 걸 보니 너는 나를 좋아하지 않고 있구나. 내게 미소 지으며 인사하지 않는 걸 보니 자네는 나를 좋아하지 않는군. 우리의 상사들이 의견 반박과 복도에서 인사하지 않는 행위를 가장 견디지 못하는 것은 다 사랑받고 싶은 동물적 본능에서 비롯된 것이다. 언어에서 메시지가 아니라 뉘앙스가 의미의 팔 할인 이유다.

사람을 무너뜨리는 최후의 일격은 온 세상이 나를 미워하고 있다는 느낌이며, 이것은 누구도 극복하기 어려운 치명적 감정이다. '나를 미워하는 사람들이 있다.'와 '모두가 나를 미워한다.' 사이엔 도도한 황하가 흐르고 있다. 사랑받고 있다는 것은 그가 나를 해치지 않으리라는 가장 강력한 증거이므로, 인간이란 동물은 그 증거를 찾아 영원히 황야를 배회하게 마련이다. 호감의 신호를 감지하는 것이 생존의 제1법칙이다. "언니, 저 마음에 안 들죠?"는 인간 심리의 근원을 보여준 희대의 명언이다. 그러므로 "나는 당신을 좋아하고 있어요, 그런데 말이죠."라는 쿠션어를 모든 문장 앞에 붙이기 시작하면, 세상은 참으로 평화로워질지도 모를 일이다.

실금이 가지 않는 관계라는 게 가능할까. 오래 사용한 모든 것들엔 실금이 간다. 지속적 관계와 실금이 없는 관계라는 건 상호 모순적인 개념이다. 우리는 이제 시간의 횡포한 위력을 안다. 『문학과 예술의 사회사』에서 아르놀트 하우저가 플로베르의 소설 『보바리 부인』과 『감정교육』에 대해 논하면서 말했듯, "우리가 두려워할 것은 큰 재난이 아니라 작은 재난들"이다. 하우저는 이 소설들의 진정한 주인공은 마담 보바리와 프레데릭이 아니라 '시간'이라며, "우리는 우리 생애의 가장 거창하고 충격적인 좌절들로 인해 파멸하는 것이 아니라 우리의 희망과 야심이 시들면서 함께 시들어간다"고 말한다. 세계문학전집의 저 지루한 명작들은 "삶을 좀먹어 들어가는 시간의 개념"에서 양태된 것이기에, "인간을 단 한 번의 결정타로 파멸시키는 초시간적 운명의 개념"에서 빚어진 고대 그리스 비극과 본질적으로 판이하다. "[이런] 인식이야말로 우리 삶의 가장 서글픈 사실이다. 이러한 점진적이고 눈에 안 띄고 그러면서도 막을 길 없는 쇠진의 경험, 거창한 파국이 지닌 놀라운 효과조차 만들어주지 않는 조용한 삶의 침식의 경험은 『감정교육』을 비롯한 거의 대부분 현대소설의 중심을 이루고 있다." 나는 하우저의 이 문장을 20년이 넘도록 잊지 않고 있다. 쓰고 나면 언제나 울 것 같은 기분이 드는 문장. 거창한 파국이 지닌 놀라운 효과조차 만들어주지 않는 조용한 삶의 침식.

　　지나치게 제도권적인 삶을 살아왔으면서도 제도권의 삶을 숨 막혀하는 나는, 제도 밖의 이단아들에게 곧잘 끌린다. 우리는 한동안 잘 지낸다. 서로의 결핍을 채워주고, 이내 공통점을 발견한다. 관계는 즐겁다. 그러나 지속되지 않는다. 우리의 선택들이 암암리에 서로를 공격하기 때문이다. 무언가 끊임없이 건드려진다. 실금이다. 너는 나의 비겁이 싫고, 나는 너의 대책 없는 신랄함이 버겁다. 제도 바깥으로 나올 것도 아니면서 노상 징징거리고 있는 내가 실은 나도 싫다. 그렇지만 나는,

온통 뾰족한 너도 실은 제도 안으로 들어오고 싶어한다는 것을 눈치챈다. 우리는 피차 정직하지가 않다.

엉겁결에 몸의 반쪽 정도는 제도 바깥으로 탈락된 무직자 신세가 되고 보니 인생이란 결국 좋아하는 사람들과 즐거운 한때를 보내며 저마다 해야 할 일을 묵묵히 해내는 것, 단지 그뿐인 것 같다. 이왕이면 좋아하는 사람이 좋은 사람인 것이 좋고, 해야 할 일이 좋아하는 일인 편이 보다 좋겠다. 그럼에도 실금은 불가피하다.

방법이 없는 것은 아니다. 아무리 가는 실금이라도 그냥 두지 않고 보수하면 된다. 다행이다, 안 깨졌네, 하고 그냥 넘어가선 안 된다. 그러려면 우선 정직해야 한다. 내가 왜 그런 실수를 했는지 내 마음의 근저를 살펴보고, 그것을 상대에게 솔직하게 토로해야 한다.

나는 얼마 전 내 가장 사랑하는 후배들에게 하지 말자고 단단히 마음먹었던 그 말들을 결국 내뱉고야 마는, 천하의 미성숙을 또 드러내고 말았다. 나는 이 바닥이 지긋지긋해서 떠났지만, 나의 사랑하는 M은 존재를 걸고 그곳에 사과나무를 심고 있다. 사과나무에 사과가 안 열려 애가 닳는 그에게 "무슨 희망이 있겠냐." 같은 소리를 해서는 안 되는 것인데, 이 망할 놈의 주둥아리, 또 하고 말았다. 새로운 일을 시작해 볼 빨간 사춘기 소녀처럼 신나 있는 Q에게는 굳이 나이 얘기를 해서 그의 찬란한 미래 비전에 재를 뿌렸다. 헤어지고 돌아와 누운 밤, 잠이 오지 않았다. 못났어라. 지지리도 못났어라. 내 마음의 두꺼운 이불을 슬며시 들춰봤다. 늙은 무직자로서 나는 질투하고 있었다. 그들의 열정을, 활기를, 소명을, 성취를. 지금의 내겐 하나도 없는 것. 일말의 흔적도 찾아볼 수 없는 것들. 그냥 콱 죽고 싶었다. 목숨은 질긴 것이니까, 또 다른 내가 이불 속에서 벌떡 일어나 항변한다. 아니, 우리 사이가 "다 잘될 거야, 파이팅!" 이런 소리나 하는 그런 걸도는 관계야? 그렇게 피상적인 말이나 할 거면 힘들게 육지를 가로질러, 바다를 건너 왜 만나? 정중하게 좋은 말만 하는 관계의 공허함을 나는 견딜 수 없다고.

하지만 나는 내가 틀렸다는 것을 잘 안다.

마음과는 다른 피상적인 착한 말을 할 필요는 없다. 마음이 진심이거나, 적어도 내 부정적 전망을 응원이라는 긍정의 형식으로 표현할 수 있는 방법을 미리 연구했어야 했다. 그들은 만나기 전에 깊은 배려와 준비가 필요한 사람들이다. 아무 준비도 없이 덜렁 나타나서 이 소리, 저 소리 되는대로 지껄여서는 안 되는 것이었다.

이제 우리는 같은 자리에 서 있지 않다. 그러므로 바라보는 풍경도 각기 다르다. 예전처럼 아 하면 어 하는, 이런 걸 해볼까 운을 띄우면, 어머, 그거 좋은데요, 가 1초 만에 나오고, 그럼 저는 뭐를 할까요, 로 이어지는 그런 날들은 없다. 직장생활의 가장 큰 즐거움은 우정의 쾌락이었다. 남자들로 가득한 세상에서 우리끼리 똘똘 뭉쳐 남자 없는 세상을 살아가는 것처럼 즐거웠던 나날들. 손발이 척척 맞는 좋은 동료들과 즐겁게 일할 수 있다는 것은 초라한 연봉 위에 두둑하니 얹어진 스톡옵션 같은 것이었다. 길게 설명하지 않아도 순식간에 서로의 머릿속에 있던 그림이 정확하게, 스르륵, 마치 저절로인 양 우리모두의 손에서 지면 위로 펼쳐지고, 나 손 다 털었는데 내가 이걸 좀 더 할까, 끊임없이 서로 물으며, 그렇게 만든 기사들이좋은 반응을 얻고, 미약하나마 어떤 사회적 반향을 일으킬 때면, 그것은 거의 마약이었다. 때로는 맹렬하게 일었던 우리의논쟁, 그러나 대체로는 격렬하게 자판을 두드리며 장소팔-고춘자 같은 만담을 끝도 없이 지껄여대던 날들. 울고 싶도록 그리운 우리의 농담들. 허튼소리들.

나처럼 뒤늦은 나이에 신문기자를 그만두고 미국으로공부하러 갔던 좋아하는 선배가 했던 얘기다. 잠시 귀국했을때, 네 명의 건장한 공사장 노동자들이 커다란 철판의 네 귀퉁이를 하나씩 잡고 옮기는 장면을 버스 안에서 보는데 왈칵 울음이 쏟아지더라는 것이다. 대번에 어떤 느낌인지 알 수 있었다. 당신들은 함께 일하고 있군요. 나는 혼자인데. 서로 합을맞추며 하나의 목표를 향해 나아가고 있는 당신들의 일치된 발걸음이 나는 사무치게 부럽습니다. 서로의 안위를 서로에게 맡긴 채, 외롭지 않게, 당신들은 함께 나아가고 있네요.

우리는 멀어지고 있다. 슬프게도 애달프게도, 그 일은 벌어지고 있다. 너무 많은 맥락들이 우리 사이에 개입해 있고, 서로가 모르는 너무 많은 일들이 각자에게 벌어지고 있다. 그날 밤 두 동강이 났던 접시를 불현듯 떠올리고, 가슴이 철렁했다. 또 실패하는가? 나는 그들이 언제나 그립다. 같은 자리에서, 같은 곳을 바라보며, 척척 주거니 받거니 했던 우리들의 만담. 기사 마감 시간을 피해서, 한창 바쁠 피크타임은 비껴서, 이쯤이면 여유 있겠지 싶은 때를 골라 만담을 해보려고 하다가 카톡 메시지 창을 그냥 닫는 날들이 늘어간다.

나는 M과 Q에게 사과를 해야겠다고 결심했다. 우리 사이에 그 정도로 무슨 사과씩이나, 하는 게으른 마음은 한강을 건너며 내동댕이쳤다. 무엇보다도 사과를 하고 싶었다. 그들 마음에 그어졌을 실금을, 깨끗이 지우고 싶었다. 사과는 구체적이어야 하니까 내가 무엇을 잘못했는지도 적시했다. 지금 다시 보니 역시나 어설프고 불충분했다. 딴에는 실금 위에 본드를 살짝 티 안 나게 발라보려고 한 건데, 효과가 있었는지 모르겠다. 하지만 내 못난 마음을 직시하고자 했던 정직한 태도는 조금 칭찬하고 싶어. 그냥 뭉개고 넘어가지 않았다고.

M아. 한국 언론 너무 한심해서 어떻게 되든 관심도 없지만, M 네가 분투하고 있으니까, 조금은 좋아하도록 노력할게. 내가 할 수 있는 일이 있으면 언제든 기꺼이 도울게. 좋은 독자가 되도록 노력할게. 오직 너를 위해서.

Q야. 나는 지독한 염세의 늪에서 여전히 허우적거리고 있지만, Q 니가 힘겹게 길어올린 기운찬 에너지를 나도 닮으려고 애써볼게. 희망은 네게 쉬운 것이 아니었을 테니까. 니가 그것을 가졌다면, 나도 가질게. 그깟 나이 능히 때려부수고도 남을 역량이라는 게 너에겐 있다. 이번엔 니가 먼저 앞장서서 길을 밝혀줘. 내가 너를 뒤따라갈게.

멀어진다고 해서 좋아하는 마음을 그냥 내버려두면 안 된다. 늘 청결한 욕실을 원한다면 청소라는 노력이 부단히 필요한 것처럼, 멀어지는 마음에도 곰팡이가 피지 않도록 햇볕을 자주 쐬줘야 한다. 가까이 있는 동안은 이러저러한 사회정치적 자력으로 인해 접시가 잘 깨지지 않는다. 어떻게든 좋은 쪽으로 관계를 유지하게 마련이다. 하지만 멀어지고 나면 이런저런 실금들이 총궐기하면서 관계의 청산을 요구한다. "이런 일들이 있었잖아요! 그만 끝내라고요!" 그렇게까지 하면서 굳이 만나고 싶지는 않다는 마음이 들기 시작하면, 당신은 실금들의 궐기에 패배하고 만 것입니다. 지고 싶지 않다면 전화기를 들어야 하고, 메시지를 보내야 하며, 가끔은 선물을 고르고, 편지를 써야 합니다. 내가 미처 못했을 땐 아무리 바빠도 기쁘게 연락을 받아야 하고, 정말 바빠서 연락을 놓쳤다면 반드시 콜백을 해야 하며, 예기치 못한 편지나 선물에는 산토끼처럼 깡총깡총 뛰면서 반색을 해야 합니다. 이것이 멀어지기의 기술입니다.

우리는 멀어져가고 있다, 라고 쓰면서 또 슬프다.

공사장의 네 사나이처럼, 우리가 함께 철판의 귀퉁이를 들어올릴 일은 아마 없을 것이다.

하지만, 느네한테 꼭 하고 싶은 말이 있어. 이런 말을 하면 "아유, 선배 집어치워요."라는 말이 돌아올 테지만, 꼭 해야만 쓰겠다.

멀어지고 있지만, 나는 너희들을 사랑하고 있어.

그리고, 그때 너네한테 바친다며, 기타 치며 노래 부른 내 동영상 카톡방에 올린 거, 미안하다.

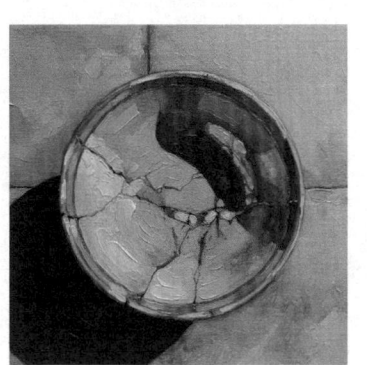

2부

내 슬픔의
레퍼런스

슬픔 수집가

— 더 슬프고
더 현명한

세상 모든 사람들을 기쁨을 좋아하는 사람과 슬픔을 좋아하는 사람의 두 부류로만 나눠야 한다면 당신은 어느 쪽에 속하는가. 나는 두 번 고민할 것도 없이 슬픔의 행렬 쪽에 줄을 서야 한다. 개그맨을 했으면 성공했을 거란 말을 자주 듣고 스스로도 그에 자부심을 느끼고 있지만, 내게는 슬픔이 흥건히 고여 있다. 우울하다는 것과는 다르다. 한 시절 호되게 앓아본 경험으로 말하자면, 우울증이란 되고 싶은 나와 되어 있는 나 사이의 격차 때문에 생겨난다. 되고 싶은 나의 기준을 낮추거나 되어 있는 나의 상태를 조금이나마 개선하며 작은 성취들을 쌓아가다 보면 깊은 울감으로부터 서서히 호전된다. 무엇보다도 나는 나를 좋아하고 있다. 이 모양으로 생긴 인간이지만 남몰래 나 자신을 얼마나 좋아하고 있는지, 심리검사를 하면 부끄럽게도 '나르시시스트 유형'로 나온다. 나르시시스트는 우울할 수 없다.

　　내가 선 슬픔의 행렬은 늘 줄이 짧다. 사람들은 이쪽 줄로 잘 오지 않는다. 나는 두리번거린다. 왜 이 줄은 이렇게 짧은 것인지, 사람들은 왜 그렇게 기쁨만 좋아하는 것인지 종종 야속하다. 터벅터벅 기쁨의 줄로 걸어가 누군가 붙들고 말하고 싶다. "당신, 아니잖아요. 실은 슬픔을 좋아하고 있잖아요. 이리 와요. 나랑 같이 저쪽으로 가요." 나는 일평생 슬픔을 좋아하는 사람들을 찾아 헤맨다. 종종 실패했고, 가끔은 성공했다.

　　대학 시절, 집으로 돌아가는 8번 버스 안에서 나는 늘

울 것 같은 기분이었다. 왁자한 술자리에서 웃긴 농담을 제일 많이 한 사람은 나였는데, 술 취해 홀로 버스 손잡이를 잡고 비틀거리고 있노라면 얼마나 거세게 중력이 내 발목을 잡아당기는지 맨틀과 외핵, 내핵을 차례로 뚫고 지구 정반대편에 있는 아르헨티나의 어느 거리를 달리고 있는 기분이었다. 고독했다. 기쁨을 좋아하는 척하며 사람들 속에 너무 오래 있었다. 허위가 보였고, 가식이 보였다. 기쁨의 통속성에, 관계의 표피성에, 행복의 피상성에, 그 형이하학적 정념에 종종 구토감을 느꼈다. 형이상학을 향한 한 줌의 비루한 욕구가 포기되질 않았다.

어느 초여름 밤이었다. 복학생으로 보이는 술 취한 남자 둘이 자정을 넘긴 버스 안에 나란히 앉아 술 취한 채 서 있는 나를 희롱했다. 아르헨티나의 거리에서 삽시간에 정릉의 밤거리로 돌아온 나는 손잡이를 잡은 채 가만히 고개를 돌려 그자들을 내려다보았다. 뚫어져라 바라보았다. 아무 말도 하지 않은 채, 묻는 말에 답도 하지 않은 채, 몇 분이고 맹렬하게, 형이하학 기쁨파임이 분명한 그들을 응징하듯 응시했다. 마침내 그들이 비죽거리며 눈을 피했고, 조금 뒤 설마 내가 아직도 자기들을 쳐다보고 있을지 의심하며 올려보았다 깜짝 놀랐고, 미친 것이 분명해 보이는 젊은 여자에게 "아, 미안해요." 머뭇머뭇 사과한 후 다음 정거장에서 내렸다. 버스에서 내리는 그들을 고개를 돌려 끝까지 노려보았다. 나는 시방 위험한 짐승이었고, 사람들이 순하던 시절이었다.

기쁨을 위장하는 일이 지겨워졌다. 기쁨에 빌붙고 있는 내가 싫었다. 내 안에 슬픔이 출렁거려서 웃고 싶지 않았다. 대학 2학년 겨울방학, 나는 돌연 모두와 연락을 끊고 잠적했다. 이래저래 모은 돈으로 일본으로, 베트남으로, 태국으로 혼자 여행을 다녔다. 누구의 전화도 받지 않았고, 누구의 편지에도 답장하지 않았다. 세 달 후 캠퍼스로 돌아왔을 때 나는 친구가 한 명도 없는 사람이 되어 있었다. 생애 처음 있는 일이었다. 아주 어릴 때부터 내가 웃긴 소리를 해대면 여자아이들은 태양계의 행성처럼 주변을 둘러쌌더랬다. 그리고 내게 와 하나씩 자신의 슬픔을 털어놓곤 했다. 나는 그 슬픔의 순간들을 아끼고 사랑했다. 서로의 슬픔을 털어놓고 종내에는 낄낄거리며 종종걸음으로 교실로 돌아가던 순간들.

대학이란 이상한 곳이었다. 사람들은 즐겁다. 즐겁지 않으면 실패한 것이다. 비슷한 능력과 비슷한 야심을 가진 사람들을 한데 모아놓으면 이런 일이 발생하는 걸까. 사람들은 즐거운데, 나만 혼자 이렇게 달라져 있다. 생애 첫 외톨이 체험이라는 불의의 사태가 발생한 것은 자처한 일임에도 쉽지 않았다. 고립이란 그 나이가 되어도 견디기 어려운 것이어서, 혼자서 밥을 먹고 혼자서 강의를 듣고 혼자서 도서관에 가 있는 끝없는 나날들은 굳은 결의와 심지를 요했다. 자꾸 투항하려는 스스로를 저지하며 나는 남몰래 쓸쓸했다.

그때의 친구들을 오로지 기쁨만을 추구하는 얕은 이들

인 양 묘사하는 것은 부당한 일일 것이다. 우리는 서로의 슬픔을 꺼내놓기 어색하고 부끄럽고 재단당할까봐 두려웠을 것이다. 서로에게 멋진 사람처럼 보이고 싶어서 기쁨의 세계에 억지로 머물렀던 순간들이 많았을 것이고, 설령 기쁨만을 아는 청년이었다고 해도 아직 슬픔을 모르는 행운을 누렸을 뿐일 것이다. 진득하니 기다리지 못한 나의 밭은 성미가 서둘러 타인을 매도하고 등을 돌리게 만들었다. 그 피상적이고 상투적인 행복의 조건들. 개성의 추구라는 몹시도 획일적인 분투. 슬픔의 물기는 한 방울도 스며들지 않은 쾌적하고 뽀송뽀송한 허위들. 이 모든 것을 은밀히 적발해내며 홀로 고고한 척했지만, 난 그저 슬픔을 모르고 자라난 부잣집 아이들이 미웠던 것이다. 옹졸한 마음으로 나도 기쁜 척하다가 종국에는 내파한 것이다. 꿰뚫어보는 현자의 눈을 흉내 내면서 언제고 도덕적 재단을 서슴지 않을 내게 자신의 슬픔을 털어놓을 사람이 어디 있겠는가. 남들의 세속적 욕망을 흘겨보는 자가 자신은 문학이나 학문이나 언론의 사명 따위로 그 세속적 욕망을 달성하겠다고 은밀히 야심을 품었을 때, 종국에 그가 도달하는 자리는 위선이다.

몽테뉴는 『수상록』에서 슬픔을 지혜와 덕과 양심을 꾸미기 위한 비겁하고 저열한 감정으로 폄하한다. "가벼운 근심은 말을 많이 하지만 극심한 근심은 말이 없다"는 세네카의 말이나 "자신이 얼마나 강한 열정에 불타고 있는지 말할 수 있는 사람은, 아직 그다지 강하지 않은 열정인 것"이라는 페트라르카의 말처럼, 깊은 슬픔은 말해질 수 없는 것이기 때문에 발설된 슬픔이란 한낱 도덕적 장식에 지나지 않는다는 것이다.

나는 슬픔이라는 감정을 가장 적게 가지고 있는 사람들 중의 한 사람이다. 세상 사람들은 당연하다는 듯이 특별한 호의로써 이 감정을 존중하지만 나는 이 감정을 좋아하지도 않고 존중하지도 않는다. 사람들은 슬픔으로 지혜와 덕과 양심을 장식한다. 이 얼마나 어리석고 괴이한 장식인가! 이탈리아인들은 이 감정을 사념邪念이라는 말로 표현하는데 이는 매우 적절한 표현이다. 이 감정은 언제나 유해하고 광적이기 때문이다. 스토아학파에서는 이 감정을 비겁하고 저열한 것으로 보고 금하고 있다. [······] 나는 그와 같은 격한 감정에 사로잡히는 일이 거의 없다. 나는 천성적으로 감수성이 둔할 뿐만 아니라 이성의 힘으로 매일 나의 둔한 감수성을 더욱 무디게 만들기 때문이다.

내가 그토록 슬픔에 대해 말하고 싶었던 것은 내 슬픔이 얕은 슬픔이었기 때문인 걸까. 슬픔을 과장하고 아무 데서나 꺼이꺼이 목 놓아 우는 감정과잉은 나 역시 질색이다. 하지만 얕은 슬픔을 말할 수 없다면 깊은 슬픔은 어떻게 말할 수 있단 말인가. 슬픔을 통해 연대하지 않는다면 우리가 어떻게 저마다의 고립에서 풀려나올 수 있지? 저 매몰찬 몽테뉴가 '쌈T'에 해당한다는 사실과 동시에, 역대 수능 만점자 여덟 명을 모아 MBTI 검사를 해봤더니 F는 한 명도 없었다는 풍문이 불현듯 떠오른다. "이성의 힘으로 매일 둔한 감수성을 더욱 무디게 만"든 결과가 수능 만점이라면, 그것은 "작년 초중고 학생 자살 214명, 역대 최고치…… 8년 만 두 배 늘었다"(《한국일보》, 2024년 9월 26일)는 사회면 헤드라인과 아무 연관이 없는 것일까. 다이소에 갔다가 선물용 쇼핑백에 유머랍시고 써놓은 카피를 보고 분노했다. 앞면엔 "힘들고 어려울 땐", 뒷면엔 "혼자 해결해. 난 더 힘들어."라고 쓰여 있었다. 소주병의 라벨을 "남남처럼"으로 바꿔놓은 사진이 대단한 기지라도 발휘한 것처럼 한가운데 떡하니 박혀 있는, 불쾌하기 짝이 없는 쇼핑백이었다. 학생 10만 명당 자살자수(자살률)가 2015년도 1.5명에서 2023년 4.1명으로 급증했다. 우울증과 불안장애로 병원을 찾은 아이들은 2020년 각각 4만 808명, 2만 3204명에서 4년 만에 7만 5233명, 4만 31명으로 84퍼센트, 73퍼센트씩 늘었다.● 이 비극적 통계가 '남남처럼'이 즐거운 유머이자 시대정신인 세상과 무관하다고 말할 수 있는 사람 누구인가.

● 「우울증·불안장애로 진료받은 아동–청소년, 4년새 80% 늘었다」, 《동아일보》, 2025년 10월 6일.

　　한국에서 슬픔의 회피는 심각한 사회병리의 지경에 이르렀다. 사람들은 슬픔을 지나치게 두려워하고 있다. 감정의 탈진을 버거워하고, 내면의 고충을 은폐한다. 누군가 자신의 슬픔을 약점으로 악용할까봐, 기쁨이 찾아와 자신을 얕볼까봐 공포에 잔뜩 질려 있다. 박복한 슬픔파로 분류될까봐 남의 슬픔을 외면하려 애쓰고, 영원한 기쁨의 축복을 받은 것처럼 열정적으로 거짓 시늉을 한다. SNS에 전시하기 위한 삶의 저 부박한 행복이란 오로지 불안과 두려움의 동력으로만 가능하다. 그렇다. 나는 아직도 기쁨을 좇는 사람들을 미워하고 있다. 생의 비의를 알고 있다면 당신은 그렇게 기쁠 수 없다. 당신의 기쁨은 무지에 기반해 있다. 나는 당신이 슬픔을 두려워하지 않았으면 좋겠다. 슬픔을 더 많이 보았으면 좋겠다. 우리가 슬픔에 대해 도란도란 더 많이 얘기할 수 있었으면 좋겠다.

　　세상은 맘카페를 업수이 여기지만 이곳에는 현인들이 많다. 오래전, 두 돌 다 돼가는 아이가 아무래도 자폐인 것 같다며 어찌할 바 몰라 울고 있는 젊은 엄마의 글이 올라왔다. 비슷한 경험을 가진 선배들의 조언이 삽시간에 주르륵 달렸고, 두렵겠지만 엄마의 두려움 때문에 아이가 더 좋아질 수 있는 기회를 놓치지 마라, 용기를 내라는 게 대체적인 조언이었다. 어떤 상담센터가 좋은지, 어디에 가면 의료 혜택을 받을 수 있는지 각종 정보들이 쏟아졌다. 아직도 잊을 수 없는 어느 엄마의 조언이 있다. "오래전 내 모습을 보는 것 같아요." 그는 일단 어떤 순서로 어디에 가서 뭘 하면 좋은지 알려준 후 꼭 해주고 싶은 말이 있다고 했다. "여기에도 행복이 있어요." 아이는 예쁘고, 부모는 아이를 사랑하고, 거기에는 당연히 행복이 있다. 왜 아니겠는가. "두렵겠지만 용기를 내요. 여기에도 행복이 있다는 걸 잊지 말고요." 아름다웠다. 아름다운 건 슬퍼서, 나도 더 좋은 인간이 되고 싶어서, 나는 한참을 그 자리에 앉아 있었다.

큰애가 우울증이다. 하루 열다섯 시간을 보내는 고등학교라는 공간에서 아이는 시들었다. 말을 잃고, 식욕을 잃고, 가시처럼 말라서 고립됐다. 자살사고가 심하다고 했다. 열일곱 시간씩 반년 넘게 굶느라 건강이 엉망이었다. 기쁨을 좋아하는 아이들 사이에서, 생의 의지로 들썩이는 또래들 사이에서—그래야 학생부에 좋은 말이 적힌다—굳이 살아야 할까 생각하느라 기진맥진한 아이를 결국 자퇴시켰다. 학교는 하루도 더 견딜 수 없다면서도 자퇴는 두렵다고 결정을 못 내리는 아이에게 우리 부부는 말했다. "너는 아직 어리니까 그런 큰일은 부모가 결정해줄게. 엄마 아빠 믿고 자퇴해." 우리에겐 이 아이가 너무 소중해서, 이 아이를 우린 너무나 사랑해서, 학교 따위, 중졸로 살아가는 일 따위 하나도 두렵지 않다. 두려운 건 오직 이 아이를 잃는 것이다.

2020년 12월 31일 밤. 아이가 햇살처럼 명랑하던 시절이었다. 자려고 누워 휴대폰을 보다가 미국 메릴랜드주의 민주당 하원의원인 제이미 래스킨의 아들이 자살했다는 외신 피드가 눈에 들어왔다. 잘 모르는 정치인이었는데, 하도 여기저기서 추모의 글들이 올라오길래 궁금해 기사를 열었다가 가슴이 쿵 내려앉았다. 전형적인 백인 상류층 가정의 아들로 태어나 하버드 로스쿨에 다니고 있던 25세의 미남 청년이 우울증과 투쟁을 벌여왔고, 새해 전야에 한 장의 짧은 노트를 남긴 채 떠나갔다는 팩트는 흔히 보던 부고 기사의 내용이었다. 그런데 그 짧은 유서가 나를 무너뜨렸다. "부디 저를 용서하세요. 오늘은 병이 저를 이겼어요. 저를 위해 서로를, 동물들을, 세계의 가난한 사람들을 돌봐주세요. 모든 사랑을 담아, 토미." 한 문장이 목에 가시처럼 걸렸다. 읽고 또 읽고 가만히 소리내 따라 읽어보았다.

오늘은 병이 저를 이겼어요.

그가 가까스로 병을 이겼던 많은 나날들. 그 전쟁을 치르는 동안 그가 입었을 무수한 부상과 상처들. 용맹하게 싸웠으리라. 부단히도 싸웠으리라. 헌신적으로 사랑해주는 가족이 있고, 지지해주는 많은 친구들이 있고, 남 보기엔 남부러울 게 하나도 없는 인생인데도 그는 그날 지고 말았다. 병이란 그런 것이다. 한때의 우울감을 떨쳐낸 경험으로 나는 함부로 입을 찧었다. 「올드 랭 사인」이 울리던 그날 밤 나는 슬픔의 세계로 휩쓸려가 오래 울었다.

슬픔 수집가로서 내가 수집해온 슬픔의 이야기들은 내

게 들이닥친 슬픔의 미로를 잘 헤쳐나갈 수 있도록 도와주었다. 아이가 지지 않도록 돕기 위해선 제도와 규범에 대한 내 안의 맹종을 버려야 했다. 아이 할아버지가 너는 실패자라고, 나약한 패배자라고 소리쳤을 때, 아이를 데리고 나오며 다시는 할아버지를 보지 않아도 좋다고 했다. 나는 맘카페의 현인을 떠올렸다. 괜찮다. 여기에도 행복이 있다. 두렵지만 용기를 내자. 학교를 그만둔 멀대처럼 키가 큰 사내아이를 피아노학원의 대낮 레슨에 등록시켰다. 아이는 늘어지게 아침잠을 자고, 낮에는 피아노를 친다. 그렇게 배우고 싶어하던 드뷔시의 「달빛」을 치고, 「오버 더 레인보우」를 재즈풍으로도 친다. 아이가 틀리는 음들이 나는 좋다. 아이는 싸우고 있고, 지지 않고 있는 것이다.

　내가 슬픔파의 열성 당원인 이유를 18세기 영국 낭만주의 시인 새뮤얼 테일러 콜리지의 시 「늙은 선원의 노래」에서 찾았다. 영화 「아웃 오브 아프리카」에서 로버트 레드퍼드가 메릴 스트립의 머리를 감겨주는 장면에서 읊는 시이자 영국 유명 헤비메탈 밴드 '아이언 메이든'이 노래로 불러 널리 알려지기도 한 시다. 콜리지의 대표작인 이 시는 하객으로 참석했던 결혼식에서 어떤 늙은 선원에게 붙들린 순진한 청년이 그의 고독하고 기괴한 죄와 속죄의 삶에 대해 듣게 되는 액자식 구성의 작품이다. 장장 625행에 달하는 이 시는 마지막 4행을 맞닥뜨리기 위해 읽는다고 말해도 좋은데, 슬픔의 본질과 그 효용에 관해 잊지 못할 아름다운 깨달음을 주기 때문이다.

늙은 선원은 그 옛날 동경과 설렘으로 가득한 출항 후 배가 폭풍과 빙산에 갇혔을 때, 안개 속에서 앨버트로스 한 마리가 날아오자 마치 신의 계시처럼 얼음이 깨지며 난파를 모면한 적이 있었다. 다른 모두가 신성히 여기며 아끼는 앨버트로스를 선원은 이유도 없이 활로 쏴 죽이고 배에는 저주가 시작된다. 더러운 바다를 통과하며 동료 선원들은 갈증에 시달리다 모두 죽고, 홀로 남은 선원은 자신의 팔을 깨물어 피를 빨아먹으며 죽은 선원들의 되살아난 시체와 사투를 벌이다 속죄의 순례에 들어선다. 그의 속죄는 세상을 돌아다니며 가슴에 타오르는 고통의 불길을 사람들에게 털어놓는 것인데, 흥성스러운 결혼식장 한켠의 바위 위에 앉아 이 모든 충격적 비극을 들은 청년의 짧은 후일담으로 시는 끝난다.

눈빛이 날카롭고 수염이 새하얀
그 늙은 선원은 떠나갔다.
결혼식 하객도 그 뒤를 따라
신랑의 집을 등지고 떠났다.

너무 놀라고 쓸쓸해진 채
그는 집으로 돌아갔다.

이튿날 아침 일어났을 때

그는 더 슬프고 더 현명한 사람이 되어 있었다.

더 슬프고 더 현명한 사람A sadder and a wiser man. 깨달음이란 기쁨과 함께 오지 않고 슬픔과 함께 온다는 것. 사람을 더 현명해지도록 만드는 것은 기쁨이 아니라 슬픔이라는 것. 더 현명한 사람은 필연적으로 더 슬픈 사람이며, 그것이 내가 그토록 강렬하게 슬픔의 수집가가 되려던 이유였던 것이다. 나는 삶을 잘 살고 싶다. 진짜 삶을 살고 싶다. 삶의 비밀을 속속들이 알고 싶다. 삶의 폭력을 현명하게 잘 헤쳐나가고 싶다. 그러려면 슬퍼야 한다. 슬픔에 귀 기울여야 한다. 슬픔만이 나를 그 길로 안내할 수 있다.

고전문헌학자였던 니체는 왜 고대 그리스인들은 비극이라는 장르를 고안해내고 그토록 향유했을까에 대한 해답을 구하고자 첫 책『비극의 탄생』을 썼다. 그리스 비극이 발생해 스러지기까지의 과정을 아폴론과 디오니소스의 미학적 이원론으로 규명하면서 니체는 '그리스적 명랑성'이라는 개념을 도입한다. 그리스인들이 보기에 삶은 고통과 고뇌로 가득한 슬픈 것이었다. 이러한 슬픈 예감을 물리치고자 그들은 태양과 광명의 신 아폴론의 미학을 구축했다. 하지만 이성의 광휘로 빛나는 이 기쁨의 세계는 진정으로 그리스인들을 위로하지 못했다. 가장 용맹하고 굳셌던 전성기의 그리스인에게 필요한 것은 도리어 비극이었고, 모든 것을 파괴함으로써 새로이 창조하는 생명력을 지닌, 풍요와 도취의 주신酒神 디오니소스가 소환됐다. 니체는 디오니소스의 시종인 현자 실레노스가 미다스 왕에게 붙들렸을 때 '인간에게 가장 좋은 것은 태어나지 않는 일, 즉 무無이며, 그다음으로 좋은 것은 죽는 것'이라고 한 일갈을 인용했다. 디오니소스적 세계에서 삶이란 구역질 나도록 공포스럽고 부조리한 것이어서다. 자신들이 구축한 아폴론적 아름다움의 세계에도 불구하고 그리스인들은 "삶의 공포와 처참"을 잊지 못했고, 마침내 디오니소스적인 것을 통해 이 위장과 은폐의 덮개를 걷어내고 존재의 고뇌를 직시하기로 한다. 이 디오니소스적인 것으로부터 연원한 예술이 비극이고, 비극만이 "생존의 공포나 부조리에서 오는 저 구역질 나는 생각을 바로잡아 삶을 가능케" 하기 때문이다.

삶의 고통 속에서도 인생은 아름답다는 것을 깨닫는 것. 운명이 아무리 참혹하게 인간을 파멸시켜도, 인간은 결코 파괴되지 않는 생명의 의지를 갖고 있다는 것. 그것이 니체가 말한 그리스적 명랑성이다. 니체는 "진정한 비극은 궁극적으로 우리들에게 형이상학적 위안을 가져다준다"고 말한다. 형이상학적 위안이란 "사물의 밑바닥에 있는 생명은 현상의 모든 변화에도 불구하고 파괴할 수 없을 만큼 강력하고 환희에 차 있다"는 깨달음이다.

최고의 의지의 현상인 비극의 주인공이 파멸되는 것을 보고 우리는 쾌감을 느낀다. 왜냐하면 주인공은 다만 현상일 뿐이며, 의지의 영원한 생명은 그의 파멸로 조금도 손상되는 일이 없기 때문이다. "우리는 영원한 생명을 믿는다"라고 비극은 외친다.

전성기의 그리스인은 해가 지면 원형극장에 모여 무대 위에 펼쳐지는 비극을 눈물을 흘리며 감상했다. 오이디푸스가 자신의 눈을 찌른다. "오, 빛이여, 다시는 너를 보지 못하게 해다오." 운명에 맞서 용맹하게 싸웠지만, 그는 패배했다. 하지만 그의 몰락은 파괴된 그의 폐허 위에 새로운 또 하나의 세계를 수립한다. 생의 무서운 심연을 본 스스로의 눈을 찌르고 오이디푸스는 눈먼 노인이 되어 여러 나라를 방랑하지만, 결코 신들에게 굴복하지 않았다. 신들이 예비한 잔인한 운명은 오이디푸스의 삶을 파괴했지만, 그를 파괴하지는 못했다. 눈먼 오이디푸스는 꿋꿋하게 자신의 방랑을, 속죄의 여정을 지속하고, 파멸했을지언정 고귀한 인간으로서의 존엄을 지켜낸다. 인간이란 운명에 패배하는 존재지만, 그럼에도 자기 자신만은 빼앗기지 않는다는 것. 극도로 비극적인 이야기 전반에 미묘한 명랑성이 감돌고 있는 것은 바로 이 때문이다. 고로, 신들의 계략으로 인한 친부살해와 근친상간이라는 "몸서리쳐지는 사건"은 "도처에서 완화"되어 있고, 슬픔의 끝에는 "디오니소스적 지혜가 주는 형이상학적 환희이자 위안"이 있다. 내일 당장 어떤 운명이 들이닥칠지 모르는 생의 덧없음, 진실을 꿰뚫어본 눈에 영원한 반점으로 맺히는 존재의 공포와 부조리, 이윽고 엄습하는 구토. 허나, 그리스적 명랑성이 삶의 이 참혹을 직시하게 하고, 인간으로 하여금 앞으로 나아가게 만든다. 니체는 "이 변증법적 해결에 대한 그리스적인 기쁨은 대단한 것"이었다며 "현대의 도처에서 아무런 위험도 없는 안일한 상태를 '명랑성의 개념'이라고 이해하는 것은 이만저만한 오해가 아니"라고 말한다.

　슬픔 수집가들은 대체로 농담 애호가다. 슬픔의 한복판에서 내 소중한 사람들은 눈물이 들통날 때마다 기가 막힌 농담을 던지곤 한다. 세계는 나를 파괴할 수 없다는 듯이, 나는 결코 부서지지 않는다는 듯이. 그것을 이제 그리스적 명랑성이라 부르기로 하자. 대낮의 텅 빈 집에 학교에 가지 않는 큰애와 나 단둘이었다. 우두커니 책상에 앉아 있는 아이 옆으로 가 이런저런 얘기들을 나누다가 나도 모르게 깊은 한숨을 내쉬었다. "엄마, 힘들지?" 아이가 물었다. 죄책감으로 흔들리는 그 눈동자가 슬퍼 머뭇거리는 내게, 아이가 말했다. "그동안 재미 많이 봤잖아. 내가 속도 안 썩이고 예쁜 짓만 했다며. 좋았잖아. 재미 엄청 봤잖아." 아이가 옆구리를 손가락으로 쿡쿡 찔러대는 통에 한참을 낄낄거렸다. 나는 좋았다. 아이는 지금 그리스적 명랑성을 배우고 있는 중이다.

어떤 것이나 모두 한번 생겨난 이상은 고뇌에 찬 몰락을
각오해야 한다는 것을 우리는 깨달아야 한다. 우리는
개별적 존재가 빠지는 공포를 어쩔 수 없이 들여다보게
된다—그러나 겁을 먹고 머뭇거려서는 안 된다. 형이상학적인
위안이 일순 우리를 덧없는 세상살이로부터 건져준다.
—프리드리히 니체, 『비극의 탄생』

내가 가여울 땐
「엘리제를 위하여」

내게도 자기연민이 있다는 걸 깨닫고 깜짝 놀랐던 순간을 분명하게 기억한다. 어느 봄날. 회사 사무실에서였다. 당시 문학 담당 기자였던 나는 책더미로 가득한 난장판의 책상 앞에 앉아 어떤 책을 지면에 소개하면 좋을지 집중 검토 중이었다. 유력한 몇 권의 후보 가운데 황금가지에서 펴낸『애거서 크리스티 자서전』이 있었다. 백과사전에 육박하는 808쪽 분량의 하드커버를 펼쳐 읽기 시작했다. 서문을 지나 첫 챕터. 무심코 읽은 첫 단락이 무방비의 나를 가격했다. 날카로운 종잇날에 손을 베인 것처럼, 문장들이 날 할퀴었다.

우리 인생에서 일어날 수 있는 가장 큰 행운 중 하나는 바로 행복한 어린 시절을 누리는 것이다. 나는 매우 행복한 어린 시절을 보냈다. 사랑하는 정원과 집이 있었다. 지혜롭고도 인내심 많은 유모가 있었다. 아버지와 어머니는 서로를 진심으로 사랑하셨고, 성공적인 결혼 생활을 누리며 훌륭한 부모가 되어 주셨다.
지금 생각해 보건대, 우리 집은 참으로 화목했다.

지금 읽어보면 아무렇지도 않은 저 문장들에 나는 뜻밖의 모욕을 당한 것처럼 얼굴이 후끈거렸다. 작가에게 말로 표현하기 어려운 적대적인 감정을 느꼈다. 그러니까 그건 아주 오랜만에 느껴보는, 누군가 내 심장을 손아귀에 쥐고 짓뭉개는 것 같은 그런 통증이었다. 특기할 것이라곤 아무것도 없다. 영국 귀족 출신의 성공한 노작가가 인생의 뒤안길에서 돌아본 유년 시절을 담담하고 평이하게 서술했을 뿐이다. 그런데 나는 왜 와락 울음이 쏟아질 것 같은 기분을 느꼈던 걸까. 급히 책장을 덮고 의자에 몸을 기댔다. 지그시 눈을 감고 이 돌연하고도 격정적인 반응을 해석해보려 애썼다. "우리 인생에서 일어날 수 있는 가장 큰 행운 중 하나는 바로 행복한 어린 시절을 누리는 것"이라는데, 내가 왜 울 것 같은 기분인 거지?

어린 시절이란, 목적지를 향해 출발한 기차가 가장 먼저 들르는 첫 번째 정거장 같은 것이라고 늘 생각해왔다. 그러니까 우리가 서울에서 부산까지 기차로 달린다면 어린 시절이란 광명역쯤에 해당하는 것이다. 광명역은 서울에서 출발하는 기차 여행자에게 목적지가 될 수 없고, 출발의 설렘과 흥분 속에서 이내 잊혀지는 곳이다. 인생의 고통을 단 한 시기에만 겪을 수 있다면 유년 시절에 겪는 것이 가장 효율적이고 운 좋은 일이라고도 생각했었다. 그런데 광명역까지 안락하고 평온하게 달려오는 것이 인생의 가장 큰 행운 중 하나라니.

우리가 어떤 말을 듣고 까닭 없이 화가 나거나 마음이 상했다면, 이유는 하나다. 맞는 말이기 때문이다. 내가 인정하고 싶지 않은 일말의 진실을 그 말이 건드리고 있기 때문에, 우리는 흡사 돌에 맞은 개구리처럼 퍼드득 마른땅 위로 뛰어오르는 것이다. 어린 시절의 행복에 저토록 높은 가중치를 적용한 애거서 크리스티에게 분노를 느낀 것은 첫째, 그것이 진실이기 때문이고, 둘째, 나의 어린 시절이 행복하지 못했기 때문이다. 어린 시절은 한 영혼의 골격을 빚어낸다. 훗날 그 골격을 바꿀 수는 있어도 그러기는 매우 힘들다. 나는 명랑의 기질이 매우 승한 사람이지만, 깊은 슬픔의 정조에 일평생 물들어 있다. 왜 문득문득 서럽고 슬퍼지는가. "찬밥처럼 방에 담겨" 하루치의 숙제를 다 하고도 아직 지지 않는 해를 보며 아득했던 기억. 엄마 없는 하루의 길이를 감당할 수 없어 그저 낮잠만 자곤 했던 어둡던 골방의 그 꼬마. 슬픈 아이였던 나는 저 기형도의 시 「엄마 걱정」을 읽으면, 지하철이고, 사무실이고, 번화가 한복판이고 간에 주저앉아 울지 않을 도리가 없는, 그런 슬픈 어른으로 자라난 것이다.

오랜 세월 나는 성장일로에만 관심이 있어서 광명역 따위는 안중에도 없었다. 내 삶은 점점 더 좋은 쪽으로 전개돼왔고, 이런 행운은 흔치 않은 것임을 안다. 때때로 그 행운이 내 노력의 결과라며 내심 자부심을 느끼는 때도 있지만, 그것은 근본적으로 운의 영역이었다. 도시 변두리 빈곤계층이었던 우리 가족은 계층상승의 마지막 급행열차에 가까스로 올라탔다. 열차는 힘차게 달렸고, 나는 교육이라는 사다리를 척척 타고 올라가 전망 좋고 쾌적한 이층 객실에 무사히 도착했다. 궁핍하고 어두웠던 "내 유년의 윗목"으로부터 아스라이 멀어져서, 나에게 그런 시절이 없었던 것처럼 많은 나날들을 살았다. 나만 그랬던 건 아닌 것 같다. 지금 돌이켜보면 우리 가족에겐 굳이 말로 하지 않아도 모두가 이심전심으로 공유했던 어떤 오기와 허세 같은 것이 있었다. 내가 대학에 합격한 것, 두 달간 유럽으로 배낭여행을 떠난 것, 미국에 교환학생을 가게 된 것, 기자가 된 것, 그것들은 모두 우리 가족의 계층상승을 단적으로 입증하는 데이터였다. 태생이 선량하고 도덕적인 내 부모님이 겸손의 애티튜드를 잃는 순간들은 주로 이때 발생했는데, 자식 자랑이라는 빤한 서사의 진행 속에서 뭔가 부끄러우면서도 내심 자랑스러운 게 전혀 없지는 않은 그런 복합적인 감정이 들곤 했던 건, 우리 주변에는 그런 사람들이 거의 없기 때문이었다. 이건 자랑스러워해야 할 일이 아니라 슬퍼해야 할 문제라는 인식에 도달하기까지 내겐 더 많은 시간이 필요했다. 왜 더 많은 사람들이 그곳에서 빠져나오지 못한 것일까. 그 시절 다정했던 나의 이웃과 친구 들은 거기에서 어떻게 살고 있을까. 나는 왜 이제서야 그런 것들이 궁금해진 걸까. 왜 탈출에 성공한 사람들은 뒤를 돌아보지 않는 것일까.

기자로 세상에 나와 수많은 애거서 크리스티들을 만났다. 좋은 애거서 크리스티도 있었고, 나쁜 애거서 크리스티도 있었다. 날마다 소주를 퍼마시며 함께 처지를 한탄하던 친구가 청첩장을 받고 보니 이름만 대면 누구나 알 내로라하는 집안의 자식이었던 일도 몇 번 있었다. 처음엔 나와 우리 가족이 아등바등 분투하며 올라온 사다리가 그들의 발치 저 아래라는 현실을 깨닫고 아득하게 서러웠었다. 니가 올라가봐야 여기까지지, 그런 무력감. 30대 중반이 넘어가면 같은 이력서를 가지고도 출신 계급에 따라 확연히 달라지는, 서로의 삶의 명확한 분기점을 확인할 기회들이 부쩍 많아진다. 그 어리둥절한 무력감의 시기를 건강하게 잘 넘겨보내지 못하면 우리에게 남은 길은 심술과 역정이 덕지덕지 붙은 추한 노인의 얼굴이 되는 것뿐이다. 나이 마흔이 넘으면 자기 얼굴에 책임을 져야 한다는 말은 괜히 나오는 말이 아니다.

어느 미국 학자의 책에서 저널리즘의 형성 초창기부터 기자가 되려던 사람들은 신분상승의 야심이 있는 귀족 밑 낮은 계급 출신들이었다는 내용을 읽고 깔깔거렸던 적이 있다. 그렇다. 이 짓은 귀족이 하기에는 너무 속되고, 야망이 없는 자들이 하기엔 너무 고상하다. 내게도 그런 욕망이 있어서 결국 이런 직업에 오래 종사한 것일 테지만, 그곳에 오래 몸담은 덕분에 신분과 계급의 첨예한 작동방식을 온몸으로 느끼며 살았다. 저위 꼭대기부터 저 아래 밑바닥까지 두루 돌아다녔고, 저 위에서 저 밑으로 아찔하게 떨어지는 모습도 수두룩하게 목격했다. 세상을 잘 알게 됐지만, 너무나 피로했다. 이 세계엔 정념이 너무 들끓는다. 이곳엔 아파테이아(외부 자극에 흔들리지 않는 초연한 상태)가 없다. 이런 세계에 살면서 자식을 키우다 보니 잊었던 유년 시절이 그토록 자주 떠올랐는지도 모른다. 이 현기증 나는 하이어라키의 세계에서 나의 좌표가 어디쯤인지 살펴보지 않을 수가 없던 것이다.

어린 시절이 중요한 이유는 그 시절의 경험과 감각이 계급의식을 뼈에 아로새기기 때문일 것이다. 그것이 어린 시절의 가공할 위력이다. 타고난 기질의 자장 아래서, 세상을 받아들이는 방식이 이 시기 어느 정도 결정된다는 것은 부정할 수 없는 사실이다. 어린 시절은 백지에 그리는 첫 번째 그림이다. 우리가 아무리 전위적 몽타주 예술을 한다고 해도 지우개로 다지워 백지를 만든 후 처음부터 다시 그림을 그리기는 불가능한 일이다. 유머의 사제를 꿈꾸는 명랑한 내가 이토록 깊은 슬픔의 정조에 물들어 있다는 것. 세상이 무서웠던 기억들. 괄시당하고 있다는 느낌. 우리는 비천한 사람들인가 싶어 이불을 뒤집어쓰고 울었던 어느 날. 온통 주눅 들어서 아무라도 할퀼 것처럼 발톱을 세우고 살았던 어린 소녀를 생각하면, 그 아이의 작은 어깨를 붙잡고 꼭 안아주고 싶은 기분이 자꾸만 드는 것이다.

알폰소 쿠아론 감독의 자전적 영화 「로마」를 보고 나온 후 뭐라 꼬집어 말하기 어려운 찝찝한 기분에 휩싸였더랬다. 나는 그의 열렬한 팬이지만, 이번만은 그에게 동의할 수 없는 기분이었다. 헌신적이었던 가정부 누나를 그리워하는 꼬마 도련님의 존재 자체가 힘들었다. 그 영화를 보고 어린 시절의 가정부를 그리워하는 지인들이 아니나 다를까 있었다. 좋은 사람들이다. 그러나 약자의 희생을 통한 강자와의 연대론에 결연히 반대할 수밖에 없는 나와 그들 사이에는 건널 수 없는 강이 흐르고 있었다. 강자와 약자가 인류애를 통해 하나로 연대할 수 있다면, 왜 강자의 희생을 통해서는 아니란 말인가. 여자 주인이 하녀를 위해 희생함으로써 그들 사이에 싹트는 인류애의 서사는 왜 가능하지 않은가. "너는 우리 가족이나 마찬가지"란 말을 아무리 들어봤자 클레오는 가정부일 뿐이고, 소피아는 저녁을 먹고 나면 "여기 레모네이드 좀 만들어 가져오라"고 목소리 높여 클레오를 부를 것이다. 그러니까 그리워하지 말란 말이다. 그렇게 가족 같고 좋았으면 그 착한 식모 누나들이 왜 다 결혼해 떠났겠어. 나는 회사를 다니느라 10년 넘게 홈매니저라 불리는 가사관리사의 도움을 받으며 지내왔지만, 그분들에게 필요한 것이 가족 같은 분위기의 끈적한 인연이 아니라는 것은 잘 안다. 깍듯한 예의와 존칭, 전문가의 일에 대한 존중과 감사, 명확하고 상세한 업무협의와 분장, 명절이면 빠뜨리지 않고 챙기는 여분의 돈봉투와 고마움의 표시. 필요한 건 이런 것들이다. 함부로 가족처럼 굴려고 하지 말잔 말이다. 때로는 가족도 지옥 같은데.

어엿한 중산층이 된 기득권자들이 옛날의 자기연민에 빠져 스스로를 약자로 자리매김하는 것은 꼴불견이다. 자기연민은 어떤 경우에든 대체로 추하다. 지독한 자기애의 발로이기 때문이다. 인생이 지금처럼 평온하지 않을 때 내 어린 시절은 각별한 애통의 염을 자아내지 못했다. 어린 시절마저도 행복했으면 하고 바라는 지독한 자기애가 새삼 다 지나온 그 시절을 연민의 색채로 청승맞게 물들이는 것이다. 모든 인간은 어떻게든 자신의 불우를 발굴해내고 말 것이기에 아마 삼성의 이재용 씨에게도 자기연민은 있을 게 분명하다. 자기연민의 농도를 낮추기 위해 부단히 노력할 수는 있지만, 아예 그것을 박멸할 수는 없다는 얘기다. 살아 있는 한 자기 자신을 사랑하는 일은 멈출 수 없을 테니까.

자기연민이 들이닥칠 때 나는 이제 생각한다. 애거서 크리스티 같은 어린 시절을 갖지 못한 덕분에 나는 훨씬 더 좋은 사람이 되었다. 내가 떨치지 못한 무산계급의 감각이 그나마 나를 기자답게 만들어주었다. 슬픈 사람들 곁으로 가게 해주었다. 그들의 목소리에 이끌리고, 우렁차게 "여기를 좀 보시오! 여기에 세계의 비참이 있소!" 외치도록 만들었다. 나는 결핍이 빚어내는 삶의 깊이를 사랑하고, 세상을 향한 내 인류애는 그 결핍의 경험으로부터 솟아난다. 결핍은 때때로 우리 인생의 축복이다. 나는 애거서 크리스티의 어린 시절을 질시하지만, 그것을 원하지는 않는다. 나의 결핍은 나의 자산이 되었다. 결핍의 효용으로부터 나는 많은 것을 얻었다.

어느 여름의 혹독하게 무더웠던 날. 피아노학원 대기실에 앉아 아직 어렸던 아이들의 레슨이 끝나기를 기다리다가 그만 울고 말았다. 피아노가 놓인 여남은 개의 작은 방을 두 명의 선생님이 분주하게 오가는 가운데 흡사 두더지잡기 게임 같은 장면들이 펼쳐졌다. 선생님이 나오면 아이들도 연습실에서 쏟아져나와 떠들고 놀다가 선생님이 다가오면 두더지들처럼 후다닥 안으로 뛰어들어가 피아노 연습하기를 무한반복. 그렇게 정신없이 나돌아다니며 무슨 집중이 되겠나 싶던 찰나에 아이들이 연주하는 피아노 선율들이 방방마다 쏟아졌다. 「사과 같은 내 얼굴」과 「둥글게 둥글게」 같은 초보자용 연습곡부터 모차르트 피아노 소나타와 영화 「올드보이」의 주제곡까지. 그것은 서툰 아름다움의 세계였다. 아이들의 질주하는 손가락과 쓰러지는 음표들, 틀린 박자와 놓친 음. 치고 또 치고 또 치다 마침내 찰칵 들어맞는 음정과 박자. 공갈빵처럼 부풀어올라 까불대던 아이들이 아름다움의 세계 속으로 푹 꺼져 잠겨들던 그 낙차의 에너지가 어떤 숭고의 시공간 속으로 나를 이끌고 갔다. 너희들의 유년 시절에는 아름다움이 깃들어 있구나. 너희들은 훗날 이 소음과 음률의 명백한 대조를, 매미 울음소리와 너희들이 뚱땅거리던 멜로디의 화음을 아련한 애상 속에서 추억하게 되리라. 그리워하게 되리라. 아줌마는 기쁘다. 너희들의 어린 시절에 이런 아름다움이 깃들어 있어서, 아줌마는 기쁘다.

그 순간, 어린 시절의 내가 부러움 가득한, 잔뜩 주눅 든 얼굴로 툭 튀어나왔다. 나는 울기 시작했다. 내게는 그런 날들이 없어서. 저 문밖에 서러운 얼굴로 귀 기울이고 있을 어떤 가여운 아이가 바로 나여서. 어린 시절 내가 되고 싶었던 소공녀의 초상은 피아노학원 가방을 들고 다니며 「엘리제를 위하여」를 멋지게 연주하는 아이였는데, 나는 피아노학원에 다니지 못했다. 엄마를 조르고 또 졸라 어렵사리 마련한 학원비를 들고 마침내 피아노학원에 갔을 때, 나는 그러나 크게 낙담하고 말았다. 「엘리제를 위하여」를 치고 싶었는데 선생님은 『바이엘 상권』이라는 이상한 책을 펼쳤다. 빈곤의 이력은 자꾸 그만두는 것으로부터 승계되고, 나의 퀴터(quitter, 중도 포기를 잘하는 사람) 인생은 꿈에서도 바라 마지않던 피아노학원을 일주일 만에 그만두면서 그렇게 시작되었다. 학원비를 환불받으며 엄마는 나의 포기를 아마도 반색했을 것이다.

아이들을 데리고 집에 돌아와 한참을 혼자 울고서, 나는 화가 났다. 자기연민이 지긋지긋해졌다. 나는 내 모든 결함의 귀책사유로 생의 유일한 불우인 어린 시절을 자꾸 소환하려 하고 있으며, 이는 추악하기 짝이 없는 행태다. 행복한 유년기를 보내는 내 자식들을 보면서 어렸던 내가 유령처럼 출몰할 때, 아이들을 향한 지독한 사랑과 자기연민으로 인한 기묘한 질투가 동시에 솟구칠 때, 나는 자꾸 분열됐다. 자식을 키우며 불거져버린 이 지긋지긋한 연민의 감정을 이젠 끝장내고 싶었다. 피아노학원을 못 다닌 게 그렇게 억울해? 그럼 지금 다녀. 어떤 악기도 연주 못 해서 불행해? 그럼 뭐라도 배워. 그래서 기타도 배우기 시작한 거 아니야? 앞으로 나가라고. 여기서 계속

질척대지 말고 제발 앞으로 나가라고.

기타를 배운 지 9개월쯤 지났을 때였다. 피아노학원 신년연주회를 앞두고 아이들이 연습하는 걸 가만히 듣고 있다가 피아노 앞에 한번 앉아봤다. 학교에서 배운 3화음만으로(으뜸, 버금딸림, 딸림화음. 이걸로 안 되는 게 없어!) 교회 어린이 예배의 야매 반주자로 활동하기도 했던 나는 나름 무학의 실력자라는 자부심으로 여러 차례 「엘리제를 위하여」를 연습해봤으나, 그때마다 가족들로부터 집어치우라는 힐난만 들었다. 그런데 아무리 뚱땅거려도 안 되던 게 그날 두세 번 연습해보니 손가락에 모러라도 단 듯 휘리릭휘리릭 절로 쳐지는 것이었다. 아홉 살이던 둘째가 물었다. "엄마도 어릴 때 피아노 배웠어?" 나는 기쁨에 겨워 가슴을 쑥 내밀고 턱을 내린 채 의기양양하게 답했다. "아니, 엄마는 혼자 연습한 거야. 대단하지?"

몇 번이고 계속해서 「엘리제를 위하여」를 연주했다. 어린 나에게 바치는 헌정곡이라도 되는 양 연주하고 또 연주했다. 나의 이름을 조용히 부르며 그때의 어린 나를 나는 위로했다. 이제 됐다고, 넌 잘해왔다고, 이제 너의 삶에도 아름다움이 깃들었다고. 그리고 영원히 떨치지 못할 이 자기연민으로 무엇을 할까 생각해봤다. 나는 나를 너무 사랑하기 때문에 내가 가엾다. 이 감정을 소거할 수 있는 방법은 아마도 없을 것이다. 그러나 이 연민의 에너지를 다른 방식으로 사용할 수는 있을 것이다. 어린 시절이 아로새긴 무산계급의 감각으로 인해 확장된 자아라는 내 아이들이 때로는 내게 타자화된다. 나는 이 아이들의 엄마지만, 피아노학원 밖 저 슬픈 아이들의 편이 되는 어떤 순간들이 있다. 「로마」를 보고 어린 시절 식모 누나를 그리워하는 사람들처럼 내 아이들이 읊조리게 될 어떤 문장들이 나는 두렵다. 그 말들에 상처받고 홀로 눈물지을 슬픈 아이들이 떠오른다. 나는 나 자신만큼이나 내 아이들을 사랑하지만, 그 순간은 어쩔 수 없이 저 아이들의 편이다. 그러니까 이 도려낼 수 없는 자기연민의 감정을 나 같은 아이들을 잘 알아보는 데 사용해야지. 그 아이들을 보살피고 돕는 데 써야지. 그 아이들을 옛날의 나처럼 여기고 잘 돌봐줘야지. 타인의 고통에 대한 척도로서가 아니라면 자기연민은 얼마나 추잡한 감정이란 말인가.

이제 나는 「엘리제를 위하여」를 칠 수 있어서 내 궁핍했던 어린 시절을 말하며 위장하지 않고도 담백할 수 있다. 아픔을 느끼지 않고도 그 기억들을 말할 수 있다. 부모로서는 출신 계급이 다른 자식과 부모의 관계를 탐사하며, 이 아이들에게 어떻게 하면 불평등에 대한 감각이 생겨날 수 있을까 궁리한다. 이제는 급기야 피아노를 연주하며 말도 할 수 있는 경지에 이르렀는데, 어느 날 과장된 몸짓의 피아니스트를 흉내 내며 격정적 연주를 선보이다 아이들에게 말했다. "(온몸을 격렬하게 흔들며) 야, 엄마 이제 진짜 잘 치지 않냐? (따라따라따라라라라)

엄마는 피아노학원 다녀보는 게 소원이었는데, 느네 할머니가 너무 가난해서 못 보내줬잖아. (라라라라라라라라) 그래서 오랫동안 슬펐는데, (따라따라따라라라라) 이제는 별로 안 슬퍼. (라라라라 라라라라) 왜냐면 이렇게 잘 치거든. (따라라라)" 연주를 마친 후 모종의 감동에 젖어 나는 아이들에게 말했다. "아마 너희들 곁에도 옛날의 엄마처럼 슬픈 아이가 있을 거야. 그 친구들의 얼굴에 슬픈 기색이 스치면 그걸 놓치지 마. 그 친구가 어린 시절의 엄마라고 생각하고 배려하는 사람이 되어주면 좋겠어."

어떤 곳을 더 이상 갈망하지 않기 위해선 그곳에 한 번은 다녀와봐야 한다. 별것 없더라도 한 번은 가봐야 한다. 나는 베토벤에게 다녀와봤다. 좋았다. 내가 가여울 때, 이제 나는 「엘리제를 위하여」를 연주한다. 연주는 나날이 좋아지고 있다.

용기의 장르들

나는 백의고혈압 환자다. 백의고혈압이 무엇인가 하면, White Coat Hypertension, 그러니까 하얀 가운 입은 의사만 보면 긴장해서 미친 듯이 혈압이 치솟는 가짜 고혈압이다. 한마디로 쫄보의 뇌를 가진 건강염려증 환자라는 얘기다.

시작은 어느 해 정기 건강검진이었다. "혈압이 좀 높아지셨네요." 혈압을 잰 간호사가 전년도 기록을 살펴보며 심상하게 한마디 던진 게 내 무의식에 평지풍파를 일으켰다. 대체로 저혈압 쪽에 혐의를 두고 일생을 살아왔는데, 혈압이 높아졌다고? 그래봤자 고혈압 전 단계의 시작점인 수축기 혈압 120이었을 뿐이었지만, 혈압이라는 두 글자가 내 깊은 무의식의 용암에 불덩어리처럼 던져졌다.

그때부터 혈압계 앞에 앉기만 하면 걷잡을 수 없이 혈압이 치솟는 병증이 시작됐다. 처음엔 140, 아이구머니나 뒤로 나자빠지며 다시 재면 150, 이럴 리 없어 가만히 마음을 진정시키고 다시 재면 160이 나왔다. 보통은 잴 때마다 낮아지는 게 정상인데, 나는 정반대였다. 진지하게 걱정이 되기 시작했다. 30대에 혈압약이라니. 장수하긴 글렀구나. 회사에서 인쇄 전 대장쇄를 훑어보다 "침묵의 살인자, 고혈압" 같은 헤드라인을 마주치면 혼자서 소스라치게 놀라 의자 밑에 주저앉을 지경이었다. 회사 앞 내과를 찾았다. 역시나 150이 넘는 수치가 나왔다. 의사가 안경을 이마 위로 올리며 "어? 이상하네?" 혼잣말을 내뱉었다. 젊은 나이에, 특정 질환도 없는 정상 체중인데 이것이 웬일인가. 수치를 골똘히 쳐다보던 의사가 이내 안경을 콧등으로 내리며 말했다. "에이, 맥박이 너무 높잖아요. 이건 심장이 쿵쾅쿵쾅 뛰고 있다는 얘긴데, 백의고혈압 같네요." 백의고혈압에 대한 설명을 듣는 동안 내 얼굴은 붉어졌다. 부끄러웠다. 정확한 진단을 위해서는 대형병원에 가서 혈압계를 부착하고 24시간 연속 혈압을 재봐야 한다는데, 뭐 그렇게까지야.

백의고혈압일 가능성이 높다는 의사의 설명에도 나의 무의식은 공포의 멈춤 버튼을 누르지 않았다. 잴 때마다 너무 들쭉날쭉해서 담당 간호사가 매년 애를 먹었다. 그러다 예정된 수순으로 마침내 고혈압 진단이 나왔다. '혈압약을 드십시오.' 나는 소견서를 들고 대학병원에 갔다. 24시간 혈압계를 부착했다. 팔을 압박대로 칭칭 감은 채 혈압계를 목에 걸고서 버스도 타고, 지하철역 계단도 오르고, 밥도 먹고, 집에 가 잠도 잤다. 성질내면 혈압 높게 나올까봐 "나 건들지 말아라." 엄포를 내려놓고 살살살 걸어다니거나 가만히 침대에 누워 있었다. 이상한 기계를 부착하고 누워만 있는 나를 보고 어린 딸이 울기 시작했다. "엄마, 피결합으로 죽으면 안 돼!" 나는 피결합이 아니라 고혈압이라고, 그렇게 어휘가 엉망진창이어서야 어떻게 이 엄마가 맘 편히 눈을 감겠냐고 낮고 차분한 목소리로 말했다. 이튿날 터져버릴 것 같은 심장으로 병원에 가 혈압계를 떼고 결과를 보는데, 혈압 곡선은 완벽하게 정상 범주였다. "그럼 그렇죠." 의사가 말했다. 대학병원 공식 인증 백의고혈압. 그날의 기분은 매우 복합적이었는데, 일단은 몹시 기뻤다. 저녁밥을 먹으며 신나게 맥주를 들이켰다. 짓누르는 혈압계 없이 편안하게 침대에 누운 밤이 되자 좋은 기분은 썰물처럼 밀려나가고 문득 나란 인간에 대한 깊은 근심이 의식의 표면 위로 올라왔다. 파블로프의 개도 아니고, 이 쫄보의 뇌를 어찌할 것인가. 점차 죽음을 향해 가까이 가는 나이인데(물론 모든 나이가 그렇지만) 이런 쫄보의 뇌로 어떻게 존엄한 죽음을 맞을 수 있을까.

나는 스스로를 꽤나 대범하다고 생각하며 살아왔다. 살던 동네에서 멀리 이사를 떠난 초등학교(그때는 국민학교였지만) 2학년 때부터 일요일이면 원래 다니던 교회에 가려고 서울 한쪽 끝에서 다른 끝까지 한 시간 반씩 혼자 버스를 타고 다녔다. 광화문에서 한 번 버스를 갈아타야 하는 그곳에 보내면서, 엄마는 딱 버스비만 주고 여분의 돈은 쥐여주지 않았다. 아마도 돈이 없었겠지. 대도시 서울의 지리는 너무 복잡해서 어렸던 나는 종종 반대 방향으로 버스를 잘못 갈아타거나 내려야 할 정거장을 놓치는 일이 있었는데, 그럴 때면 새로 낼 버스요금이 없어서 난처했다. 낯선 정거장에서 혼자 발을 동동 구르다 창피해 죽을 것 같은 부끄러움을 억누르며, 인상이 좋아 보이는 아주머니나 버스 기사 아저씨에게 "저 사실은요……."라고 입술을 옴짝거리며 도움을 요청했다. 세상은 때로 좋은 곳이어서 모두가 흔쾌히 나를 도왔다. 버스 출입구 앞에 서서 울 것 같은 표정으로 버스비가 없다고 말하는 내게, 운전석에 앉아 오른팔을 크게 안으로 접으며 어서 타라는 몸짓언어를 건넸던 어느 기사 아저씨의 모습은 내 꼬마 시절의 결정적 한 장면 같은 것으로 강렬하게 뇌에 각인돼 있다. 어떻게든 무사히 집에 돌아온 나를 보며 엄마는 "아이고, 우리 딸 똘똘해요." 같은 소리만 해댔고, 나는 엄마를 엄청 좋아하니까, 세상 무서운 줄 모르고 어린 딸을 나돌게 한다는 원망의 감정보다 난 어떤 풍파도 헤쳐나갈 수 있는 아이라는 자긍심이 더 컸다. 모르는 사람한테 구걸하듯 돈 얘기를 해야 한다는 게 죽을 만큼 부끄러웠지만, 덕분에 빠르게 서울 지리에 해박해질 수 있었다.

낯선 곳에 가는 걸 두려워하지 않고, 낯선 사람과 쉽게 교제하며, 누구 앞에서든 할 말을 못 하고 산 적은 없는데, 나의 뇌는 알고 보니 쫄보의 것이었다. 쎄고 무서운 여자라는 말을 어린 시절부터 줄곧 들으며 살았는데 백의고혈압이라니. 그렇다면 나의 용맹은 모두 거짓이었단 말인가. 나는 이제껏 용맹을 연기하며 살아온 것이란 말인가. 백의고혈압이 나의 본질을 보여주는 어떤 징후라면, 나는 그동안 얼마나 분투해온 것인가. 불안과 공포의 용암이 무의식 속에서 동강처럼 춤을 추고 있는데, 나는 얼마나 안간힘을 쓰며 살아온 것인가.

미국적 스케일에 대한 감이 전혀 없는 채로 요세미티 국립공원에 가족여행을 가려고 호텔을 예약했는데, 가보니 주요 관광지에서 두 시간 반이나 떨어진 시에라네바다 산맥 동쪽 끄트머리였던 적이 있다. 지도에선 바로 옆이었는데! 이건 설악산 구경하려고 지리산에 숙소 잡아놓은 꼴이었다. 싼 호텔을 찾아 검색에 검색을 거듭하다 당도한 험지. 가드펜스도 없는 천 길 낭떠러지의 1차선 도로가 구불구불 끝도 없이 이어지는데, 얼마나 겁이 나는지 발바닥에서 땀이 주룩주룩 흘렀다.(아마 이때 혈압을 쟀더라면 200을 돌파했을지도 모른다.) 차들도 거의 없는 그 길을 곡예하듯 달리며 "여기선 우리가 굴러떨어져 죽어도 아무도 모르겠네, 쥐도 새도 모르게 가는 거지." 같은 비교육적인 소리를 대범한 척 지껄이고 있는데, 저 멀리 반대편 차선에서 개미 같은 까만 점 하나가 매끄럽게 활강하고 있는 게 보였다. 저게 뭐지? 눈을 가늘게 뜨고 까만 점을 향해 초점을 정조준했다. 홀로 스케이트보드를 타고 있는 젊은 청년이었다. 절벽길에서의 스, 케, 이, 트, 보, 드. 그것은 쫄보의 역치로 견디기엔 너무 큰 자극이었다. 나도 모르게 외마디 탄식을 뱉어내며 질끈 눈을 감았다. "미쳤어!"

정복자의 후손들답게 미국에는 참으로 용감한 사람이 많다. 미국인은 정말 못 말려, 소리가 절로 나올 만큼 위험에 대한 갈망이 강하다. 현대의 빅월 클라이밍 트렌드를 만들어냈다는 요세미티의 유명한 절벽들은 어느 쪽으로 고개를 돌려도 도처에 암벽등반가들을 매달고 있었다. 그들로서는 안전하니까 오르는 것이고, 낮은 확률의 위험에 대한 공포보다는 새로운 도전의 즐거움이 크니까 하는 것이다. 그러나 나로서는 낮은 확률의 위험이 자기 것일 리는 없다고 믿는 사람들을 좋아하기 어렵다. 당신은 무엇이 그렇게 특별해서 그 낮은 확률이 자신은 비껴갈 거라고 믿는가? 나는 그런 사치스러운 삶을 살지 못했고, 이제 이만하면 남부러울 것 없는 삶이라고 생각하는 지금도 그런 믿음은 불손하기 짝이 없게 느껴진다. 10만 명 중 단 한 명에게만 일어난다고 하더라도, 그 일은 일어나는 것이다. 그 한 명에게는 세계가 붕괴하는 일이다. 단지 확률을 근거로 그것이 일어나지 않는 일인 것처럼 말하고 싶지는 않다.

물리적 위험에 대한 강한 공포는 일평생 내 몸을 안전지대에 묶어놓았다. 태어나길 그렇게 태어나버렸다. 누가 뒤에서 어깨만 톡톡 쳐도 소스라치게 놀라며 비명을 지르고, 물에 가면 빠져 죽을까, 산에 가면 떨어져서 죽을까, 프로판가스통만 보면 당장이라도 폭발할 것 같고, 흔들다리 같은 건 건너지도 못한다. 거리를 걸을 때도 맨홀 뚜껑 위로는 발걸음을 떼지 않고 우회하는 인간인데, 무단횡단 같은 걸 할 리가. 고백하겠다. 반려동물 천만 시대에 개와 고양이가 무서워 단 한 번도 동물을 만져본 적이 없는 사람, 나다. 남들은 귀엽다는데, 만지면 보드랍고 사랑스럽다는데, 나는 무섭단 말야. 나를 보고 짖잖아. 나를 향해 육박해오잖아. 내 다리에 입을 대려 하잖아. 물려고 그러는 건지도 모르잖아.

정신 차리라고! 사람들은 나를 꾸짖는다. 세상은 안전하단 말야! 그건 과대망상이라고. 나도 안다. 나는 세상의 모든 위험을 미리 상상하며 거기에 너무 많은 에너지를 쓰고 있다. 닥치지 않은 것들을 미리 막아내려 쓸데없는 헛스윙을 많이 하며 살았다. 위험을 감지하는 감각이 비대하게 발달해서 세계의 경이를 발견할 기회들을 놓쳤다. "야, 진짜 놀랍도록 창의적이다. 너처럼 끊임없이 걱정거리를 창출해내는 사람은 내 평생 처음 본다." 남편의 논평은 때때로 옳다. 나는 어쩌면 내게 있을지도 모를 일말의 창의성을 황당한 위험을 상상하는 데 온통 낭비하고 있는지도 모른다.

그렇게나 살고 싶은가? 그렇게도 죽음이 두려운가? CNN이었다. 코로나로 인한 첫 번째 록다운이 해제된 후 미국 해변마다 마스크도 쓰지 않은 인파로 북적일 때, 플로리다 해변의 중년 사내가 기자에게 말했다. "If it's my turn, then I'll go." 나는 비웃었다. "갈 때 되면 가야죠, 뭐." 그 정도로 번역될 이 말에 웃음을 터뜨리며 그의 몰상식을 깔보았지만, 이상하게도 오래도록 그 장면이 마음에 남았다. 말인즉슨, 참으로 옳은 말 아닌가. 내 차례라면 가야지. 내 차례인데도 안 가겠다고 우기는 꼴은 흉하지 않은가. 하지만 아직은 내 차례가 아니길 바라며 나는 보건당국이 더 이상 야외에선 안 써도 된다고 할 때도 마스크를 쓴 채 쌕쌕거리며 땡볕 아래를 걷고, 백신 맞은 사람은 실내에서 마스크를 벗어도 된다고 해도 그게 속옷이라도 되는 양 절대 벗지 않았다. 위험은 나를 어여삐 여기지 않는다.

두려움에 벌벌 떠는 인간은 내가 절대로 되고 싶지 않

은 인간이었다. 강렬한 생에의 욕구는 징그러운 것이어서, 나는 온갖 영양제를 챙겨 먹는 노인들을 내심 추하게 여겼다. 영생을 살 것처럼 젊어서 그랬다. 내 일이 아니라서 교만했다. 41주가 되도록 나올 생각을 안 하는 뱃속의 첫아기를 유도분만으로 낳으러 병원에 입원하던 밤. 첫눈이 푹푹 나리는 겨울밤의 자동차 안에서 "무통주사 맞을 타이밍을 절대로 놓치면 안 된다"는 엄마한테 흰 당나귀 탄 나타샤처럼 내가 말했다. "엄마, 난 고통의 극한까지 한번 가보고 싶어." 유도분만 주사제가 몸으로 들어가기 시작한 지 네댓 시간. 나는 고래고래 비명을 지르기 시작했다. "간호사 선생님, 무통주사요. 무통! 무통이요!" 간호사가 달려와 살펴보더니 싸늘하게 말했다. "산모님, 이제 10퍼센트도 진행이 안 됐어요. 30퍼센트는 돼야 맞을 수 있습니다." 나는 절규했다. 말도 안 돼. 이게 10퍼센트라니. 이것의 열 배의 고통이란 게 존재할 수 있다니. 고통의 극한은커녕 초입에서 이미 무너져버린 나는 결국 태변을 먹은 아기의 산소포화도가 급격히 떨어지면서 긴급 제왕절개를 하고 말았다. 나는 산통이 무언지도 모른다.

내가 강한 인간이 아니라는 사실, 죽음 앞에서 품위를 지킬 수 없을 거라는 전망이 나를 슬프게 한다. 요리조리 위험과 고통을 회피하며 안전한 곳에서만 용맹하게 살았다. 참으로 볼품없는 인간이 아닐 수 없다. 죽음을 직감하고 곡기를 끊은 채 고요히 세상을 떠났다는 어느 노인이나 죽음의 침상에서 마지막 와인 한 잔을 마시며 "이것으로 좋다"고 말한 후 죽은 칸트 같은 사람은 될 수 없을 것이다. 호메이니처럼 죽기 직전 "불을 꺼줘. 자고 싶구나." 조용히 중얼거릴 위인도 결코 못 된다. 일제시대였다면 고문이 시작되기도 전에, 아니 취조실 문을 열고 들어가면서부터 동지들의 이름을 줄줄이 불어대는, 차라리 밭 가는 농부로 남아 있는 게 나았을 변절의 아이콘이 되었을 것이다. 인간은 마지막 한마디로 문학을 한다는데(후지와라 신야), 이 대책 없는 쫄보의 뇌는 얼마나 나의 죽음을 추한 것으로 만들 것인가.

영어로 된 어떤 글을 읽다가 moral courage라는 표현과 마주쳤다. 도덕적 용기. 두 단어 위에 오래 눈길이 머물렀다. 용기는 그저 용기인 줄 알았는데, 아니었다. 용기에도 다양한 장르가 있는 거였다. 물리적 위험과 대범하게 맞닥뜨리는 외적 용기만이 어디 용기겠는가. 도무지 알아낼 수 없을 것 같은 것들에 굴하지 않고 도전하는 지적 용기도 있을 것이고, 아름다움을 위해 인습과 관행을 격파하는 미적 용기도 있다. 그저 옳은 일이니까, 벌렁거리는 가슴을 안은 채 눈 질끈 감고 분연히 일어서는 도덕적 용기는 그중에서도 언제나 나를 가장 강렬하게 매료한다. 자신의 오류를 정직하게 직시하고 끊임없이 수정하는 것도 용기요, 옳지 않은 일은 하지 않는 것도 용기다.

신을 사랑한 성직자였던 코페르니쿠스는 스스로 지구의

촌구석이라 불렸던 폴란드 프라우엔부르크의 추운 밤하늘을
수십 년 관측한 끝에 조용하고 강직하게 지동설의 기초를 확
립했다. 교회의 권위와 일신의 안녕이라는 비겁한 마음 때문에
덕지덕지 주전원이 붙은, 화려하지만 너저분한 천동설의 이론
들을 만들어낸 여타의 천문학자들과 달리• 코페르니쿠스는 이
'코페르니쿠스적인 전회'로 아무런 이득도 얻지 못했다. 신을
사랑했지만, 밤하늘을 바라보
면 지구가 태양 주위를 돌고 있
다고 별들이 말하므로 별들의
언어를 그저 종이에 옮겨 적었
다. 그의 전기에서 "그는 이 문
제들을 둘러싸고 있는 짙은 안

• 주전원이란 행성이 움직이는
작은 궤도로, 정설로 여겨졌던
천동설과 불일치하는 천체의
겉보기 운동을 설명하기 위해
고안된 천문학적 개념이다. 현대
과학자들도 자신의 이론이 지나치게
복잡해지면 "주전원이 너무 많이
들어갔군."이라고 말한다고 한다.

개를 과감하게 헤쳐나가기로 했다"는 구절을 읽고 얼마나 좋
았던지. 코페르니쿠스는 인쇄기에서 뜨끈뜨끈한 종이로 갓 나
온 그의 책『천체의 회전에 관하여』가 뇌졸중으로 병상에 누워
있는 자신의 품에 전달되자마자 고요히 눈을 감은 것으로 전해
진다. 어쩐지 너무 극적인 이 죽음의 장면을 나의 망상은 홀로
우스꽝스럽게 윤색한다.

코페르니쿠스는 마침내 자신의 품 안에 들어온 책을
쓰다듬으며 아기처럼 엉엉 울기 시작했다. 뇌졸중으로 몸의
근육들을 제대로 움직일 수 없는 그의 어설픈 단어들을 그의

애제자이자 이 책의 산파인 레티쿠스만이 알아듣는다. 너무 무섭다고, 죽음이 너무 무섭다고 입가로 침을 줄줄 흘리며 그가 웅얼거린다. 레티쿠스가 발버둥 치는 스승의 손을 꼭 잡았다. 살려달라고, 죽고 싶지 않다고 제자의 손을 꼭 잡은 그의 악력이 보잘것없다. 그 보잘것없는 악력마저 이내 사라졌다.

이 잔혹한 망상이 사실이라 할지라도 코페르니쿠스에 대한 나의 사랑과 존경의 염은 달라지지 않는다. 그의 평생이 지적, 도덕적 용기로 가득했기 때문이다. "그가 출세에 대한 욕심을 버리고 폴란드의 한적한 마을로 들어가 30년이 넘는 세월 동안 무엇에 열정을 바쳤는지를 생각해 보라." 그의 전기 마지막 페이지에 쓰인 이 문장에 나는 두 번이나 밑줄을 그었다.

한 예술가가 모든 장르에서 최고인 경우는 없는 것처럼, 인간도 모든 장르의 용기를 다 갖추고 있는 경우는 없다. 그저 나의 장르에서 최고가 되려고 노력하면 된다. 나는 인생을 똑바로 살아보려고 한다. 뭐 대단히 훌륭한 일을 할 것 같지는 않지만, 도덕과 지성의 영역에서만큼은 쫄보가 되지 않겠다. 그렇게 도덕적 용기와 지적 용기를 잃지 않은 채 살고자 분투했다면, 죽음 앞에서 좀 추한 모습을 보여도 용서받을 수 있지 않을까. 두려움 때문에 인생의 모험들을 즐기지 못하더라도 그렇게까지 지루한 사람은 되지 않겠지.

몇 해 전 옐로스톤에 갔다가 절벽 앞에 큰 글씨로 Know Your Limits라고 써놓은 경고문을 골똘히 바라보며 서 있었다. 몹시 참신했다. 미국인들에게 귀에 못이 박히도록 들은 말은 "The sky is the limit(한계란 없어).", "Anything is possible(무엇이든 가능해)." 같은 '내 귀에 캔디ear candy'들뿐인데, 네 한계를 알라니 매우 청량해지는 기분이었다. 그랜드 캐니언이나 옐로스톤 같은 험준한 여행지에 가면 절벽 끄트머리에 아슬아슬하게 발뒤꿈치만 대고 인생샷을 남기려는 사람들이 정말로 많다. 한두 명이 아니라 너무나도 많은 사람들이 그러고 있다는 점이 내게는 그곳의 절경보다 더 놀랍다. 그러다 발생하는 추락사가 그랜드 캐니언에서만 연간 방문객 40만 명당 한 명꼴이라고 한다. 2015년 한 해에만 55명이 그렇게 죽었다. "당신의 한계를 아세요." 이 단호한 명령이 내게는 엄마의 다정한 꾸짖음처럼 그렇게 정겹고 위안이 된다.

다시, 요세미티의 그 스케이트보더 이야기. 내가 마치 그 청년의 엄마라도 되는 양 "그 사람 사고 안 났을까?" 걱정하다가 "아니, 거기서 왜 그걸 타?" 혼잣말하며 무모한 만용을 질타하길 반복하고 있는 꼴을 보고서, 운전하던 남편이 참 걱정도 팔자라며 소 뒷걸음치다 파리 잡는 명언을 남겼다. "그 사람이 너처럼 오늘 스케이트보드를 처음 타는 사람이겠냐? 거기서 타도 될 만큼 충분히 연습이 된 사람이니까 온 거지. 절대로 안 떨어져. 오랜 기간 수도 없이 연습한 사람이라고."

　아, 연습. 그런 아름다운 게 있었군. 나는 또 오늘 처음 타러 나온 사람인 줄 알았지. 동네에서 직선으로 5분쯤 연습하는 거라면 나도 해볼 수 있겠다. 그렇게 몇 달을 타다가 눈 감고도 할 만큼이 되면 곡선으로 커브도 한 번 휙 꺾고, 그러다가 반원의 둥근 비탈도 활강해보고, 나도 마침내는 요세미티를? 용기란 사태의 처음부터 갖고 등장하는 것이 아니라 작은 성취의 축적들 이후에야 도모해볼 수 있는 거였다. 확률에 안도하는 사람들은 대체로 연습하고 노력한 사람들일 확률이 높은 것이다.

　며칠 후 공원에 갔다가 동네 소년의 보드를 빌려 몸을 한번 날려보았다. 무릎을 한껏 구부린 채 무게중심을 살짝 앞으로 옮긴 후 팔을 양쪽으로 벌려 균형을 잡으려고 했는데, 아이고 허리야, 균형이 잡히질 않네. 하지만 바퀴는 구르기 시작했고, 나는 부들부들 다리를 떨며 보드에 붙어 있으려 안간힘을 써본다. 그날, 거기가 요세미티 절벽이 아니어서 얼마나 행복했던가. 그날 밤 침대에 누워 쇼핑 앱을 켜고 스케이트보드를 검색하기 시작했다. 요세미티를 활강하려면 상당히 튼튼한 고가의 보드가 필요할 것 같은데……

기타교습소에서
배운 것

먼저 G 코드를 잡는다. 제일로 쉽다. G 코드로만 만들어진 노래가 있었으면! 그다음은 D7. 맨날 D 코드랑 헷갈린다. 다시 G-D7-C 코드. 나는 지금 산울림과 아이유가 부른 「너의 의미」를 연주 중이다. 중년의 아이유가 돼보겠다는 야심 하나로 G-D7-C-Em-G-D의 무간지옥을 헤매고 있다. 손가락에 피가 맺혀도 좋아! 해내고야 말겠어!

예전부터 그렇게 기타가 배우고 싶었다. 나는 자주 슬픈데, 그럴 때는 혼자서 슬픈 노래를 부르고 싶은데, 악기 하나 연주할 줄 아는 게 없었다. 이소라의 「바람이 분다」를 탬버린을 흔들며 부를 순 없는 노릇 아닌가. 대학 시절 몇몇 친구들 집에 놀러가면 아이들은 유키 구라모토의 「레이크 루이스」나 조지 윈스턴의 「디셈버」 같은 곡을 연주해주곤 했다. 짝짝짝, 물개박수를 치고서 나는 물었다. 느네는 슬플 때 피아노를 치냐고, 그러면 슬픔이 달래지더냐고. 친구들은 장난스런 눈빛으로 잠시 생각에 잠기더니 그렇다고 했다. 역시, 그럴 줄 알았어. 우울한 기분으로 눈을 뜬 아침이면 잠옷 차림으로 피아노 앞에 앉는 친구의 모습을 떠올려본다. 휘리릭휘리릭 건반 위를 활주하는 세수도 안 한 친구의 손가락과 슬픈 얼굴. 그녀에게는 슬픔을 다루는 아름다운 방법이 있다. 그게 그렇게 부러울 수가 없었다. 죽기 전에 나도 악기 하나는 연주하고 말리라. '연주하는 인간'으로 나도 언젠가는 거듭나리라.

피아노처럼 갈 길이 먼 악기를 꿈꿀 만큼 내가 현실감각이 없지는 않다. 그 많은 음들을 일일이 다 치라니, 나한테 너무 심한 거 아냐? 그렇다면 역시 기타지. 기타, 얼마나 좋은가. 한 마디를 퉁 하고 튕겨주면 화음이 절로 나와! 이렇게 좋은 악기를 그럼 왜 지금까지 안 배웠느냐 하면, 실은 중학교 2학년 때 한번 시도해본 적이 있는데, 손가락이 너무 아프지 뭐야. 포기의 여왕답게 한 번 나가고 끝. 하고 싶은 건 참 많다. 이것저것 발가락 하나씩은 대본다. 아이고, 어렵네. 냅다 발을 빼고 다른 데를 기웃거린다. 새로이 발가락을 대본다. 역시 어렵네. 내 삶이 이랬다. 때려치우기의 연속. 운동도 이것저것 하다가 모두 포기. 외국어도 이것저것 들었다 놨다, 악기도 못 해, 취미도 없어. 도대체가 초라한 삶이었다. 그래도 간은 작아서 뒷감당이 어려운 것들은 꾸역꾸역 해냈다. 이를테면 학교라든가, 직장이라든가, 결혼 생활 같은 것. 아니, 정직하게 말하자. 그것들은 꾸역꾸역 해냈다기보다는 도저히 그만두는 일을 해내지 못한 것에 가깝다.

나는 맨날 환경 탓을 하는 사람이니까 이런 빠른 포기가 어린 시절 빈곤이 내게 남긴 흔적이라고 생각해왔다. 미래의 보상을 기대하기 어려운 환경에서는 현재의 쾌락을 유예하고 숙련을 도모할 유인이 없다. 만족지연이 되지 않는 것이다. 손가락 까지며 기타는 배워서 뭐 할 건데, 그냥 낮잠이나 자지. 사실 아이들에게는 부잣집에서 태어났거나 가난한 집에서 태어났거나 손가락 까지며 기타 같은 걸 배워야 할 이유가 없다.

이때 양육의 개입이 성패를 가른다. 부모의 격려와 지지, 때로는 훈육으로 손가락에 굳은살 박여가며 「섬집 아기」를 연주해낸 성취의 경험이 있느냐 없느냐. 성취의 쾌락을 아는 몸인가, 모르는 몸인가. 자녀에게 충분한 자원을 투입할 수 없는 부모는 일단 생계에 매달리느라 아이가 무엇에 관심이 있는지 알겨를이 없고, 안다 한들 가르쳐줄 길이 없어 마음만 심란하며, 빠른 포기는 이 가계의 경제적 효율에 부합하므로 오히려 반갑고 고맙다. 그러니까 나는 내가 이 모양 이 꼴인 것에 내심 부모 탓을 하고 있었던 것이다. 부끄럽게도 꽤 오랫동안 말이다.

가난하면 숙련을 축적할 기회가 없고, 숙련이 없으니 성취도 없는 삶. 수십 가지 일들에 기웃거려본 후 포기밖에 할 수 있는 게 없을 때. 그때의 자기혐오를 나는 제법 잘 안다. 나쁜 패들만 손에 잔뜩 쥐고서 얼마 되지도 않는 판돈을 번번이 잃는 도박사의 절망 같은 것. 아무것도 진득하니 해내지 못하는 삶에 대한 공포가 그래서 내겐 너무 컸다. 회사를 그만 못 둔 이유 중 하나다. 그동안은 저질체력에 회사 다니며 아이 키운다고 변명할 건덕지나마 있었지. 이제는 그야말로 광야에 홀로 선 단독자, 백, 수. 마감도 없고, 독촉도 없다. 나 아니면 큰일난다는 책임감 가질 일도, 맨날 놀고먹으며 낮잠이나 잔들 뭐라 할 이도 없다. 말이 좋아 경로 모색기고 갭이어Gap Year지, 퀴터 본색이 발현되는 순간, 그야말로 인생 종 치는 것이다.

무엇을 해야 할지 전혀 종잡을 수 없지만 뭔가는 해야

할 것 같은 멍한 기분으로 나는 일단 동네에 있는 기타교습소에 등록했다. 퇴사여행을 다녀온 바로 그 다음주였다. 17년 만에 처음 쉬는 건데 좀 천천히 배우지 뭐, 가봐야 헤매기만 할 텐데 미리 좀 연습하고 갈까, 그래, 유튜브로 독학을 좀 하다가 등록하는 거야, 같은 생각들이 교습소로 등록하러 걸어가는 순간까지 머릿속에서 부글거렸다. 그러나 나는 나를 너무 잘 아니까, 이건 내가 가장 싫어하는 나의 모습이니까, 그냥 대차게 교습소의 문을 열었다.

"기타 배우러 왔는데요."

내 인생에 몇 안 되는, 결단력 넘치는 순간 중 하나였다.

퇴직금 헐어서 일대일 레슨비를 내고, 선생님의 추천으로 제법 괜찮은 기타를 하나 샀다. 합판으로 만든 기타는 날이 덥고 습하면 잘 틀어진다길래 원목기타로 샀는데, 맞벌이 중독자인 남편의 눈빛이 흔들리고 있었다.

"돈을 좀 많이 쓰네?"

"불만 있나?"

"아니, 부러워서."

"부러울 만하지. 당신도 나중에 기회를 줄게."

검은 기타케이스를 어깨에 메고 레슨을 받으러 가는 길이면 온 동네 아이들이 달려들었다.

"우와, ○○이 엄마. 이게 뭐예요?"

"어, 기타야."

"와, 대박. 잘 쳐요?"

"아니, 초보야. 지난주부터 배우기 시작했어."

아이들과 헤어지고 편의점 유리창에 슬쩍 내 모습을 비춰보니, 이거 간지가 좀 나는데? 얼핏 보면 첼로 멘 장한나 같아!

실은 두 번째 레슨부터 나가기가 싫었다. 일은 벌여놨는데, 어쩐지 엄두가 나지 않았다. 방금 외운 코드는 돌아서면 잊어버리고, 오른손은 내가 타고난 박치임을 40여 년 만에 입증하고 있었다. 코드가 바뀌는 마디마다 영원처럼 선율은 끊겼다. 손끝은 물집이 잡힐 듯 부풀어올라 감각도 없고, 아니나 다를까, 전국노래자랑에 나갈 것도 아닌데 이 나이에 기타는 배워서 무엇 하나 싶은 생각이 엄습하기 시작했다. 레슨 전날 저녁부터 핸드폰을 손에 쥐고 선생님한테 메시지를 썼다 지웠다 하기 시작한 게 다음 날 레슨 10분 전까지 간헐적으로 지속됐다. 10분 전 취소는 인간으로서 도저히 할 짓이 아니니까, 그제서야 문명화의 힘으로 나는 기타케이스를 어깨에 멘 채 집을 나선다. 우울하다. 연습은 제대로 안 됐고, 코드는 또 헷갈리며, 오른손은 여전히 뒤죽박죽의 형식으로 리드미컬하다. 나는 내가 한심하다. 선생님은 이런 나를 가르치는 게 얼마나 답답하고 자괴감 들까. 세계적 기타리스트가 되지 못한 천추의 한과 열패감을 아마도 내가 그의 마음속에 불러일으키고 있을 것이다. 내가 이런 바보나 가르치려고 음악을 한 걸까, 그는 생각하겠지. 그렇다면 이 꼴로 선생님 앞에 가 있는 게 무슨 의미가 있나.

의미. 이것의 의미, 지금 하고 있는 이 일의 의미. 개인적 의미, 사회적 의미, 국가적 의미, 지구적 의미, 우주적 의미, 영적 의미, 신체적 의미, 정서적 의미. 그 모든 의미들의 의미. 그 의미는 무엇인가. 역시 없구나. 의미가 없구나. 이 일은 의미가 없어. 나는 의미의 바다에 또다시 빠져버렸다.

다섯 번째 레슨 시간이었다. 선생님이 골라온 곡이 「너의 의미」였다. 레슨 중 내가 가장 좋아하는 순간은 선생님이 먼저 연주 시범을 보여줄 때다. 아름다워라. 오, 아름다워라. 술렁이던 마음과 잡스런 생각들이 회오리를 이루며 어디론가 빨려나가고 차분한 기쁨과 아름다운 슬픔이 잔잔한 호수처럼 내면에 차오른다. 순식간에 울 것 같은 기분이 된다. 여기에 아름다움이 있다. 내가 지금 아름다움의 곁에 머물고 있다. 말들의 소란도, 사나운 눈빛도 여기엔 없다.

"너의(G), 그 한마디 말도(D7), 그 웃음도(C), 나에겐(Em), 커다란(G), 의미(D)."

기타를 잡고 두 소절씩 연주해본다. 끊어지고 또 끊어지는 나의 음들을 그는 질책하지 않는다.

"너의(G), 그 작은 눈빛도(D7), 쓸쓸한 뒷모습도(C), 나에겐(Em), 힘겨운(G), 약속(D)."

음의 주변을 어정쩡하게 맴돌며 조금씩 빗나간 나의 손가락들을 그는 격려하고 고무한다. 나는 설리번 선생님 앞에 앉은 헬렌 켈러의 기분으로 나의 엉터리 같은 음악에 스스로 감동하고 있는 중이다. 어쨌거나 나는 지금 아름다움을 더듬고 있다. 능란하고 날렵하게 추의 세계를 그려내던 일을 멈추고, 아름다움의 세계에서 새로이 백치 아다다가 되었다. 더듬거리는 나의 스트로크에 그가 현란한 아르페지오를 덧대준다. 내가 머뭇거릴 때마다 앞서간 그의 활주는 가만히 나를 기다려준다. 박자가 맞지 않는 이 음악은 불현듯 몹시 아름답다. 이토록 아름다운 것과 이토록 아름답지 않은 것이 같은 멜로디를 함께 연주하고 있다는 사실 자체가 너무 아름다워 나는 그만 울먹이고 만다.

며칠 동안 「너의 의미」를 흥얼거리고 다녔다. "너의 그 한마디 말도, 그 웃음도 나에겐 커다란 의미." "너의 모든 것은 내게로 와 풀리지 않는 수수께끼가 되네." "나 이제 뭉게구름 위에 성을 짓고, 널 향해 창을 내리, 바람 드는 창을." 그러다 문득 어떤 생각이 하나 떠올랐고, 나도 모르게 불쑥 내뱉고선 화들짝 놀라고 말았다.

"과대망상증인데?"

그냥 말 한마디 했을 뿐인데 그렇게 커다란 의미를 부여하면, 너무 별로지 않나?

삶의 모든 국면에서 의미를 찾으려는 것은 아마도 인간의 본능일 것이다. 의미 본능. 의미를 잃으면 인간은 모든 것을 얻고도 직립하지 못한다. 그렇다면 의미란 무엇인가. 의미는 언제, 어디서 찾아질 수 있는 것일까. 나는 중증 의미병 환자였다. 모든 것에서 의미를 찾으려 했다. 나의 감관이 접촉하는 거의 모든 것에서 의미를 추출해왔다. 시작도 하기 전에, 하고 있는 와중에도, 끊임없이 그것의 의미에 대해서만 생각했다. 그래서 자주 끝까지 가지 못했다. 그렇게 골똘히 생각해보면 결론은 온통 무의미뿐이니까.

지금 쓰려고 하는 이 기사의 의미는 무엇인가. 물먹은 기사를 베끼고 있는 이 우라까이의 의미는 무엇인가. 지금 만나고 있는 사람이 짓는 저 표정의 의미는 무엇이며, 매일 출근한다는 것의 의미는 무엇인가. 떠나지 않고 머무는 것의 의미는? 자꾸 회식을 하자고 우기는 부장의 저 이상행태가 의미하는 바는? 의미를 추출하려는 욕구는 의도를 추측하려는 시도로 이어지고, 의도의 추측은 종종 음모론과 비관론으로 귀결된다. 고로 저자가 냅다 집어던진 어떤 물건은 언제나 나의 정서적 등가물이다. 너, 나를 던지고 싶은 건데 못 그러니까 그걸 던진 거지? 지나친 읽어넣기와 과잉해석, 그로 인한 오독과 낙담은 불가피했다.

삶이란 게 타인을 오해하고 또 오해하다가 곰곰 다시 생각해본 후 역시 또 오해하는 것이라고 필립 로스가 『미국의 목가』에 썼었지. 오해도, 이해도 하지 않고, 그냥 좀 살아볼 순 없을까? 의미를 추출하려는 의지는 아마도 미래를 예측하려는 욕망에서 비롯된 것일 테다. 투자에 앞서 수지타산을 맞춰보려는 것. 아닌 것 같은 기미가 보이면 재빨리 손절해버리려는 조급함. 손해 보지 않으려는 얄팍한 계산속. 그런 마음으로 보면 될성불러 보이는 것은 아무것도 없었다. 자꾸 의미를 찾으려는 병증은 내 가난한 마음의 소산이었다. 손해 보지 않으려는, 최종적인 무의미의 나락으로 떨어지지 않으려는 너무도 성급한 조바심이었다. 나는 그렇게 의미의 씨앗도 심기 전에 의미의 과실을 예측하려는 태도로 삶을 살아왔다. 의미란 그렇게 사전 예측되는 것이 아닌데, 매사 실행하기보단 예측하려고만 들었다.

이야기가 모두 끝난 후에야 우리는 그 이야기에 진정한 의미를 부여할 수 있다. 「너의 의미」는 너와의 여정이 모두 끝난 후에나 찾을 수 있는 것이다. 지금 부여하는 의미는 그저 오해일 뿐이다. 의미는 우리가 지금 이 순간 부여할 수 있는 것이 아니라는 것. 시작도 하기 전에 의미부터 찾으려는 이런 삶의 태도 역시 과대망상증이라는 걸 나는 기타교습소에서 뒤늦게 배웠다. 의미를 예측하려는 모든 시도는 무모하다. 의미란 사후적으로 추출되는 것이다. 지금 하는 이 일의 의미는 이 일을 다 한 이후에야 파악할 수 있다. 다 할 때까지는 그냥 하는 것이다.

그래, 의미 같은 건 생각하지 말자. 나는 그동안 의미에 대해 너무 많이 생각했다. 이제 그런 인문적 게으름은 내다 버리고, 공학적 성실을 몸에 익히고 싶다. 이 나이에 무직자로서 기타를 배운다는 것의 의미 같은 건 생각해서 무엇 한단 말인가. 의미 같은 건 없다. 그냥 돈을 냈으니 레슨 시간이 잡혔고, 시간이 됐으니 가는 것이다. 그래서 그냥 갔다. 의미 같은 건 생각하지 않고, 끊임없이 이것의 의미는 무엇인가 질문이 솟구쳤지만, 세이렌의 노랫소리를 듣지 않기 위해 돛대에 스스로를 결박한 오디세우스처럼 귀를 막고 머리를 도리질하며 그냥 기타교습소로 갔다. 한 번도 미루지 않고, 한 번도 빠지지 않고 1년간 갔다. 지난번보다 퇴행한 수준으로 모든 것을 하얗게 잊어버린 날도 그냥 갔고, 죽도록 가기 싫은 날도 그냥 갔다. 폭우가 쏟아져도 갔고, 바람이 몰아쳐도 갔다. 속으로 엉엉 울면서 그냥 갔다. 내가 싫어 죽겠어도 그저 갔다. 이것은 처음 보는 코드가 맞다고 부득부득 우긴 부끄러운 날도, 그냥 가서 선생님 앞에 멍하게 앉아 있던 날도 있었다. 그래도 갔다. 어쨌든 갔다. 나는 생각했다. 무의미의 나락으로 떨어진들 또 어떠한가. 거기까지 가보았다는 데서 이미 의미 하나는 만들어지는 셈인데. 나는 적어도 무의미의 의미 하나는 쟁취할 수 있을 것인데.

1년이 지나자 아르페지오 주법으로 비틀스의 「블랙버드」라든가 사이먼 앤드 가펑클의 「사운드 오브 사일런스」, 전인권의 「걱정 말아요 그대」, 제인 버킨의 「예스터데이 예스 어 데이」

같은 곡들을 연주할 줄 알게 되었다. 4프렛에서 8프렛까지 손가락이 벌어지지 않아 부들부들 떨리던 「블랙버드」의 앞부분도, 죽어도 못 칠 것 같던 Bm 같은 하이코드도 어설프게나마 통통 쳐낼 수 있다. 하면 된다! 어, 진짜 하면 되네?

그동안 나는 '되면 한다!'는 정신으로 살아왔다. 될 것 같은 것만 하며 살아온 것이다. 붙을 것 같은 시험에만 응시했고, 나를 좋아하는 남자만 만났다. 실패가 두려우니까. 지는 게 겁이 나니까. 여행작가 겸 사진작가인 후지와라 신야는 스물넷에 멀쩡한 대학을 때려치우고 세계 방랑길에 올라 1972년, 여행서의 고전이 된 첫 책『인도방랑』을 출간했다. 십수 년이 지난 후 그를 흠모하는 젊은이들이 왜 그때 돌연 인도로 떠났는지 물었다. 그는 잠시 생각하다가 말했다. "……뭔지는 잘 모르겠는데 온갖 것들에게 엉망으로 지기 위해서 갔던 게 아닐까."

나는 어느 것에도 지지 않기 위해 아무것도 하지 않는 부류의 사람이었다. 실패하지 않기 위하여 그 무엇도 도모하지 않는 비겁자. 잘할 것 같은 것만 하며 살다 보니 생이 질식할 듯 지루하고 답답해진 사람. 가난하여라. 네 영혼은 이토록 초라하고 가난하여라. 나는 더 이상 청년이 아니고, 이제 와서 진다는 것은 너무 비참한 일일지도 모른다. 그러나 나는 져야만 한다. 지고 또 진 후 무릎을 세우고 다시 일어서야 한다. 음악의 아름다움은 음들의 낙차에 의해 빚어진다. 내 생은 그저 G 코드로만 이어지는 지루한 소음과도 같았다.

D7에서 Em로, Em에서 C, G를 거쳐 다시 D7으로. 나는 지금 「너의 의미」를 연주하는 중이다. 할 때마다 이 부분에서 꼭 울 것 같은 기분이 된다. 코드가 변하는 지점마다 슬픔의 촉수를 건드리는 이 대목의 노랫말은 다음과 같다. "슬픔은 간이역의 코스모스로 피고 스쳐 불어온 넌 향긋한 바람." 의미 같은 건 없어도 좋다. 지금은 그저 담백하게 나의 할 일을 한다.

"내가 그의 이름을 불러주었을 때 그는 나에게로 와서 꽃이 되었다"던 의미의 시인 김춘수는 시업 후반 무의미시라는 새로운 시론을 들고 나와 30년간 씨름했다. 시에서 의미를 제거하고 소리와 리듬만으로 세계를 서술하겠다는 그의 야심은 사실상 패배로 끝났지만, 이제서야 나는 그가 왜 그렇게 의미를 내던져버리려고 분투했는지 이해할 수 있을 것 같다. 의미는 때때로 무의미의 축적들로부터 생성되기도 한다. 내가 너의 이름을 부른다고 네가 나에게로 와서 꽃이 되지는 않는다. 네가 나의 꽃이 되게 하려면 나는 우선 땅을 고르고, 씨앗을 심고, 매일 물을 주며, 햇볕을 쪼여줘야 하는 것이다. 그것이 쌓이고 쌓인 후에야 너는 나에게 하나의 의미가 된다. 그러니까, 나는 예찬한다. 의미 말고, 노동. '너의 의미' 말고, '나의 노동'.

투 머치 러브

— You are the victim
of your crime

신혼 때였다. 태어나 처음 요리 책임자로 주방을 진두 지휘하게 돼 신이 났던 나날들. 여름이었고, 나는 새콤달콤매콤한 쫄면을 만들고 있었다. 데친 콩나물이 있어야 하고, 가늘게 채 썬 양배추가 들어가야 하며, 노랗게—절대 초록색이 되면 안 돼!—고슬고슬 잘 삶은 달걀이 필요했다. 싱크대와 아일랜드식탁 사이, 내 한 몸 들어가면 끝나는 좁디좁은 주방에 냄비는 세 개쯤 나와 있고, 서툰 칼질 중 튕겨져나온 양배추와 까놓은 달걀 껍데기로 싱크대와 부엌 바닥은 잔뜩 어질러져 있었다. 당시로선 사랑했던 새신랑에게(미쳤나봐!) 정신을 잃을 만큼 맛있는 쫄면을 만들어준 후 특급 칭찬을 받을 기대에 부풀어, 나는 이마에 땀이 송송 맺힌 채 친정엄마가 혼수로 사준 새 파스타볼에 면을 한가득 담고 그 위로 양배추를 또 한가득 올렸다. 어, 콩나물 넣을 자리가 없네. 손바닥으로 양배추를 꾹꾹 눌러 고도를 낮춘 후 콩나물을 얹고, 쫄면 소스에 비벼 먹는 달걀이 세상 제일 맛있는 달걀이므로 반으로 가른 달걀은 네 조각쯤 올려놓았다. 달걀이 자꾸 굴러떨어졌다. 나는 콩나물과 양배추를 파묘하듯 파헤친 후 달걀을 매장하듯 야채 속에 쑤셔넣었다. 그리고 쫄면의 하이라이트, 새빨간 소스를 크리스마스트리에 줄전구 감듯 둘둘둘 나선형으로 촘촘히 둘렀다. 신라호텔 망고빙수가 부럽지 않은, 태산같이 드높고 내 청운의 야심처럼 심대한 쫄면이 드디어 완성되었다.

더운 날이었으므로 난닝구만 입은 새신랑이 2인용 아일

랜드 식탁에 앉아 쫄면을 먹기 시작한다. 비비고자 했으나 끝도 없이 추락하는 것들로 인해 좌절하기를 거듭하다가 에라 모르겠다 그는 빨간 소스에 양배추와 콩나물부터 먹는다. 먹어도 먹어도 면은 등장하지 않고, 맵찔이인 그는 벌써 통증을 느끼고 있다. 이마를 찌푸렸는지, 혀를 찼는지, 눈빛을 반짝이며 그의 표정을 살피던 나의 심기가 조금씩 불편해지고 있었다. "왜? 맛이 없어?" 내가 물었다.

그래, 너 말 잘했다, 싶었는지 그가 젓가락을 식탁 위에 탁 소리 나게 내려놓았다. "맨날 재료가 너무 많아. 많아도 너무 많아. 이러면 맛이 있냐고."

땀을 뻘뻘 흘리는 그의 관자놀이와 짜증 서린 두 눈을 나는 맹수처럼 쏘아보았다. 지금, 뭐라고 했니. 나는 벌떡 일어나 그가 먹고 있는 쫄면 그릇을 독수리처럼 낚아채 싱크대에 그대로 쏟아버렸다. 감히 내게. 이 삼복더위에 뜨거운 불 앞에서 오로지 사랑의 힘으로 지지고 볶기를 마다치 않은 내게 네가 감히! 이것이 이른바, 나로 하여금 근 20년간 요리를 작파하게 만든, 2007년 8월 서울 중구 만리동에서 발발한 '만리동 쫄면 사태'다.

양배추가 한 통이나 있는데 단 한 줌만 올려야 한다는 것은 내게 고통스런 일이다. 시커멓게 변색되어 나머지를 다 버리게 되는 한이 있더라도 미식가라면 딱 한 줌의 양배추만 사용해야겠지만, 그게 바로 내가 미식가들을 미워하는 이유다. 얌체 같은 인간들. 매정한 깍쟁이들. 양배추는 그날 신랑에 대한 내 사랑의 정서적 등가물이어서, 이 아삭하고 달콤한 것을 단 한 줌만 준다는 것은 있을 수가 없는 일이었다. 물론 콩나물도 많이 줬다. 달걀도 뭐, 좀 과하긴 했다. 하지만 그것이 다 내 사랑의 메타포인 걸 어쩌란 말인가. 너에게 많은 것을 주고 싶다. 너에게 인색하기란 내게 몹시 어려운 일이다. 사랑이란 본디 흘러넘치는 것이고, 정량의 사랑이란 고로 형용모순이다. 베이킹용 계량컵의 봉긋 솟아오른 밀가루를 자객의 칼날처럼 날카로운 손날로 깎아내는 그런 깍쟁이 같은 사랑은 내게 사랑이 아니다.

　　우정에서라고 다를 리 없다. 그 옛날 초등학교 앞 포장마차에서 50원어치씩 떡볶이를 사먹던 시절에도 나는 후했다. 우정이란 친구에게 돈이 없어도 함께 떡볶이를 먹는 것이어서, 단칸방에 사는 내가 학교 가서 기죽지 말라며 엄마가 손에 쥐여준 50원으로 피아노가 있는 이층 양옥집 딸한테 떡볶이를 사준다. 이 모순이 흔쾌하고, 떡볶이는 맛있다. 마지막 남은 떡볶이 하나를 포크 날로 반토막 내 나눠 먹으며 낄낄거리는 것. 우정의 쾌락이다. 그 애가 내 앞에서만 절대로 돈을 꺼내지 않는다는 사실을 알게 될 때까지는. 공부는 오래전에 포기한 Y가 한껏 꾸미고 나이트에 다닐 때, 그녀의 손을 이끌고 독서실에 간 나에게 이런 우정은 처음이라고 Y는 말했다. 너에게 쓰는 시간이 아깝지 않았고, 네가 조금 더 좋은 삶을 살았으면 좋겠고, 내가 도움을 줄 수 있다는 게 기뻤다. 네가 좋았다. 사랑이 강물처럼 흘러넘쳤다. 네가 자꾸 독서실에 빠지는 이유가 아파서가 아니라는 걸 알게 될 때까지는.

누군가를 좋아하면 나는 자꾸 호구가 된다. '호구의 사랑'은 그러나 오래 지속되지 못했다. 그 많은 사랑이 필연적으로 초래하는 화답에 대한 높은 기대. 그러나 대체로 충족되지 않는 그 기대는 필연적으로 내가 손해 보고 있다는 감각으로 이어지고, 나는 자주 토라졌다. '은혜를 베풀거든 그 보답을 구하지 말고, 남에게 주었거든 후에 뉘우치지 말라'는 옛 성현의 말씀에 나는 수긍을 못 하겠다. 은혜를 입었는데, 어떻게 보답할 생각을 안 할 수가 있지? 주고 섭섭할 거면 아예 주지를 말라는 깍쟁이들의 말을 들으면 아주 화가 날 지경이다. 감사하지 않을 거면 아예 받지를 말라고 받아치고 싶을 뿐이다.

물론 달라고 하지도 않았는데 줘놓고 감사와 보답을 요구하면 황당하다. 그다지 원치도 않는 것을 안겨줘놓고 자신의 공로를 인정하라는 것은 어불성설이다. 그냥, 다시 가져가, 말하고 싶을 것이다. 그렇지만 내게 무언가를 주었다는 건, 그가 나를 생각하고 있었다는 뜻이다. 내가 그를 떠올리고 있지 않은 그 시간에도 그는 나를 생각하고, 염려하고, 내가 잘되기를 바란다. 그래서 자신의 빠듯한 자원—돈이든 시간이든 에너지든—을 쪼개 귀찮고 번거롭게, 내게 줄 무언가를 마련한다. 그게 단돈 몇천 원이면 사먹을 수 있는데 굳이 만들어온 밑반찬이든, 지하철역 꽃집 앞을 지나다 사온 한 송이 작약이든, 나의 하소연에 귀 기울여주는 심야의 몇 시간이든, 이 모든 것은 보조관념일 뿐이다. 이것들이 가리키는 원관념이 명확한데도 사람들은 그걸 자주 놓친다. 그가 나를 아끼고 있다는 것. 나를 좋아하고, 내가 기뻐하길 바란다는 것. 그것은 사랑이다. 사랑이라는 원관념을 보지 않고 '그깟 별것도 아닌 것들'로 여겨버리면, 차게 식은 마음에는 어김없이 하나의 생각이 차오른다. 그래, 그렇다면 내 사랑을 철회하겠다. 긴 손절의 리스트가 또 한 번 갱신된다.

　　퍼주기는 나의 타고난 성정일까, 결핍의 소산일까. 이 정도는 퍼부어야 사랑이라고 여기는 것은 어쩌면 나란 인간은 조금도 사랑스럽지가 못한 존재라서 남들은 5만 하면 충분한 걸 10은 해야 겨우겨우 쫓아갈 수 있다는 기저의 높은 불안감 때문일지도 모른다. 그렇다면 깍쟁이들은 자신이 몹시 사랑스런 존재라고 믿고 있는 높은 자아존중감의 소유자들일까. 이런 호의와 넘치는 애정을 받아주는 건 지극히 당연한 일이어서, 감사를 표한다든가 화답을 한다든가 하는 생각 자체가 그들에겐 떠오르지 않는 건가. 퍼주기가 심리적으로 건강한 태도가 아닐지도 모른다는 혐의를 품는 일은 그러나 별로 도움이 되지 않았다. 논박할 수 있는 논리가 너무 많았다. 오히려 인간이란 비열한 존재여서 넘치는 사랑을 받을 자격이 있는 이가 몹시 드물다고 생각하는 쪽이 나았다. 술값을 자주 내던 부유한 친구 앞으로 자연스럽게 계산서를 밀던 또 다른 부유한 친구의 비열한 미소를 나는 보았다. 계산서 위에 탁 소리 나게 손을 올리고, 다 같이 먹었으면 다 같이 내자고, 단돈 천 원이라도 있는 대로 내놓으라고 나는 쏘아붙였다. 나쁜 녀석들. 술자리가 파할 때쯤이면 꼭 그 친구한테 전화를 걸어 불러내곤 했었지. 에리카 종이 『비행공포』에서 말했다. 공주처럼 굴면 공주 대접을 받지만, 하녀처럼 굴면 하녀 대접을 받을 뿐이라고. 그 대목에 두 번이나 밑줄을 그었다. 나는 그렇게 되지 않겠다. 턱없이 적게 돌려받는 존재는 역시나 그럴 만한 존재이며, 호구는 자꾸 호구짓을 하니까 호구인 것이다.

나의 20대는 나도 깍쟁이가 되겠다는 부단한 내적 투쟁의 시간이었다. 흘러넘치는 사랑에 대한 갈망을 둑에 가두고, 사랑의 정량을 단 1밀리리터의 오차도 없이 정확하게 측정해 집행하는 것이 과업이었다. 힘들었다. 냉담해지지 않고는 가능하지가 않았다. 냉담하다는 것과 사랑한다는 것의 속성이 전적으로 불합치할진대, 어떻게 사랑 속에서 깍쟁이가 될 수 있단 말인가. 아무것도 흘러넘치지 않는 이 쾌적한 냉대기후 속에서 나는 흘러넘친 나의 사랑과 역시나 흘러넘친 너의 사랑이 만나 도도한 강물을 이루는 끈적하고도 습한 아열대기후를 그리워했다.

그러나 사람들은 질척거리는 것을 싫어하고, 선을 넘지

않는 쿨한 관계만을 도모하며, 반반 정신이 식민지처럼 시대를 점령했다. 데이트 통장도 반반, 결혼 비용도 반반, 모임 비용도 칼같이 n분의 1. 더 많이 사랑하는 사람이 지는 사람이라는 걸 모두 다 잘 알아서, 패자가 되지 않기 위해 절대로 더 많이 사랑하지 않으려 분투하는 세상이 되었다. '서울깍쟁이'란 말이 사라졌다. 전국구의 용어가 되었기 때문에 더 이상 사용할 수 없는, 풍속극에나 등장하는 사어가 되어버렸다. 누구에게도 손해 보지 않고 누구에게도 베풀지 않는 아주 공정한 깍쟁이들의 세상 속에서 사랑은커녕, 친절이라든가 양보라든가 배려라든가 호의 같은 것조차 바랄 수 없다. 뒷사람을 위해 문을 잡고 잠시 기다려주면, 그는 마치 내가 자신의 집사라도 되는 양 문틈 사이로 쏙 빠져나간다. 여전히 문을 잡은 채 뒤에 남겨진 나는 분노했다. 뒷덜미를 끌어다 문손잡이를 쥐여주고 매섭게 한 번 쏘아보고 싶었다. 따지고 보면, 모르는 사람에게 베푸는 친절만큼 비효율적인 것이 없다. 매일 만나는 사람에게도 주지 않는 것을 다시는 만날 일 없는 사람에게 베풀라는 건 지나친 요구일 것이다. 호의의 선순환이 이 사회에는 구축되지 못한다.

이렇게 만들어진 세상 속에 아이를 낳아 내놓았다. 인간이 결코 철회할 수 없는 단 하나의 사랑이 있다면, 결단코 손절할 수 없는 단 하나의 대상이 있다면, 그것은 바로 자식이다. 깍쟁이 아내, 얌체 남편은 있어도 깍쟁이 엄마, 얌체 아빠는 없어서 이 관계에서만큼은 모두가 흘러넘친다. 오랜 세월 자신의 둑 안쪽에 가둬뒀던 그 많은 사랑을 댐처럼 방류한다. 발이 바닥에 닿지 않는 사랑의 도도한 강물 속에서 마치 온수풀에 커다란 튜브를 끼고 누운 것처럼 유영을 즐기던 아이들은 성장과 함께 매정하고 각박한 세상 속에 내던져지고, 급격한 온도 변화가 가하는 열충격에 파열한다. 부모가 쏟아부은 아무리 거대한 사랑도 아이를 보호하지 못한다. 그 사랑이 뜨거우면 뜨거울수록 얼음물 속에 집어넣은 뜨거운 크리스털 잔처럼 열충격에 더 취약할 뿐이다. 세상이 주는 고통에, 타인이 주는 상처에, 사회가 가하는 압박에 잔뜩 겁먹고 할퀴어진 아이는 집으로 돌아와 엄마를 공격한다. 당신이 묻지도 않고 나를 낳아서 일방적으로 낳음 당한 내가 이렇게 고통을 겪고 있다며 정서적으로 엄마를 후드려 팬다. 우리는 이것을 '중2병'이라는 유머러스한 이름으로 더 이상 불러선 안 된다. 이러한 경박한 명명이 모종의 라이선스를 부여한 덕분에 밖에서는 압력밥솥에 갇힌 개구리처럼 숨을 쉬지 못하는 아이들이 엄마를 후드려 패는 얘기가 쉬쉬할 뿐이지 집집마다 한가득이다.

내가 회사를 그만둔 이듬해, 남편이 샌프란시스코 특파원으로 발령받아 가족 모두가 미국으로 건너가게 되었다. 큰애가 초등학교 4학년, 작은애가 1학년 때였다. 거기서 보낸 3년 남짓은 우리 가족이 보낸 가장 행복했던, 축복과 행운으로 가득한 시간이었다. 이런 행운과 특권을 누릴 수 있는 것에 감사해야 한다며 아이들에게 틈만 나면 이야기했고, 남편의 임기가 끝나자마자 가족 모두 한국으로 돌아왔다. 아이들은 남아 있고 싶어했지만 우리 형편에 가당치가 않았다. 3년여의 특권을 누린 것만으로도 과분한 일이었다.

　　중학교 2학년 2학기에 한국 학교로 돌아온 큰아이는 하루가 다르게 변해갔다. 말이 없어졌고, 잠이 늘었다. 미국에서 형제처럼 지냈던 네 명의 친구들과만 온라인에서 만나 놀 뿐 딱히 친구도 없는 것 같았다. 자아형성기에 이미 전인적 우정을 체험했던 아이는 우정의 기준을 너무 높게 책정하고 있었다. 내 마음의 가장 어두운 그늘까지 털어놓을 수 있어야만 친구라는데, 학교에는 그럴 수 있을 것 같은 아이가 한 명도 보이지 않는다고 했다. 친한 엄마들은 한국에서 그런 우정이 사라진 지는 이미 오래라며, 아이가 너무 힘들 것 같다고 염려했다. 그냥 학원 스케줄이 비는 잠깐 사이 편의점에 같이 갈 수 있으면 친구인 거라고 했다. 요즘 아이들 사이에서 가장 유행하는 단어 중 하나가 '감정 쓰레기통'인데, 마음속 어둠을 털어놓으면 나를 너의 '감쓰'로 이용하지 말라며 등을 돌린다는 것이다. 나한테 말하지 말고 전문가 상담을 받으라며 다른 친구들에게로 가버린다고 했다. 마음이 너무 아득해져서 울고 싶은 기분이었다. 다음 중 작중 인물의 심리로 알맞은 것을 고르라고 하면 학원에서 배운 대로 기가 막히게 잘 골라내는 아이들이다. 하지만 지금 내 옆에 있는 친구의 심리 같은 건 알고 싶지 않다. 거기에 쓸 에너지가 없다. 친구라는 관계를 통해 인간탐구가 가장 활발하게 일어나야 할 시기에 아이들이 모두 외롭다.

사춘기와 우울증은 그 증상이 너무 흡사해서 구분하기가 쉽지 않았다. 방학이면 아이는 온종일 잠만 잤다. 침대에서 일어나질 못했다. 무서울 정도로 나태하고 무기력했다. 여름방학 내내 잠만 자는 아이를 보며, 아무리 깨워도 밀쳐내고 이불을 뒤집어쓰는 아이를 보며, 애가 닳았다가 화가 났다가 슬펐다가 감정이 날뛰었다. 죽고 싶은데 죽지는 못하는 사람이 선택하는 차후의 방책이 잠이라는 구절을 어디선가 읽고선 더럭 겁도 났다.

사춘기 아이를 키우는 게 원래 이렇게 힘든 일인가. 이 아이가 내게 주었던 우주적 사랑이 그리웠다. 태권도학원에서 석 달간 모은 쿠폰으로 상점시장을 열던 날, 관장님이 나누어준 상품 전단지를 펼쳐놓은 채 아이는 며칠을 고민했다. 일주일이 멀다 하고 웨지우드 그릇을 사들고 오는 엄마 때문에 가정에 불화가 끊이지 않자, 아이는 엄마에게 줄 다이소 접시와 오매불망 그려온 터닝메카드 사이에서 갈대처럼 흔들렸다. 둘 다 사기에는 포인트가 모자랐고, 그 무엇도 포기할 수 없었다. 네 장난감을 사라고, 엄마를 생각해준 마음만으로 넌 이미 엄마를 너무 행복하게 해줬다고 말하고 출근했건만, 퇴근해 돌아와보니 다이소 삼색접시와 남는 포인트로 산 행주세트가 식탁 위에 예쁘게 올려져 있었다. 아무리 외국으로 이사를 다녀도

웨지우드 그릇 사이에 소중히 자리잡고 있는 다이소 접시를 바라보며 나는 중얼거린다. 어떻게 사랑이 변하니. 그렇게 집에 틀어박힌 아이가 보기 싫어서 염천의 들끓는 거리를 참 많이도 울면서 쏘다녔다. 내가 무엇을 잘못했을까. 어디에서부터 잘못된 것일까. 그러다 혹여 잠도 지겨워진 아이가 다른 일을 벌일까봐 무서워져 헐레벌떡 집으로 달려갔다. 아이의 방문을 벌떡 열면 다행스럽게도 아이는 여전히 자고 있었다.

대학 2학년이었던가. 지하철에서 전혜린 에세이 『이 모든 괴로움을 또다시』를 읽다가 울 뻔했던 기억이 아직도 선명하다. "어떤 의미에 있어서도 부모는 아이에 진다. 왜냐하면 아이의 의견도 안 묻고 아이를 세상에 내놓은 그들의 과실 때문에……"라고 1961년 2월 23일 전혜린은 썼다. 이듬해 가을, 세기말의 퇴폐적 병약미와 시적 재능이 넘치던 어떤 선배로부터 자신은 어린 시절부터 세상에 태어난 게 싫어서 엄마한테 왜 나를 낳았냐고 울곤 했다는 얘기를 들은 적 있다. 훗날 염세와 비관의 유전자를 타고난 아이가 말간 눈동자로 저렇게 물으면, 살고 싶지 않은데 죽을 수도 없어서 엉엉 울고 있으면 어쩌지. 나는 그만 무너져내릴 것이다. 아이를 낳는다는 것은 참으로 두렵고 무서운 일이로구나.

「2013, 대한민국, 엄마의 원죄」라는 칼럼에 전혜린을 인용하면서 나는 삶의 고통에 대한 이유와 책임을 묻는 최종심급으로 함부로 자신을 낳은 어머니를 추궁하는 사회적 무의식을 규명코자 했다. 12지신이 한 바퀴를 돌며 이 논리가 보편화하는 동안, 엄마들은 너무 많이 견뎠다. 묻지도 않고 함부로 낳았으니까, 우리는 아이들을 위해 많은 것들을 한다. 할 수 있는 모든 것을 하고, 때때로 할 수 없는 것도 한다. 너무 사랑하니까. 묻지도 않고 세상에 내놓았으니까. 엄마를 공격하면 살림살이 나아지니? 그렇게 따지고 싶은 순간에도, 나 아니면 누구한테 얘가 이럴까, 도리어 아이를 다독인다. 밖에서 상처받고 사나운 짐승이 되어 돌아온 아이들의 패악질을 엄마들은 견뎠다. 아이가 현관 도어락 키패드 누르는 소리가 들리면 가슴이 쿵쾅거려 일부러 시간 맞춰 외출했다는 나의 친구는 어느 날 생각을 바꿔먹었다. 내가 안 당해주면 나쁜 선택을 할까봐, 쿵쾅거리는 가슴을 손바닥으로 지그시 누르며 키패드 소리를 듣는다. 우울증약 먹는 아이들만 많은 게 아니다. 아이의 우울증약을 챙기며 남몰래 항우울제를 털어넣는 엄마들이 얼마나 많은지 사람들은 모른다.

"이럴 거면 왜 나를 낳았어?"

온갖 곳에서 온갖 아이들이 저 대사를 읊는다. '이럴 거면'에 해당하는 것은 다종다양하다. 남들 다 가는 해외여행을 우리 집만 가지 않는 것일 수도 있고, 맥북이나 아이패드 같은 고가의 물건을 안겨주지 않는 것일 때도 있다. 아이돌 연습생이 되고 싶다는 진로 문제일 때도 있고, 남들 보기 번듯한 브랜드 아파트에 못 사는 옹색한 형편에 대한 토로일 때도 있다. 원하는 것을 주지 않을 때, 아니 줄 수 없을 때 아이들은 대체로 저 말을 한다. 묻지도 않고 낳아 미안하다는 부모의 실존적 고뇌가 이런 것도 못 해줄 거면 왜 낳았냐는 아이들의 특권의식으로 고착화하는 광경을 보고 있자니, 인간이라는 종의 기나긴 양육 기간에 지쳐버린 나는 불현듯 이 종의 이기와 오만이 우스워져버렸다. 남들처럼 번듯하게, 떵떵거리며 살게 해줄 수도 없으면서 왜 나를 낳았냐는 말에는 특권의 기본권화가 내재돼 있고, 그 기준은 나날이 높아지고 있다. 우리의 실존적 고뇌가 아이들의 이기심에 라이선스를 주는 일이 되어버리고 말았구나. 요즘 세상에서는 최신 아이폰을 갖는 것도 기본권이고, 요아정을 먹는 것도 기본권이며, 좋아하는 아이돌의 콘서트 티켓을 갖는 것도 기본권이다. 우리가 사랑으로 힘겹게 마련하는 그 모든 것들이 그저 기본권이다. 세상이 그렇다고 한다. 기본권을 침해하는 것은 학대고, 학대자는 규탄받아 마땅하므로 당신은 유죄. 내 고통의 원인은 태어났다는 사실 자체가 아니라 이렇게 태어났다는 사실이므로, 나를 이렇게 낳은 엄마 후드려 패기는 정의의 구현이다. 엄마 후드려 팬 자신의 전력을 떠올려보면 장차 부모가 되고 싶을 리가 없다. 이렇게 양육은 한국 사회의 지옥이 되었다.

아이가 나를 자주 슬프고 섭섭하게 하던 시기가 있었다.

방 안에 들어가면 나오질 않고, 내게는 아무것도 말해주지 않았다. 나의 고충에는 관심이 없었다. 그 나이 때 애들은 다 그렇다고, 시간 지나면 원래 아이로 돌아온다고 선배와 친구들이 달래주었다. 전두엽 대공사 중인데 무슨 생각이라는 게 있겠냐고, 그러려니 내버려두라고 했다. 그렇지만, 전두엽 너만 없니? 나도 왕년에 전두엽 없었거든. 전두엽 없었어도 나 공부시키겠다고 고생하는 엄마가 가여워서, 나 말고 아무것도 가진 게 없는 엄마의 보석이 되고 싶어서 열심히 살았거든. 또 '라떼는'이군. 아이의 눈빛이 그렇게 말한다. 나는 이것이 정말 착각에 기반한 '라떼는'인가 문득 의아해져서 엄마에게 전화를 걸어 물었다. 갑자기 웬 뜬금없는 질문이냐면서도 엄마가 답한다. 너는 정말 좋은 딸이었다고, 너 때문에 날마다 뿌듯했고, 그 덕분에 내가 살았다고, 늙은 엄마가 갑자기 전화기 저편에서 우신다. "혼자 알아서 크게 해서 미안하다, 그 어린걸." 내가 나쁜 년이었던 순간들을 내가 익히 알아서 나는 공연히 엄마에게 미안해진다. 우리는 전화기 건너편에서 서로 훌쩍였다.

　어느 봄날. 부루퉁한 얼굴로 인사도 없이 차 문을 쾅 닫고 학교로 들어서는 아이를 백미러로 지켜보며 차를 돌리는데, 퀸의 노래 「투 머치 러브 윌 킬 유」가 흘러나왔다. 연둣물이 올라오기 시작하는 신록과 눈앞에 걸린 태양이 눈부셨다. 눈을 찡그린 채 흥얼흥얼 노래를 따라 부르는데, 눈물이 쏟아지기 시작했다. "너무 많은 사랑이 널 죽일 거야. 널 애원하고 소리치고 엎드려 기게 만들지. 그 고통이 널 미치게 할 거야. 넌 네가 저지른 범죄의 희생자야." 시야가 흐려져서 연신 양 손바닥으로 눈물을 훔쳐대는 나를 신호대기에 걸린 옆 차의 중년 여인이 가만히 쳐다보았다.

　　너무 많은 사랑은 범죄고, 나는 내가 저지른 범죄의 희생자다. 정량의 사랑만을 줄 것을, 너무 많은 사랑을 주었다. 내가 갖고 싶었지만 갖지 못했던 것을 너에게 모두 주고 싶었다. 혼자 알아서 크는 건 너무 서러운 일이니까, 엄마가 잘 키워주고 싶었다. 나의 결핍은 너의 결핍이 아니라는 걸 모른 채, 원치도 않는 걸 마구 주었다. 원하는 것 같은 기색만 비쳐도 얼른 구해다 대령했고, 그러면 너는 '내가 언제 이걸 원했던가.' 싶은 표정으로 고개를 갸웃거린다. 내 흘러넘치는 사랑은 어떤 둑으로도 가둘 수가 없어서, 자꾸 네게 범람했다. 너에게만은 내 사랑을 철회할 수 없어서, 자꾸 네 방 앞을 기웃거린다. 너무 많은 사랑이 자꾸 애원하고 소리치고 엎드려 기게 만든다.

　　세상에 상처받을 때마다 엄마를 공격하는 대신, 엄마, 힘들어요, 털어놓으면 좋으련만. 아직 어린 너희들에게는 어려운 일이겠지. 세상을 호의도 선의도 예의도 없는 거칠고 황량한 사막으로 만들어놓고 집에서만 너무 많은 사랑을 퍼부은 탓에 너희들이 휘청거린다. 너희가 받는 사랑의 원천이 더 다양했더라면, 우리가 사랑의 에너지를 더 많은 곳에 골고루 나누었더라면, 일이 이렇게까지는 되지 않았겠지. 꼬고 꼬고 또 꼬아놓은 기형적 문제들과 거기에서 갈리는 0.1점의 차이가 너희들 매일의 삶을 옥죄지 않았더라면, 우리들이 이렇게까지 양육고를 겪는 일도 없었을 텐데. 너희들을 달래려 그 많은 특권들을 탕진하듯 누리도록 하지도 않았을 테고, 왜 마음대로 나를 낳아 이 거지 같은 일들을 겪게 하느냐는 원망도 듣지 않았을 것이다.

무엇인지 기억도 나지 않는 사소한 일에 아이가 또 그 말을 했다. "엄마 맘대로 낳았으니까 당연히 엄마가 책임져야지." 실실 웃으며 약 올리듯 나를 바라보는 아이에게, 그래, 너 말 잘했다, 내가 팔을 걷어붙였다.

"마치 본인은 굉장히 살고 싶지 않은데, 엄마가 묻지도 않고 낳아서 억지로 살고 있는 것처럼 말하네."

"맞아. 바로 그거야."

"웃기시네. 엄청 살고 싶으면서. 절벽에서 톡 치면 기절초풍을 할 거면서."

"아니거든."

"묻지도 않고 낳았다는 그 말, 진짜 지긋지긋한데, 내가 이제부터 세 가지 모순을 지적하겠어. 첫째, 우주의 모든 삼라만상이 그냥 태어난다. 너도, 이 엄마도, 엄마의 엄마인 할머니도, 할머니의 할머니의 할머니도, 아프리카 대륙의 루시도, 심지어 저 창밖의 나무와 새와 돌도 세상에 그냥 던져졌다. 마그

마의 바다가 출렁이기 시작한 이래 모든 존재가 그렇게 태어난다. 이것을 실존주의 철학에서는 '존재의 피투'라고 부르지. 내던져진 존재들. 그런데 너만 무엇이 그렇게 특별해서 친히 사전의향조사서에 서명을 받고 낳아야 한다는 거냐. 자의식 과잉 아니냐?

둘째, 너는 마치 너의 탄생에 너의 의지와 기여는 전혀 반영되어 있지 않은 것처럼 말하는데, 과학적으로 완전 틀린 얘기다, 그거. 너 초등학교 1학년 생일날 쓴 일기 기억나지? '오늘은 내가 수억 마리의 정자 중 1등을 한 날이다.' 그렇게 써서 결혼도 안 한 여자 선생님 당황시켰잖아. 너 그날 왜 1등 했어? 태어나서 한 번도 못 해본 1등, 그날 왜 했는데? 태어나고 싶어서 한 거 아니야?"

"아니, 30대 성인의 자발적 결정과 한낱 세포인 정자의 본능을 등치시키면 안 되지. 그걸 어떻게 같이 놓고 봐."

"야, 세포가 모이면 개체야. 세포마다 유전정보가 다 같아. 그리고 아기가 출산 과정에서 태어나기 위해 얼마나 열심히 산통을 이겨내는 줄 알아? 엄마가 겪는 산고보다 아기가 겪는 산통이 더 크대. 아기가 모체 바깥으로 나갈라고 분비하는 호르몬에 따라서 엄마의 산통이 진행되는 거야. 아기가 출산의 주체라고."

"엄마는 제왕절개 했잖아. 내가 41주 넘도록 안 나올라고 그래서. 난 안 태어나고 싶었다니까."

"야!"

내가 소리를 빽 지른다.

"너 그게 다가 아니다. 애기들이 태어난 다음엔 살라고 얼마나 땀을 뻘뻘 흘리면서 젖을 빠는 줄 알아? 몸이 흠뻑 젖도록 땀을 흘려. 젖 먹던 힘이란 말이 괜히 나온 말이 아니야. 너 왜 그렇게 열심히 젖 먹었는데? 토끼 잡아채는 호랑이 새끼처럼 왜 그렇게 맹렬하게 젖 먹었는데? 살고 싶어서 그런 거 아냐?

마지막으로 셋째, 만일 니 말대로 너의 탄생이 온전히 나의 결정으로만 이루어진 것이어서 내가 모든 걸 책임져야 한다면, 너는 향후 너의 삶에 어떤 주체적 의지도 행사하지 않겠다는 뜻이냐? 오케이. 내가 너의 생사여탈을 결정하는 그토록 중요한 권능자라면, 니 인생의 주인이 니가 아니라 나라면, 니가 삶의 주권을 굳이 나에게 이양하겠다면, 좋아. 이제부터는 내가 시키는 대로만 해. 근데, 너 왜 내 말 안 듣냐?"

아이가 뭐라 항변하려고 입술을 달싹거렸지만, 딱히 할 말이 떠오르지 않는 눈치였다. 하, 어딜 덤벼. 이빨 털어 번 돈으로 여지껏 너 먹이고 입힌 사람이야, 내가. 어휴, 속이 다 시원해. 이제야 살 것 같았다.

며칠 후. 아이가 방문을 벌컥 열고 들어와 말했다.

"엄마, 나 그날 1등 안 했어."

무슨 소리야.

"1등 정자가 아니라 2등 정자가 수정되는 거래. 1등 정자가 난자를 둘러싼 난구세포를 뚫고 죽으면 2등 정자가 그 속으로 쏙 들어가는 거야. 그것도 몰랐어? 뭔 업데이트도 안 된 과학지식으로…… 얼마나 안 태어나고 싶으면 1등 정자가 죽겠어."

아이가 방문을 휙 닫고 나갔다.

"야, 진짜야? 너, 2등도 얼마나 잘한 건데. 2등도 1등급이야."

닫힌 방문에 대고 내가 외쳤다.

되었다. 기필코 엄마를 이겨먹고 싶은 것도 생의 의지다. 검색 열심히 했구나. 장하다. 엄마는 너를 사랑하고 있고, 너무 많이 사랑해서 내 범죄의 피해자가 되어도 이 사랑을 멈추지는 못할 것이다. 다만, 이 많은 사랑이 세상 바깥으로도 흘러넘치도록 더 노력해볼게. 너무 뜨거운 엄마의 사랑과 너무 혹독한 세상의 냉기 속에서 그 누구도 파열되지 않도록, 세상을 선의와 호의의 그물망으로 엮는 데 힘을 보탤게. 2등이 너였어서, 엄마는 기쁘다.

3부

타인에 대한 예의

고통의 속지주의

─ 누가 고통을
말할 수 있는가

2020년 미국 민주당 대선후보 경선에서 돌풍을 일으키며 전국적 인지도를 얻었던 앤드루 양은 이듬해 1월, 전 세계를 강타한 코로나가 가장 사납게 할퀴었던 도시 뉴욕의 시장이 되겠다며 경선에 출마한 상태였다. 지난 열 달간 미국의 체면은 말이 아니었다. 이런 초특급 역병을 풍문으로만 들어봤던 축복의 땅 미국은 그야말로 속수무책으로 무너졌고, 뉴욕은 순식간에 세계 최강대국 미국의 비극적 이면을 상징하는 지구에서 가장 슬픈 도시가 되었다.

　　너무 많은 사망자를 감당할 수 없어 시신들이 거리에 방치되고 외딴섬에 집단 가매장되던 뉴욕의 폐허를 나는 캘리포니아의 한 소도시에서 가족과 함께 봉쇄된 채 지켜보았다. 자국민 보호에조차 실패하는, 천문학적 의료비로 악명 높은 초고도 자본주의 양극화 국가에서 의료보험도 없는 외국인인 우리 가족 중 누구 하나 걸리기라도 한다면, 길거리에 내던져지는 것은 일도 아닐 것이라는 두려움이 나를 미치게 했다. 역병이 무섭게 퍼지고 있다는 흉흉한 풍문을 마침내 팩트로 받아들이고 캘리포니아 주지사가 자택 대피령을 내리기 전날, 하필이면 초등학교 2학년이던 딸이 걸스카우트 친구들과 현장학습을 갔다. 그런 역병이야 조국에서 여러 차례 겪어봤다며 대범한 척했지만 참가자 수가 반토막 나 있는 걸 보고 느낌이 좋지 않았다. 그래, 이제는 아무 데도 가지 말자. 문을 걸어 잠갔다. 닷새 후, 현장학습에 인솔자로 참여했던 엄마와 그 딸이 코로나 확진으로 폐가 하얗게 됐다며 걸스카우트 리더 엄마로부터 우리의 안부를 묻는 연락이 왔다. 딸은 그 집 차를 타고 현장에 갔고, 행사가 끝난 후엔 그 집에 가서 놀다 온 터였다. 머릿속이 새하얘졌다. 슬픈 예감은 틀린 적이 없듯이 이틀 후 딸아이는 열이 나기 시작했고, 나는 신경증으로 폭발했다. 죽음의 공포를 그렇게 가까이서 느껴본 것은 처음이었다. 진단조차 받을 수 없는 상황에서 아이는 닷새간 감기인지 코로나인지 알수 없는 열병을 앓았고, 어떤 신의 축복이었는지 닷새 후 말끔히 나았다.

보편적 기본소득을 주요 공약으로 내세우며 뉴욕 시장 민주당 후보 경선에서 지지율 1위를 달리던 '뉴욕의 아들' 앤드루 양이 뉴욕 맨해튼의 좁은 아파트에서 한적한 전원 지역에 사둔 별장으로 몰래 거처를 옮겼다는 사실이 《폴리티코》의 보도로 폭로됐을 때, 내 머릿속에는 거의 뜬눈으로 지새우며 10분에 한 번씩 아이 열을 재던 그날들이 자동 재생됐다. 투표권도 없는 주제에 몹시 격분한 나는 보도를 보자마자 그가 정치인으로서 끝났다고 생각했다. 뉴욕 시장을 하겠다는 자가 역병이 창궐한 와중에 자기 도시를 도망쳤는데, 이런 이승만 같은 자에게 표를 주겠다는 사람이 어디 있겠느냐 말이다. 뉴욕을 떠난 이유를 묻는 《뉴욕타임스》의 질문에 이 달변가는 답했다. "방 두 칸짜리 좁은 아파트에서 온라인 수업을 하는 두 아이를 돌보며 재택으로 일하는 게 어떤 건지 상상할 수 있으세요?" 나는 그를 미워하는 것에 아무런 양심의 가책도 느끼지 않는다.

전원 지역의 넓은 집으로 옮겨가면 두 아이의 온라인 수업이 수월해지고 부모의 재택근무도 효율성이 높아지나? 그럴 수 있다. 하지만 그 재택근무의 핵심 어젠다가 뉴욕시의 역병과 그로 인한 비극적 참상이라면, 넓고 쾌적한 전원주택에서 그 같은 업무를 보는 것에 어떻게 자아분열로 인한 업무효율 저하와 자기혐오로 인한 사기저하가 뒤따르지 않을 수 있는지 놀랍다. 보통은 이래도 되나 비참한 기분이 들면서 '후보 사퇴'라는 네 글자가 머릿속을 가득 채워 일이 손에 잡힐 것 같지 않다. 유세에 나가 우렁찬 웅변이라니. 그럴 수는 없다. 보편적 기본소득 아니라 주 3일 근무제를 들고 나와도 소용없다. 도도하게 흐르는 고통의 강에 함께 발을 담그지 않는 자에게는 그 어떤 중요한 것도 맡기지 않는다. 장차 하겠다는 일과 이미 한 일 중에서 우리는 어쩔 수 없이 후자에 가중치를 부여할 수밖에 없지 않은가. 이 사건이 얼마나 영향을 미쳤는지는 모르겠지만, 그는 민주당 경선 예비선거에서 4위를 기록하며 참패했다. 세상에서 가장 힘든 일은 사람의 마음을 움직이는 일이다. 정치에는 근본적으로 문학적 속성이 있어서 엘리트 교육을 받은 달변가에게 유리한 점이 많지만, 정치는 문학과 달리 논픽션이라 이 서사의 주인공들은 반짝스타로 쉬이 발돋움은 해도 클래식의 주인공으로 오래 남는 경우는 드물다.

자원이 있는데 활용하는 것이 뭐가 문제냐, 중요한 일을 하는 사람일수록 안전에 더 각별한 신경을 써야 한다, 나 같아도 옮길 곳이 있으면 가족의 안위를 위해 같은 선택을 하겠다, 등의 논리로 앤드루 양을 옹호하는 사람들이 미국에도 적잖았다. 사적 영역에서야 그럴 수 있다. 하지만 공적 영역이란 그런 곳이 아니다. 위선을 떨치고 솔직하게 자신의 욕구를 드러내는 태도는 개인으로서는 매력일 수 있겠으나, 공론장의 타락을 불러온다. 공론장은 우리가 옷을 벗는 무대가 아니다. 개인의 이익을 공동체의 이익과 통합하기 위한 여론 형성의 공간이며, 그렇게 형성된 여론을 통해 주권자인 우리는 대의민주주의 하에서 주권을 행사한다. 돈과 힘이 있으므로 이 고통으로부터 나는 벗어나겠다, 는 선언은 공론장의 의견 경합에서 반드시 패배해야 한다.

공론장이라는 곳은 참으로 고통스런 공간이다. 나의 모친은 어디 가서 입바른 소리 작작 하라며, 그게 다 부메랑이 돼 돌아온다고 충고한다. 지당하신 말씀이다. 지금 내 삶에 부끄러운 일이 한가득이다. 그래서 마지막 칼럼을 썼던 2018년 봄 이후, 입을 다물고 살았다. 내가 뭐라고 누구한테 훈계를 한단 말인가. 너나 잘하세요. 한국을 떠나 있던 기간에는 더더욱 입을 조개처럼 꾹 다물고 살았다. 누가 뭘 써달라고 해도 거절하고, 공론장에는 얼씬도 하지 않았다. 외국 나가 살면서 한국이 이렇네 저렇네, 큰일이네 꼴좋네, 하는 모습은 정말로 보이고 싶지 않았다. 고통이란 속인주의가 아닌 속지주의가 적용되는 영역이라, 지금 그 고통의 강에 한 발이라도 담그고 있지 않다면 함부로 입을 놀릴 수 없다. 고통의 속지주의. 나는 그것을 신봉한다.

　"서발턴은 말할 수 있는가?"

　　뉴욕주립대 영문과 대학원으로 교환학생을 갔던 2000년 봄이었다. 불가리아 출신의 악센트가 시원시원했던 금발의 중년 여자 교수가 물었다. '탈식민주의 문학이론'이라는 어마무시한 제목의 수업에서 가야트리 스피박이니, 호미 바바니 하는 이름을 처음 듣고 거의 혼절할 지경이었던 나는 영어와 사투를 벌이던 참혹의 와중에(물론 패배했다!) 그 질문에 매료됐다. "Can the Subaltern Speak?" 스피박의 유명한 논문 제목이기도 한 저 질문은 흡사 솜씨 좋은 수렵꾼이 던진 작살처럼 내 심장에 꽂혔다.

　　어떻게든 교환학생을 가겠다는 일념으로 국문과도 없는 미국 대학에, 그것도 대학원 토론 수업을 들으러 간 나는 정녕 정념에 사로잡힌 청년이었다. 세상을 향해 돌진해보겠다고, 나를 둘러싼 공고한 장벽들을 돌파해보겠다고, 나도 저것들을 가져보겠다고 이미 스무 살 때부터 도끼눈을 뜬 채 나날을 살았다. 신입생들에게 나눠주는 전화번호부 두께의 대학편람을 최소 10회독 이상은 했을 것이다. 대학생활의 모든 것, 내가 누리고 이용할 수 있는 것을 단 하나도 놓치지 않기 위해 매년 그 안내서를 읽고 또 읽어 너덜너덜한 책에는 각기 다른 색깔의 펜과 하이라이터로 그어놓은 밑줄과 연도별 계획표의 수정안이 가득했다. 계절학기를 들었고, 조기졸업을 했으며, 조기졸업을 하느라 한 과목이 부족해 부전공으로 인정은 못 받았지만 정치외교학 수업을 열심히 들었고, 소설창작론 시간에 쓴 단편소설로 대학문학상을 받았으며, 동기들이 졸업학기일 때 대학원생이 되어 시험감독에 들어갔다. 읽어야 할 책들의 목록을 작성하면 대체로 다 읽어냈고, 이 책들을 읽어냈다는 오만함으로 다른 책들을 또 손에 들었다. 토플 시험을 준비하고, 알리앙스 프랑세즈에 다녔다. 내 생애 가장 치열한 시기였다. 누가 시키지도 않는데 이렇게 열심히 산 건 처음이었다.

무엇이 동력이었을까. 나는 지성에 대한 흠모와 앎의 욕구 같은 그럴싸한 말들로 나를 포장했다. 하지만 그게 다는 아니었다. 무엇인가 되고 싶지만 아무것도 아닌 20대의 불안에 빈한한 가정 출신의 초조가 결탁했다. 두드러지고 싶다는 욕망이 혈관을 따라 날뛰었고, 일말의 재능과 가능성의 서광이 비치기 시작했다. 여기서는 뭔가 될 것 같았다. 왜 그렇게 열심히 살았냐면, 한마디로 출세하고 싶어서 몸이 달아 있었던 것이다.

'하층민', '하위주체' 등으로 번역되는 서발턴은 권력 구조의 주변부에 놓인 피억압자를 뜻한다. 권력 중심에 있는 식민제국, 자본가, 남성, 엘리트에 대해 식민지, 노동자, 여성, 피지배계층 등을 일컫는 말이다. 그냥 한마디로 힘없고 못 배운 사람들을 총칭한다. 힘없고 못 배운 사람들은 말을 할 수 있는가? 혹자는 민중의 힘을 추앙하며 말을 할 수 있다고 단언하고, 혹자는 언어는 권력이므로 안타깝지만 그들은 말을 할 수 없다고 비관한다. 한때 서발턴이었지만 이제는 서발턴이 아니게 된 나는 혼란스러웠다. 나는 서발턴의 고통에 대해 잘 알지만, 그 고통을 말하는 나는 더 이상 서발턴이 아니라는 모순이 생겨났다. 내가 그 고통에 대해 계속 말한다면 나는 고통의 속인주의를 따르는 것이고, 내가 그 고통에 대해 말하기를 멈춘다면 나는 고통의 속지주의를 집행하는 것이었다. 출구는 없어 보였다.

고통의 속지주의에는 비겁이 도사리고 있다. 내가 그 땅에 속해 있지 않으므로 아무것도 말하지 않고, 그러므로 아무런 개입도 하지 않는다. 나의 평판은 안전할 것이다. 나는 침묵을 선택했다. 어디에도 단 한마디도 쓰지 않았다. 그렇게 7년이라는 긴 시간이 지났다. 나는 어떤 사람이 되었나. 침묵한 덕분에 고통을 잊은 사람이 되지 않았나. 고통의 세계로부터 너무 멀리 떨어져나온 것은 아닐까.

기자로 일하는 마지막 몇 년 동안 내가 가장 애쓴 것은 목소리가 없는 사람들의 침묵에 귀를 기울이고, 그들에게 마이크를 쥐여주는 일이었다. 대신 하는 말들이 싫었다. 대변자들이 싫었다. 그런데 목소리가 없는 이들은 마이크를 쥔 채 입술만 옴짝거리거나, 말을 더듬거나, 묻는 말에 겨우 그렇다, 아니다, 정도를 답하는 경우가 대부분이었다. 당연했다. 서발턴은 말할 수 없다. 그러므로 나는 더듬거림을 번역해야 했다. 그 번역의 결과로 나온 것은 나의 말인가, 그의 말인가.

가난에서 벗어나기 힘든 비숙련 고졸 청년의 생애를 취재했을 때다. 요즘 세상에 대학 안 나온 사람도 있느냐는 듯 청년 담론이 온통 대졸자만을 호출하고 있을 때, 교육이라는 신분상승의 사다리를 타지 못한, 이렇다 할 기술이 없는 고졸 청년들이 어떻게 짧디짧은 주기로 아르바이트와 불안정한 일자리를 전전하다 중년에 이르게 되는지를 조명하는 기획이었다. 사촌동생으로부터 소개받은 젊은 고졸 취재원을 미아리에서 만나고 돌아오는 길. 나는 그냥 사라져버리고 싶었다. 실수령액 100만 원도 안 되는 월급을 아끼고 아껴 모은 목돈을 누나 결혼자금으로 전부 건네줬다는 이 과묵한 청년의 고통을 나는 헤집어야 했다. 그의 침묵과 푹 숙인 고개와 작은 웅얼거림과 힘겹게 이어가는 단어와 단어들 사이의 한숨까지, 나는 모두 취재수첩에 적었다. 기사는 근사하게 나갔다. 지하철 계단을 올라가는 그의 뒷모습을 찍은 사진까지 모든 것이 그럴싸했다. "잊혀진 청년들"이라는 타이틀에 "더 이상 내 것이 아닌 희망들아" 같은 멋들어진 소제목도 붙여놓은 나는 역시 솜씨가 좋다.

그래서 나는 그에게 어떤 도움이 되었나. 취재에 응해주셔서 너무 감사하고, 앞으로 하시는 모든 일이 다 잘되길 바란다며 커피 쿠폰이나 보내는 게 고작이었다. 나는 그의 고통을 판매했다. 그 찝찝함이 떨쳐지지 않았다. 지는 이렇게 잘 먹고 잘 살면서, 고작 커피 쿠폰이나 보내고 있는 내가 싫었다. 나는 고통의 판매자였다. 하지만 내가 쓰는 기사들은 아무것도 바꾸지 못한다. 기자를 그만둔 건 그로부터 두 달 후였다.

기자도 그 무엇도 아닌 나는 고통의 속지주의를 방패 삼아 고통의 세계로부터 나를 단절시켰다. 안온하고 평화롭게, 자기모순도 분열도 없이, 나른하게 나는 잘 살고 있다. 출세에 몸이 달아 있던 청년 시절을 생각하면, 내가 이렇게 아무것도 아닌 나를 오래 견딜 수 있다는 사실이 놀랍다. 아무것도 아니어도 죽지 않는다! 하지만 "생각한 대로 살지 않으면 사는 대로 생각하게 된다"는 말이 자꾸 맴돈다. 이 격언의 화자는 아마도 고통의 속인주의를 지지했을 것이다. 고통에 대해 생각하지 않으면 고통받는 자들의 영토로 갈 수 없다. 한때 내가 겪었던 고통은 마치 없었던 일처럼 될 것이다. 위선이 싫어서 고통에 대해 말하지 않으면, 세계의 비참은 점점 더 내 눈에 보이지 않게 될 것이다.

유튜브에 국경없는의사회의 광고가 떴다. 강남에 빌딩 몇 채는 지어 올렸을 것 같은 매끈한 인상의 성형외과 의사가 의료봉사 다녀온 얘기를 하기 시작했다. 나는 팔짱을 끼고 무슨 얘기를 하나 끝까지 들어보았다. 위선의 징후를 포착하려 눈을 부라리며 보고 있는데, 갑자기 마음이 무너지기 시작했다. 그는 재건 전문 성형외과의였다. 가자지구에 들이부어진 폭탄에 맞아 팔다리를 잃은 어린이들을 살리기 위해 포화 속에서 재건 수술을 이어갔다. 동료의 죽음을 보면서도 의사들이 현장을 떠나지 않는 것은 "그들을 필요로 하는 절실한 사람들이 있기 때문"이고, 그는 거기에서 "오랫동안 잊어버리고 살았던 희망이라는 단어를 봤다"고 말했다. 그들의 사명감, 인간으로서의 존엄성, 한 달간의 의료봉사 후 먼저 떠나야 했던 죄책감 등을 그는 담백하게 말했고, 나는 팔짱을 푼 채 질척하게 울었다. 희망이라는 말은 늘 나를 울린다. 희망이 없다고 너무 빨리 절망하는 몹쓸 조급증을 나는 여태껏 고치지 못했다. 몇 푼 들어 있지 않은 계좌에서 무직자가 된 이후 처음으로 후원금이라는 것을 내보았다.

한 달이라도, 아니 단 하루라도, 고통의 세계로 가자. 고통의 속지주의를 신봉한다면, 고통의 땅에 있지 않으므로 입을 다무는 게 아니라 고통에 대해 말하기 위해 세계의 비참 속으로 돌진해야 한다. 태어나 처음으로 자원봉사라는 것을 신청해 아이들과 함께 노인 복지관에 갔다. 하루 한 번 배달해주는 도시락이 없으면 그냥 굶어야 하는 거동 불가 독거노인들의 임대주택을 돌았고, 장화와 이중 고무장갑, 고무 앞치마를 두른 채 훈김으로 가득한 조리실에서 100인분의 설거지를 했다. 40도

넘는 폭염이 맹위를 떨치던 이틀간, 나를 부수어놓는 혹독한 육체노동 속에서 빈곤 노인들의 다채로운 얼굴을 보았다. 슬픈 얼굴, 웃는 얼굴, 차가운 얼굴, 멍한 얼굴, 화난 얼굴. 하루 한 끼만 먹을 수 있는 형편들이라 식판의 밥이 태산 같았다. 이렇게 어린 애기가 봉사를 하러 왔다며 우리 둘째를 꼭 안아주던, 허리가 90도로 꺾인 할머니는 주말용 간식으로 복지관에서 나눠준 봉지죽을 아이 손에 들려줬다. 사양하며 어쩔 줄 몰라하는 딸아이에게 나는 고맙습니다, 인사하고 받으라 했다. 이튿날 극심한 근육통으로 일어나지 못하게 된 나는 아이와 그 죽을 데워 나눠먹었다.

　　내가 자란 집에는 책이 한 권도 없었다. 아이가 글쓰기에 재능이 있다는데, 집에 책이라고는 단 한 권도 없었다. 거의 매달 글쓰기 상장을 받아오는데, 책 읽힐 생각을 그 누구도 하지 않았다. 책을 사다니. 그것은 생각만으로도 모욕적일 만큼 사치스러운 아이디어였다. 교과서에 실린 문학작품이나 읽고 또 읽으며, 연습장 표지에 그려진 미소녀의 서정적 스케치 옆에 끼적여놓은 시나 베껴 쓰면서 나는 성장기를 보냈다. 외로운 어린 시절 방에 틀어박혀 집에 있는 책만 읽었다는 작가들의 인터뷰를 읽으면 한없이 서러워서 이 나이를 먹도록 속으로 운다. 미당 서정주가 스물한 살에 발표한 시 「자화상」의 첫 구절은 "애비는 종이었다."였다. 여고 시절, 그 구절을 쉬는 시간에 먼저 읽고 나는 책상에 그냥 팍 엎드렸던가. "세상은 가도가도 부끄럽기만 하드라 / 어떤 이는 내 눈에서 죄인을 읽고 가고 / 어떤 이는 내 입에서 천치를 읽고 가나 / 나는 아무것도 뉘우치진 않을란다."

아버지는 대체로 실업자였는데, 경제활동인구에 포함되었던 어느 이례적이었던 해, 술에 취해 계몽사 전집을 한 질 사들고 왔다. 나는 뛸 듯이 기뻤다. 마침내 내게도 책이 생겼다. 먹지도 입지도 못하는 그 사치스러운 것이 생겼다. 두꺼운 양장의 15권짜리 소년소녀 세계위인전집이었다. 딸내미 훌륭한 사람 되라고 아버지가 골라온 생애 최초의 책 선물. 하지만 슬프게도 딸의 취향에 전혀 맞지 않았다. 게다가 1권에 등장하는 첫 위인이 석가모니였다. 지루하기 짝이 없었다. 채 두 쪽도 읽지 못한 채 샐쭉한 표정으로 나는 책을 덮었다. 독서 훈련이 전혀 되어 있지 않은 소녀에게는 무리였다.

코로나로 집에 갇혀 지내던 어느 새벽. 미국 중학교에 들어간 큰아이가 석가모니의 생애와 불교 사상의 주요 내용을 읽고 퀴즈를 풀어야 하는 온라인 수업 과제를 못 마친 채 쩔쩔매고 있었다. 도통 이해할 수 없다고 했다. 20여 페이지에 달하는 텍스트를 빛의 속도로 읽어주고 한국말로 설명하는데, 황당하게도 중간에 목이 메고 말았다. 꺾이는 목소리를 멈추고 그저 고개를 숙이고 있는 내 얼굴을 아이가 가만히 들여다보았다. 모든 것은 변한다. 영원한 것은 없다. 욕망은 고통의 근원이다. 욕망과 즐거움과 위안을 모두 포기해야만 진정한 내적 평화, 즉 깨달음의 상태에 도달할 수 있다. 그러나 내 속엔 내가 너무 많아 당신의 쉴 곳 없지. 아이가 물었다. "엄마, 근데 욕망이 없는 상태에 도달하려는 것도 욕망 아니야?" 새벽 2시였다. 나는 아이를 물끄러미 바라보았다. 보리수나무 아래 앉아 깨달음의 순간을 기다리고 있는 싯다르타처럼 마음에 고요한 풍랑이 일었다.

　　인도 북부 작은 왕국의 왕비였던 마야 부인은 어느 날 하얀 코끼리가 자신의 옆구리로 안겨드는 태몽을 꾼다. 왕위를 이을 왕자를 고대하던 왕은 기뻐하며 예언자를 불러 태몽을 해석하게 하는데, 예언자는 아이가 훗날 훌륭한 왕이 되거나 위대한 성인이 될 것이라고 예언했다. 왕은 왕자가 왕이 되지 않고 성인이 될까봐 두려웠다. 고타마 싯다르타가 태어나자 왕은 왕국의 담장을 높이 쌓아올려 외부 세계의 그 어떤 고통도, 아니 고통의 단서조차 왕자가 눈치채지 못하도록 막은 채 귀하고 좋은 것들로만 아이의 세계를 가득 채웠다. 스물아홉 살이 될 때까지 궁궐의 비단 포대기에 둘러싸여 살아온 왕자는 그러나 삶이 공허했다. 그는 이제껏 늙은 자도, 아픈 자도, 죽은 자도 본 일이 없었다. 마차꾼 찬나를 꾀어 궁 밖으로 나가 마침내 세 가지 고통을 목격하게 되는 싯다르타가 너무 놀라 "저게 무엇이냐?" 묻는 장면을 나는 특히 좋아하는데, 찬나의 어린아이 같은 간결한 대답이 죽음에 대해 처음으로 깊이 생각하며 공포 속에 잠 못 이루었던 어린 날을 떠올리게 한다.

"사람은 시간이 지나면 늙어 노쇠해집니다." 슬퍼라.

"사람은 사는 동안 병에 걸리게 됩니다." 괴로워라.

"모든 사람은 그러다 결국 죽게 됩니다." 허망해라.

충격과 경악 속에 정신이 혼미해진 싯다르타는 고통의 섭리가 지배하는 세속의 이 혼돈스런 와중에도 평정과 고요를 잃지 않는 고행자를 보고 또 놀란다. 고행자는 진리를 알고 있다. 고통이 무엇인지 온전히 알기 위해 싯다르타는 모든 것을 버리고 고행의 길로 나선다. 그는 번뇌의 수레바퀴에서 마침내 벗어나 열반Nirvana에 이르렀고, 훗날 「Smells Like Teen Spirit」을 부른 너바나라는 그룹을 미국 워싱턴주에서 배출하게 된다.

새벽의 풍랑을 겪고 이튿날 아침, 아이들이 온라인 수업을 듣는 동안 내가 진지하게 검색에 들어간 것은 출가하는 법이었다. 수녀원에 전화를 걸었던 서른한 살 이후 15년 만이었다. 여러 가지 조건이 있었는데, 그중 셋째가 관건이었다. "독신이어야 합니다." 출가 전 결혼을 한 경우에는 이혼 절차를 거쳐야 하고(그쯤이야!), 이혼일이 수계교육 입교일 기준으로 6개월이 지나야 하며(기다릴 수 있어!), 자녀가 있을 경우에는 자녀에 대한 친권을 포기해야 했다. 뭐라고? 머릿속이 바삐 돌아갔다. 친권 포기, 양육 포기, 의절, 원망, 분노, 탈선, 비행, 나락……. "엄마, 욕망이 없는 상태에 도달하려고 하는 것도 욕망 아니야?" 어쩐지 종교 쪽으로 가면 크게 성공할 것 같은 예감이 막연히 있었는데—여자 혜민 스님이 될지도 몰라!—, 또 좌절되고 말았다.

계몽사 위인전집 1권의 처음이 석가모니였던 것이 이제
와서 나는 퍽이나 좋다. 욕망이 드글드글한 소녀였던 나는 먼
길을 돌아 이 자리로 오도록 운명 지어져 있었던 것 아닐까 혼
자 공상한다. 고통을 모르는 삶은 공허하다. 호화와 사치의 장
벽에 둘러싸여 눈을 가리고 귀를 막아도, 싯다르타는 느꼈다.
저 밖에 무엇인가 있다는 것을. 지금 이곳의 이 좋은 것들이 전
부가 아니라는 걸. 우리는 외면하고 싶다. 그런 것은 없는 셈
치고 이곳의 영화를 실컷 누리면 그만이다. 니체가 말세인이라
고 불렀던 세속의 허상만을 좇는 인간이 또 좀 되면 어떤가. 그
속에서 정녕 행복할 수 있다면 누가 그를 손가락질할 수 있단
말인가.

하지만 그 휘황 아래서 공허를 느끼지 않는 인간이라는
게 과연 존재할 수 있을까. 인스타그램의 가장 빛나는 럭셔리
인플루언서인들, 전 세계에서 가장 개런티를 많이 받는 글로벌
한류 스타인들, 자수성가 거대 테크기업 CEO인들, 재벌 2세인
들 3세인들, 이 공허로부터 자유로울 수 있을까. 없다는 것을
나는 안다. 단연코 없다는 것을 이제는 안다. 어떠한 권세도,
부도, 영예도 한 인간을 가득 채울 수는 없다. 모든 것은 변한
다. 권세가 가고, 부도 가고, 영예도 가버렸을 때, 내게 남아 있
는 것이 무엇일까. 그 모든 것이 빠져나간 나는 이제 과연 누구

인가.

　　고통은 좋았다. 책이 한 권도 없었던 덕분에 내 어린 머리로 생각하고 추론하고 검증하며 자랐다. 모르는 게 너무 많아서 서러웠지만, 우당탕탕 스스로 알아냈다. 부모가 서발턴이었던 덕분에 일찍이 부모를 넘어섰다. 내 부모의 자랑이었고, 빛나는 보석이었다. 내 자긍심의 원천이고, 내가 나르시시스트가 된 원인이다. 부모의 성취와 기대에 짓눌려 스스로를 비하하고 자학하는 많은 또래들을 나는 보았다. 내 부모를 내가 일찍 넘어섰던 것, 그것이 나를 달려나가게 한 엔진이었다. 가난하고 무식하지만 존엄하고 품위 있는 인간들을 적잖이 보며 산덕에 권세 앞에 주눅 들지 않는다. 기자로서 내가 잘한 일이 몇 개나마 있다면 다 이 덕분일 것이다. 부유하고 안락한 아이들에게는 자기 효능감의 결여라는 태생적 한계가 작동한다는 것을 내 자식들을 키우며 알게 됐다. 그래서 내가 올라갈 자리가 있었구나. 약자들은 언제나 자기 능력보다 낮은 곳에 가게 될 것이다. 오버퀄리피케이션이 그들의 운명이다. 능력이 차고 넘쳐야만 그 자리나마 갈 수 있다. 온갖 부스터를 다 받으며 늘 자기 능력 이상의 자리에 가 있는 강자들을 보면 억울하고 화가 날 것이다. 그렇지만 아마도 당신이 그곳의 최고가 될 것이다. 이대로 끝이 아니다. 또 다른 기회가 열릴 것이다. 낮은 곳에 있는 당신들이 낙담하지 않길 바란다. 결핍이 동력이라는 것. 결핍이 없는 사람들은 엔진 없는 자동차처럼 그 자리에 머물러 있으려 한다는 걸 잊지 않았으면 좋겠다.

　나를 죽이지 못하는 고통은 나를 강하게 한다고 니체는 말했다. 내가 고통이라고 여겼던 내 결핍, 상처, 원한, 분노가 나를 제법 잘 키웠다. 다시 태어나라고 한다면 나는 지금의 내 부모를 다시 골라 다시 한번 이 삶을 살 것이다. 망설임 없이, 나는 이 생을 또 살 것이다. 이 고통을 다시 한 번 반복해도 좋을 만큼 생을 완전히 살아내는 것. 자기 생을 온전히 껴안는 것. 니체는 이것을 영겁회귀라고 불렀다. 고통은 좋았다. 고통 없는 인간은 끔찍한 인간이다.

　고통이 좋았다고 말할 수 있는 것은 특권이다. 살아남은 자만이 내뱉을 수 있는 오만방자한 발언이다. 하지만 거기엔 일말의 진실이 있고, 그 진실이 누군가에게 격려와 위로가 되었으면 좋겠다. 살아남으라고, 뚫고 나갈 수 있다고, 세상엔 뜻밖에도 허술한 구석들이 제법 있다고 등 두드려주고 싶다. 지레 겁먹고 포기하지 말라고, 주눅 들 것 없다고, 알고 보면 뭐 중뿔난 것도 없다고 손 꼭 잡아주고 싶다. 세상에 내 자리는 없을 것 같아 잔뜩 움츠러든 소녀들, 소년들, 청년들에게 야심을 가지라고, 호랑이를 그리려고 덤벼야 고양이라도 그리는 법이라며, 힘차게 등 떠밀어주고 싶다.

　고통의 속지주의자가 되기 위해 더 이상 기자가 아닌 나는 무엇을 하며 어떻게 살아가야 할까. 종교에 귀의하지 않고도, 세속의 즐거움 속에서 자신을 혐오하지 않고도 고통의 영토에서 도망가지 않을 방법을 찾아야 한다. 고통의 속지주의를 핑계로 입을 다물고 침묵의 비겁한 영토로 망명해서는 안 되는 것이다. 서발턴은 말할 수 있는가? 슬프지만 아니라고 생각한다. 나는 낭만주의자가 아니다. 그렇다면 서발턴의 삶은 어떻게 발화될 수 있는가? 서발턴의 딸과 아들이 더 이상 서발턴은 아니게 됐지만 서발턴의 고통을 잊지 않고 있을 때, 그 삶은 비로소 가시화할 수 있다. 식모살이의 고통을 주인집 도련님과 애기씨의 시점으로 들려주는 것은 이제 그만 듣고 싶다. 서발턴의 딸과 아들이 애비는 종이었던 게 싫어서 입을 꾹 다물고 고개를 돌리지 않을 때, 지긋지긋하다며 고통의 영토에서 완전히 도망치려고는 하지 않을 때, 자기 계급의 배반 없이 고통의 원천을 직시하고 고통받는 자들을 껴안을 때. 그때, 서발턴은 말할 수 있다.

올드머니와
위대한 유산

— 가난의 말소

초등학교 시절, 학교에서 폐품이라는 걸 수집했다. 한 달에 한 번, 집에서 쓰지 않는 재활용 물품들을 학교로 가져가 제출하는 물자절약 교육의 일환이었다. 먹고 죽으려고 해도 없는 재활용 물품을 구하는 일은 가난하고 젊었던 내 엄마에게 고역이었다. 설령 그런 게 있다 해도 가계 살림에 보탤 일이지 왜 학교에 갖다 내겠는가. 하지만 그녀의 딸은 선생님 말씀을 거역했다간 자결이라도 할 태세고, 엄마는 그놈의 폐품이라는 걸 구하겠다고 한동네에 올망졸망 모여 살았던 친정이며 올케네며 동생네며를 매달 동동거리며 돌아야 했다.

학교에 가보면 근사한 폐품을 가져오는 아이들이 많았다. 내 눈에 제일 근사했던 것은 신문이었는데, "평창동입니다~" 하고 식모가 전화를 받는 김수현 드라마 같은 데서나 보았을 뿐, 실제로는 한 번도 만져본 일이 없는 신문물이었다. 저 애들 집에선 회색 종이에 작은 글자가 가득 적힌(심지어 한자로!) 그것들을 매일 보고 있단 말이지. 하얀 비닐봉지가 터지도록 신문 더미를 가져오는 아이들에 대한 부러움으로 나는 폐품 수집일만 되면 입이 부루퉁하게 나와 있는 못난 소녀가 되었다. 내 빈약하고 옹색한 쓰레기 더미를 보면 어쩐지 선생님도 나를 미워하게 될 것 같아 한없이 마음이 오그라들었다. 세상에 어떤 일들이 벌어지는지 알기 위해 돈을 지불하고 무언가를 읽는 부모에 대한 동경이 죄의식처럼 내 마음속에 피어올랐고, 종국에는 그 '있어빌리티'에 대한 동경이 나를 신문기자가 되도록 만들었다.

　가난은 통장 잔고의 일시적 결여가 아니다. 가난의 핵심은 돈이 없다는 것에 있지만, 가난의 고통은 돈이 없음으로 인해 촉발되는 경험과 감정에서 나온다. 돈 자체에서 비롯되는 고통보다 이 고통이 더 크다. 이상하게도 내게는 가난이 돈 문제였던 적이 별로 없다. 가난은 집에 책이 한 권도 없는 게 아니다. 책이 없는데 도서관이라는 게 있는지도 모르는 것, 내겐 그게 가난이다. 자가용이 있었으면 좋겠다는 생각 같은 건 해본 일도 없었다. 나는 버스를 사랑하는 사람이다. 내게 고통을 주었던 건 안전벨트를 매달라는 택시기사의 요구에 어디에 머리를 넣으면 되는지 몰라 허둥댔던 순간과 웃음을 참으며 대신 매주던 친구 앞에서 붉어졌던 내 얼굴이다. 요새는 가난의 경험을 증명하고 서로 경합하는 게 논쟁의 장에서 당사자성을 확보하는 주요 수단이 되었지만, 단지 돈만 없었던 경험을 가난으로 윤색하는 것엔 별로 수긍을 하지 못하겠다. 다만 우리나라가 너무 잘사는 나라가 되어서 그런 거라고, 지구온난화로 나무들의 북방한계선이 올라가는 것처럼 가난이라는 수종이 생육할 수 있는 북쪽 영토도 더 넓어지고 있는 것이라고 생각해본다. 내가 가난의 비자를 심사하는 이민국 관리도 아닌데, '도둑맞은 가난'을 색출하려 들어서야 되겠는가. 가난은 많이 얘기되면 얘기될수록 좋은 것이다. 이곳은 무비자 입국이 가능합니다.

    부자들은 가난한 사람들의 원한감정을 가장 두려워한다. 가난한 사람들은 심성이 뒤틀려 있고, 잘못 자극했다간 영화 「기생충」의 박사장처럼 칼을 맞을지도 모른다는 공포가 있다. 그 공포를 방어하기 위한 대항명제로 귀한 집에서 사랑받고 자란 이의 말간 얼굴을 미의 정점으로 내세운다. 올드머니의 방패 아래 곱게 자란 티가 나는 부유한 집안의 자녀들이 아이돌로 각광받는 세상이 그렇게 왔다. 세상이 환호하는 그 미감을 획득하기 위해 젊은이들은 고군분투하고, 거기에 자원을 투입하느라 그 시절에 이루어야 할 건강한 성장을 저해받는다. 이해한다. 걸스카우트 시켜달라고 엄마를 들들 볶아댔던 4학년 때의 내 마음 같은 것이겠지.

    내가 '부르주아의 건강성'이라고 표현하는, 가난의 곰팡이가 전혀 피어나지 않은 유한계급의 해맑은 심성이라는 게 어떤 사람들에게는 존재하기도 한다. 자석처럼 거기에 이끌렸던 시절이 내게도 있다. 하지만 부의 곰팡이는 없는가. 부의 습윤지대에 갇혀 흐물흐물해진 정신에 검버섯이 잔뜩 핀 사람들을 나는 보았다. 나는 고귀한 사람이다, 라는 감각은 인간이 살아가는 데 있어 반드시 필요한 정서적 토대다. 하지만 인간의 고귀함이 어떻게 획득되는 가치인지에 대한 이해가 부박하기 짝이 없어서, 그것이 태어나면서부터 누린 부와 부모에게 받은 사랑으로부터 저절로 부여되는 형질이라고만 생각한다. 인간은 자신의 선택과 분투를 통해서만 고귀해진다는 사실을 외면하고 싶겠지만, 안타깝게도, 천부인권으로서의 존엄과 달리 인간의 고귀함은 획득형질이다.

　　대학생이 되어서야 책의 세계에 제대로 입장할 수 있었던 나는 오랫동안 조바심에 시달렸다. 이제 이 세계에 입문해서 언제 성취를 이룬단 말인가. 뜻을 품은 세계가 하필이면 지식의 세계인데, 책을 읽을수록 이미 늦었다는 생각만 들었다. 괴테 자서전 『시와 진실』을 펼쳤더니 "아들의 교육에 헌신적이던 아버지의 덕으로 어려서부터 그리스어, 라틴어, 히브리어, 불어, 영어, 이탈리아어 등을 배웠고 [……] 여덟 살 때 신년시를 써서 조부모에게 선물"했다는 약력부터 나왔다. 몽테뉴의 『수상록』을 읽으면, 몽테뉴가 여섯 살이 되도록 모국어인 프랑스어를 전혀 못했는데, 아버지가 아들의 교육을 위해 하인과 하녀까지 라틴어 구사자를 구해 집에서는 전혀 프랑스어를 쓰지 않도록 라틴어 몰입교육을 했다는 일화가 나왔다. 인간의 표본으로서 자기 자신의 모순과 약점을 노출하기를 전혀 주저하지 않는 몽테뉴조차 "교사는 일석이조의 효과를 거두기 위해 학생을 어릴 때부터 외국, 특히 우리 언어와 전혀 다른 나라들을 편력시켜야 한다고 생각합니다. 그런 나라들의 언어는 어릴 때부터 훈련시키지 않으면 혀가 잘 돌아가지 않기 때문입니다." 같은 망언을 거리낌 없이 적어놓았다.
　　19세기까지 넘어와도 사정은 크게 다르지 않았다. 존 스튜어트 밀의『자유론』을 펼치면, 주입식 교육을 싫어해 "어떤 문제든 혼자 힘으로 생각하고 해결하도록 아들을 가르쳤"던 아버지 덕분에 홈스쿨링으로 세 살 때 그리스어를 배웠고 여덟 살 때 라틴어를 배웠으며, 열세 살 때는 경제학을 공부해 열일곱에 공리주의에 관한 논문을 발표했다는 절망적 팩트와 마주하게 됐다. 내가 열세 살에 영어 알파벳이라는 것을 처음 익히며 소문자 b와 d, p와 q를 구분하지 못하는 무간지옥을 헤매고 있을 때, 이자들은 이미 저 높은 성취의 봉우리에 등정해 있었던 것이다. 그 시절에는 평균수명이 짧았다고 스스로를 위로해보았으나 위로가 되지 않았다. 그 옛날 평균수명이 30세 언저리로 짧았던 것은 영아사망률이 높았던 평균의 함정일 뿐이다. 일단 살아남은 사람들은 대개 60세 언저리까지 살았다. 괴테는 82세까지 살았고, 몽테뉴는 59세에, 밀은 66세에 죽었다.

가난한 사람들은 출발선이 다르다. 출발이 늦으면 늦게 도착하거나 목적지까지 다다르지 못한다. 아예 출발을 못 하는 수도 있다. 이 길을 계속 가서 성공할 확률이 있는가, 약삭빠른 나는 계산해보았다. 석사과정이 끝나가고 있었다. 지식의 세계에 내가 빌붙을 수 있는지, 과연 여기에 승산이 있는지 답을 내야 했다. 고민을 하다 보니, 엉뚱하게도, 교육이 백년대계라는 게 무슨 뜻인지 알 것 같았다. 성공적 교육은 3대에 걸쳐 가능한 과업이었다. 첫 세대는 문맹이다. 거친 육체노동으로 끼니 굶는 일을 면하는 것, 그것이 이 세대의 소명이다. 두 번째 세대는 부모가 그렇게 뼈 빠지게 번 돈으로 드디어 교육이라는 것을 받는다. 그러나 이 교육으로는 역사에 길이 남거나 세계 적으로 명성을 떨치는 톱티어가 되기 어렵다. 그저 지식의 세계에 입장했을 뿐이다. 교육받은 부모로부터 바야흐로 조기교육이라는 것이 시작되는 3세대에 이르면, 이제는 무언가를 도모해볼 수 있게 된다. 한 인간의 생애를 산술적으로 계산해보면 당연한 일이기도 하다. 지식세계의 새로운 지평을 열기 위해서는 기존 지식을 섭렵하는 과정이 있어야 한다. 인간의 생애는 유한하고, 시간이라는 유한한 자원의 3분의 1을 멀뚱멀뚱 소비해버린 자는 뒤쫓아가기 급급하다. 내 자식이나 잘 가르쳐야 되는구나 깨달은 나는 학업을 포기하고 기자가 되었다.

나의 개똥 같은 3세대 100년론으로 많은 사회현상을 설명할 수 있다. 이민도 백년대계고, 예술도 사업도 3대의 100년이 필요하다. 부모로부터 정신적 유산을 상속받지 않고서 높은 성취의 봉우리에 오른 사람은, 있다면 찬미하자. 비극은 이 삼대는 각기 계급이 다른 탓에 서로를 이해하지 못하고 미워하며 원망하기 마련이라는 점이다. 할아버지를 사랑하고 있다면, 당신의 가계는 누대에 걸쳐 유한계급이었을 가능성이 높다.

나의 이 뒤틀린 피해의식은 다행히도, 칸트 철학에 기웃거리다가 교정되었다. 마구馬具 만드는 일을 했던 칸트의 아버지는 몹시 가난해 아들에게 교육이라는 걸 받게 해줄 수가 없었고, 학교에 못 가는 똘똘한 소년을 안타까워한 동네의 루터교 목사 덕분에 칸트는 여덟 살에야 공식 교육을 받게 되었다. 대학 시절 아버지가 돌아가시자 집안의 생계를 떠맡기 위해 휴학하고 무려 9년을 가정교사로 일한 끝에 비로소 박사논문을 쓰러 대학으로 돌아올 수 있었으며, 대학교수 임용이 되지 않아 15년간 강사생활로 전전했다. 그래서 칸트는 부모를 원망했던가. 열네 살에 전염병으로 죽은 어머니는 그의 가장 위대한 교사였다. 칸트에게 정직을 가르쳤고, 자연의 이치를 알려주었으며, '왜?'라는 질문을 통해 스스로 생각하는 법을 가르쳤다. 부모가 물려줄 수 있는 최고의 유산은 덕행이라며, 칸트 자신은 어머니와 아버지로부터 그것을 물려받았다고 자랑스레 선언했다. 어머니와 아버지가 잠든 쾨니히스부르크를 떠나고 싶지 않아 평생을 여행하지 않았던 이 위대한 철학자는 세 살에 가정교사로부터 라틴어를 배우지 않았지만, 경험론과 합리론의 변증법적 종합을 통해 근대 철학을 새로이 정초하는 코페르니쿠스적 전회를 이뤄냈다.

옳은 일을 해야 하는 이유는 그것이 가져다주는 보상 때문도 아니고, 곤경에 처한 타인을 향한 동정 때문도 아니다. 그저 그 일이 옳기 때문이다. "네 의지의 준칙이 언제나 동시에 보편적 입법의 원리가 될 수 있도록 행위하라"는 그 유명한 '내 안의 도덕법칙'이다. 동물은 정언명령을 따를 수 있는 자유의지와 입법권이 없으므로 도덕의 주체가 아니지만, 동물을 잔인하게 다루면 그 과정에서 인간의 품성이 훼손되므로 인간의 비도덕화를 막기 위해 동물도 도덕법칙에 입각해 대우해야 한다. 이 모든 위대한 생각들을 마구집 아들이 해냈다. 인류가 이룩한 도덕철학의 최고봉이 이 철학자에게서 나왔다는 사실이 좋았다. 근대 이후의 가장 위대한 철학자가 찢어지게 가난한 집 아들이었어서 기뻤다. 나는 위대한 인물들의 조기교육 이력에 더 이상 눈길이 가지 않는다. 칸트를 읽고 나면, 잘되면 제 탓, 못 되면 조상 탓은 더 이상 할 수가 없다.

칸트와 나는 공통점이 하나 있는데, 우리 둘 다 교회의 여름성경학교 출신이라는 점이다. 칸트를 공교육 제도 속으로 데려가준 슐츠 목사처럼, 교회의 많은 사람들이 내게 여러 도움을 주었다. 개신교 교회는 오늘날 한국 사회의 발전을 가로막는 원흉으로 많은 지탄을 받고 있지만, 한국전쟁 이래 교회가 우리 사회의 근대화와 문맹 퇴치에 기여한 바는 학교 제도 그 이상이라고 생각한다. 빈곤층 밀집 거주 지역의 그 교회에 태어나자마자부터 다닌 덕분에 나는 무용도 하고, 연극도 하고, 성가대에서 알토 파트도 불렀다. 아무도 피아노를 칠 줄 아는 아이가 없었던 그 교회에서 야매 반주자를 하기도 했고, 대형 행사의 사회를 맡아 보기도 했다. 유치원도 못 다닌 형편이지만 '긍휼' 같은 어려운 단어들을 알게 됐고, "너희는 먼저 그 나라와 의를 구하라", "옳은 일을 하다가 낙담하지 말지니" 같은 구절들의 의미에 대해 쓸 수 있었다. 미국에서 제일가는 명

문 사립학교라는 필립스 엑시터 아카데미 못지않았다. 여러분, 가난하다면 아이를 교회에 보내십시오.

돌이켜보면 내 삶에도 많은 조력자들이 있었다. 엉터리로 피아노를 치고 있는 내게 약식 반주법을 알려준 성가대의 대학생 언니, 내가 글짓기 숙제를 낼 때마다 머리를 쓰다듬어주던 초등학교 때 선생님, 주눅 든 내가 꿈을 작게 가질 때마다 더 큰 꿈을 꾸라고 격려해준 고3 담임선생님. 그 많은 사람들의 호의와 격려 덕분에 세상에 대한 두려움을 억누르며 한 발자국씩 앞으로 나아갈 수 있었다. 세상은 알고 보면 좋은 곳이라고, 사람들은 사실 누군가를 돕고 싶어한다고, 나는 믿는다. 아무것도 물려줄 게 없는 부모를 만나는 불운을 겪어도 어디선가 다른 사람들이 나타나 도와준다는 생각은 나로 하여금 더 좋은 사람이 되고 싶게 만든다. 샤넬 크롭티를 물려주는 엄마가 없어도, 우리는 좋은 사람이 된다. 때로는 그렇기에 더더욱 좋은 사람이 된다.

알베르 카뮈는 유작소설 『최초의 인간』 초고에 "이 책을 결코 읽지 못할 당신에게"라는 헌사를 달아놓았다. 남의 집 하녀로 일하며 카뮈를 키웠던, 문맹에 청각장애인이었던 과부 어머니가 바로 그 '당신'이다. 이 자전소설에는 초등학교를 졸업하고 견습공으로 취업해 몇 푼이나마 돈을 벌어와야 했던 카뮈를 "더욱더 큰 발견들을 하라고 그를 정든 땅에서 뿌리 뽑아 바깥세상으로 나가도록 내몬" 사람의 이야기가 나온다. 졸업반 담임이었던 베르나르 선생님이다. 선생님은 네 명의 학생들을 학교 수업이 끝난 뒤 교실에 남겨 중고등학교 장학생 선발시험에 대비시킨다. "초등학교가 학교들 중 제일 좋은 학교다. 그러나 그것만으로는 별로 소용이 없다. 중고등학교에 가면 모든 문이 다 열린다. 나는 그 문으로 들어가는 사람들이 기왕이면 너희들처럼 가난한 아이들이었으면 좋겠다." 선생님이 말했다.

무서운 할머니가 허락해줄 것 같지 않아 엄마가 돌아오기까지 기다리던 소년은 렌즈콩 고르는 일을 도우며 어렵사리 말을 꺼낸다. 역시 6년이나 돈을 벌어오지 못하는 건 안 될 일이라고 할머니가 말한다. "아이고! 안 되겠어, 우린 너무 가난해. 베르나르 선생님한테 우린 못 한다고 그래라." 이튿날 허락을 받은 다른 세 명의 친구들을 보며 자기는 친구들보다도 더 가난하다는 느낌 때문에 가슴이 미어졌던 소년은 그러나 선생님으로부터 할머니를 이해해야 한다는 말을 듣는다. 할머니는 힘들다고, 여자 둘이 아이를 키우는 건 아주 어려운 일이고 할머니는 겁이 난 거라고 선생님이 말한다. 그러고선 소년의 집으로 가정방문을 간다. 할머니를 만난 선생님이 말했다. "너는 밖에 나가 놀아라." 이제부터 아이 칭찬을 좀 할 텐데, 녀석이 들으면 진짜인 줄 알 테니까요, 농담하는 선생님과 할머니를 남기고 한 시간이 넘게 거리를 서성이던 소년에게 선생님이 다가왔다. "자! 일이 잘 됐다. 너희 할머니 참 좋으신 분이구나.

그리고 너희 어머니는…… 아! 절대로 어머니를 잊으면 안 된다."

장학금 시험까지 매일 과외를 해주겠다는 선생님에게 할머니가 눈물지으며 과외비 낼 돈이 없다고 말했다. 선생님이 소년의 어깨를 잡고 흔들며 할머니에게 말했다. "걱정 마세요. 얘가 이미 다 냈답니다." 소년은 시험을 치렀고, 합격자 명단을 읽어주는 소란스러운 운동장에서 자기 이름을 놓친 소년의 목덜미를 누군가 즐겁게 툭 쳤다. "장하다, 꼬마야. 합격이다." 베르나르 선생님이었다.

44세에 노벨문학상을 받은 카뮈는 한 달 뒤 선생님에게 편지를 썼다.

요 얼마 동안 저를 에워싸고 시끄러웠던 소음이 좀 가라앉기를 기다려 이제야 선생님께 진심으로 이야기를 할 수 있게 되었습니다. 저는 이제 막 저 자신이 얻고자 청한 것은 아니지만 너무나 과분한 영예를 입게 되었습니다. 그러나 그 소식을 처음으로 접했을 때 제가 어머니 다음으로 생각한 사람은 선생님이었습니다. 선생님이 아니었더라면, 선생님이 그 당시 가난한 어린 학생이었던 저에게 손을 내밀어 주시지 않았더라면, 선생님의 가르침이, 그리고 손수 보여 주신 모범이 없었더라면 그런 모든 것은 있을 수 없었을 것입니다. 저는 이 영예를 지나치게 중요시하지는

않습니다. 그러나 이것은 적어도 저에게 있어서 선생님이
어떤 존재였으며 지금도 여전히 어떤 존재인지를 말씀드리고,
선생님의 노력, 일, 그리고 거기에 바치시는 너그러운 마음이
나이를 먹어도 결코 선생님께 감사하는 학생이기를 그치지
않았던 한 어린 학동의 마음속에 언제나 살아 있음을
선생님께 말씀드릴 기회는 되는 것입니다. 진심으로 키스를
보내며.

알베르 카뮈

10여 년 전 후배 기자가 쓴 기사 중 구두닦이 아버지가
손님들한테 받아온 '메모지 과외'로 자식들 공부를 뒷바라지한
이야기가 있었다. 서울 삼성동의 석박사급 인력이 모여 일하는
빌딩에서 구두를 닦으며, 아이들이 못 풀겠다고 끙끙대던 문제
들을 메모지에 적어와 손님들한테 물어본 아버지의 사연이었
다. 미적분이나 고난도 영어 독해 같은 문제들이었다. 사람들
은 알고 보면 선한 존재들이라서 손님들은 그 바쁜 와중에도
이면지를 펼쳐놓고 문제풀이를 적어주었다. 애들 가르칠 능력
이 안 돼서 그런다며 아버지가 머쓱해하면 아예 명함을 주면서
다음부턴 아들들에게 직접 전화하게 하라는 손님도 있었다고
한다. 그 아들들이 대학에 가고, 신의 직장이라는 공기업에 들
어가고, 잘 살게 되었다는 기사 　　● 「구두 닦는 아버지의 '메모지
였다.● 나는 대장쇄에서 이 기　　　과외' 光났다」,《한국일보》,
　　　　　　　　　　　　　　　　　2011년 5월 15일.

사를 보고 너무 좋아서 후배에게 전화를 걸었다. 너무 잘 썼다, 너 이런 건 또 어떻게 취재를 했니.

　　종종 메모에 답을 적어줬던 한 사업가는 "하루도 거르지 않고 새벽에 나와 열심히 사는 아버지의 모습을 봤다면 누구라도 도움을 줬을 것"이라며, "제가 답해준 메모지보다 아버지의 성실한 모습이 오늘날의 아이들을 있게 한 것"이라고 기자에게 말했다. 가난한 부모도 자식에게 유산을 물려준다. 위대한 유산을 상속해준다.

　　인간은 얼마나 아름답고 고귀한 존재인가, 때때로 생각한다. 부모는 나를 사랑하고, 어딘가에는 나를 돕는 사람이 반드시 있다는 믿음. 내가 그런 사람이 되고 싶다는 갈망. 세계를 하나의 직물로 엮어주는 이 따스한 마음들이 춥고 외로운 우리를 감쌀 때, 그놈의 올드머니 타령도 잦아들 것이다.

† 카뮈 소설 속 베르나르 선생님의 실제 이름은 제르맹이다. 제르맹 선생님은 카뮈에게 보내는 편지를 항상 "그리운 아이에게"로 시작한다. 노벨상 수상 직후 카뮈가 쓴 위의 저 편지를 서한문학의 아름다움을 널리 알리기 위한 이벤트 시리즈인 런던의 '레터스 라이브(Letters Live)' 행사에서 배우 베네딕트 컴버배치가 읽는 동영상이 유튜브에 있다. 아름답다.

타인의 불행에 대한
예의

밀란 쿤데라 에세이 『배신당한 유언들』에 나오는 두 쪽짜리 짧은 이야기는 읽을 때마다 내 평정심의 지반을 뒤흔든다. 이 짧고 담담한 글 안에는 인간과 삶에 대한 거대한 성찰이 세 가지나 들어 있는데, 어느 쪽에 초점을 맞추어 읽어도 마음은 늘 요동친다.

열서너 살 때, 나는 작곡 수업을 받으러 다녔다. 내가 신동이어서가 아니라 아버지의 점잖은 배려 때문이었다. 때는 전쟁 중이었고, 아버지 친구인 유대인 작곡가 한 분이 노란 별을 달아야 했다. 사람들이 그를 피하기 시작했다. 어떻게 그에게 자신의 연대감을 말해야 할지 몰랐던 아버지는 바로 그때 나에게 작곡을 가르쳐 주도록 부탁해야겠다는 생각을 떠올린 것이다. 당시는 사람들이 유대인들의 아파트를 빼앗던 시절이라 그 작곡가는 끊임없이 새로운 장소로 옮겨 다녀야 했는데, 점점 더 좁은 곳으로 옮겨 다니다가 결국 테레진[체코의 유대인 강제수용소]으로 떠나기 전까지, 방 하나에 여러 명이 무더기로 묵는 한 작은 숙소에 자리잡았다. 그는 숙소를 옮겨 다닐 때마다 꼭꼭 자신의 작은 피아노를 갖고 다녔고, 주변 낯선 이들이 자신들의 일에 빠져 있는 동안 나는 그 피아노 앞에서 하모니나 폴리포니 연습곡들을 연주했다.
그 모든 일들 가운데 아직도 내 기억에 남아 있는 것은 그를 흠모하는 마음과 이미지 서너 개뿐이다. 특히 이 이미지가 그렇다. 수업이 끝난 뒤 그가 나를 바래다주다가 문 가까이에서 멈춰서더니 불쑥 이렇게 말했다. "베토벤에게는 놀랄 만큼 약한 이행부들이 많아. 하지만 센 이행부들을 가치 있게 하는 것은 바로 그 약한 이행부들이야. 잔디밭처럼 말이야. 잔디밭이 없으면 우리는 그 위로 솟아나는 아름다운 나무에게서 즐거움을 느낄 수가 없을 거야."

묘한 생각이다. 그것이 아직도 나의 기억에 남아 있다는 사실이 더더욱 묘하다. 아마도 내가 스승의 내밀한 고백 하나를, 어떤 비밀, 오직 터득한 자들만이 알 권리를 갖는 한 가지 위대한 꾀를 듣게 된 걸 명예로 느꼈기 때문일 것이다. 어쨌든 스승님의 그 짧은 성찰은 일생 동안 나를 따라다녔다. (나는 그 성찰을 옹호했고, 그것과 싸웠으며, 한 번도 끝까지 가 보지 못했다.) 그 성찰이 없었던들 분명 이 글은 쓰이지 못했을 것이다.

하지만 내게 소중한 그 성찰보다 더욱 소중한 것, 그것은 그 잔혹한 여행을 떠나기 얼마 전, 아이 앞에서, 드높은 목소리로, 예술 작품의 구성 문제를 성찰하던 한 인간의 이미지다.

수용소의 이슬로 사라지게 될 잔혹한 운명의 횡포 앞에서도 어린아이와 예술의 문제를 논하는 인간의 품위. 이것은 압도적 이미지다. 이런 건 내가 흉내조차 내지 못한다. 나란 인간은 울고불고 야단법석을 떨며 죽음의 공포와 운명의 흉포함에 난동을 부리고 있을 게 불 보듯 뻔하다. 이런 상황에서 예술작품의 구성 문제 같은 건 내 머릿속으로 틈입조차 할 수 없는 주제다. 존경의 염으로 흠모하되 감히 꿈꾸지는 못한다.

그러나 두 번째 성찰은 나 같은 범인도 삶의 태도로 한번 도전해봄직하다. 베토벤의 약한 이행부들처럼 삶의 시시한 순간들은 지복의 순간을 위해 반드시 필요하다는 깨달음. 이것은 단지 예술 작품의 구성원리인 것만은 아니다. 삶의 자세로 익히고 기억해두면 살아가는 데 도움이 된다. 나는 지금 베토벤의 약한 이행부들을 연주하고 있는 중이라고 생각하면서, 삶의 시시하고 지루한 부분들을 묵묵히 통과해가는 거다. 클라이맥스로만 구성된 이야기는 놀랍기는커녕 아마도 포르노처럼 지루하기 짝이 없을 것이다. 일에서도 마찬가지다. 늘 잘하는 사람의 이야기에는 흥미로운 구석이 없다. 그가 잘하는 것은 당연한 일이기 때문이다. 본인으로서도 딱히 성취감을 느끼기 어렵다. 일말의 자부심은 있을지언정, 내려앉는 순간에 대한 불안과 전전긍긍으로 지루한 고공곡예를 계속해야 한다. 슬프게도 늘 잘하는 사람은 끝내 가장 잘하는 사람이 되지 못한다. 그에게는 치고 올라가는 반전의 동력이 확보되지 못하기 때문이다. 그러니까 잘하기 위해서는 못해야 한다는 것. 행복하기 위해서는 지루하고 시시해야 한다는 것. 이런 생각은 우리에게 놀랍도록 큰 해방감을 준다. 베토벤도 그랬다잖아! 내가 지금 못하는 건 절정부에서 빵빵 터뜨리며 사람들을 울려주기 위해서야!

기실 이 짧은 이야기에서 나를 가장 거세게 타격하는 것은 야나체크음악원 교수였던 쿤데라의 아버지다. 단지 자신의 연대감을 표현하기 위해 노란 별을 단 유대인에게 일부러 자기 아들의 교육을 맡기는 것은 누구나 쉽게 할 수 있는 행동이 아니다. 유대인들이 집단으로 묵는 단칸방으로까지 아들을 보내 친구가 음악가로서 존엄을 잃지 않도록 위험을 무릅썼다. 박해받는 친구를 향한 아버지의 깊은 애정을 쿤데라는 "점잖은 배려"라고 표현했지만, 그것은 너무 점잖은 표현이다.

세계에 대한 환멸에 가장 강력하게 사로잡히는 순간이 내게는 염량세태炎凉世態를 목격할 때다.(참 많이도 목격했다.) 잘 나갈 땐 들러붙고, 한물가면 멸시하는 세태의 야속함은 의리라든가 신의, 충직 같은 것에 집착하는 내게 가장 슬프고 절망적인 일면들이다. 세상의 권세든, 친구 간의 우정이든, 연인 간의 사랑이든, 기본적인 작동원리는 동일하다. '네가 햇살 아래 있을 때, 너는 아름답고 나는 네가 좋다. 하지만 네가 그늘 아래 쭈그리고 있으면, 나의 마음은 서늘하게 식는다. 너는 내게 저절로 미워진다.' 사람들은 양지를 좇는다. 그것은 본능일 것이다. 그러나 음지의 슬픔에도 마음이 붙들리는 것이 인간이라고 나는 믿는다.

양지만 사랑하는 사람들에게는 특유의 한기가 있다. 그 한기를 감지할 때마다 그렇게 슬퍼질 수가 없었다. 나는 지금 너의 견적서를 읽었다. 네겐 나의 값이 이렇게 싸구나. 순식간에 장맛비가 차오르는 한여름의 반지하방처럼 마음은 슬픔으로 출렁거린다. 값싼 내가 슬퍼서가 아니라, 값싼 네가 슬퍼서. "여름 끝에 선 너의 뒷모습이 차가웠던 것 같아, 다 알 것 같아"(이소라의 「바람이 분다」)라는 대목을 노래방에서 부를 때마다 그래서 내가 맨날 운다. 끝까지 곁에 있어주는 사람이 되고 싶다는 도도한 야심을 그래서 내가 품었다. 우리가 loyal이나 faithful이라는 영어 단어로 표현하는 그 어떤 성정을 나는 일평생 뜨겁게 사랑해왔다. 그리고 상처받았다.

나는 인간에 대해 너무 낙관적 견해를 갖고 있었던 것 같다. 한 인간의 가치는 타인의 고통에 대해서가 아니라 타인의 행복에 대한 태도에서 드러난다고 오랫동안 믿어왔다. 측은지심과 연민이야말로 인간성의 가장 밑바닥에 가라앉아 있는 술통의 찌끼 같은 것이기에, 인간이라면 누구나 타인의 고통 앞에서만은 고개를 숙이는 법이라고 생각했다. 한 인간의 졸렬함이 극명하게 나타나는 것은 타인의 행복을 접할 때라고 믿어서, 오로지 시기와 질투의 화염에 휩싸이지 않는 데에만 골몰했다. 시기하지 않기, 진심으로 축하하기, 내 일인 양 기뻐하기. 그런 것만 연습하고 또 연습했다.

이제는 내가 좀 틀렸다는 생각을 한다. 시기와 질투는

원초적인 감정이라서 근절하려면 어느 대목에서건 '여우의 신 포도'를 동원할 수밖에 없지 않은가 회의가 든다. 너의 성공을 폄훼하고 얻는 나의 평정심은 사실 치사한 것 아닌가. 그렇게 까지 대단한 건 아니야, 라는 못난 마음 없이 내 일인 양 온전히 기뻐하기가 지난날 내게 과연 가능했던 것일까. '나는 네가 잘된 게 너무 부럽고 그렇지 못한 나 자신이 쪼그라드는 느낌이지만, 그게 다른 누구도 아닌 너라서 너무 좋고 기쁘다. 네가 해낸 일은 대단한 일이고 나는 지금 그렇게 해낼 수 없지만, 너를 위해 충분히 기뻐하면서 너처럼 잘되기 위해 건강하게 노력해보겠다.' 이것이 내가 도달할 수 있는 아름다운 질투의 정점이며, 그것마저도 깊이 사랑하는 몇몇 사람에게만 구현 가능하다. 내게는 그것을 넘어설 덕성이 없다. 그렇다고 딱히 애석하지도 않다. 세상에는 부러워할 만한 가치가 없는 가짜 성공이 창궐하고 있고, 이렇거나 저렇거나 인생은 고통의 바다라는 만인고행론에 깊이 물들어 있는 탓이다. 시건 달건 포도를 먹고 싶은 생각이 없다. 저는 셀러리를 좋아합니다만.

시기도 질투도 없이 타인의 성공을 무감각하게 바라보며, 당신에게도 고통은 있겠지 싶어 나는 까닭 없이 모두가 가엾다. 고통은 우리를 연결해준다. 아니, 고통만이 우리를 연결해준다. 나는 당신의 성공과 행운보다는 당신의 슬픔과 고통에 더 관심이 있다. 그러나 고통이란 저마다의 불가침 영역이어서 상대의 승인 없이는 함부로 연결을 도모할 수 없다. 불행한 타인을 돕고자 하는 사람들에게서 지독한 자기애만을 보는 일은 얼마나 빈번한가. 돕는다는 것은 매우 까다로운 문제다. 나의 관여는 그의 존엄에 영향을 미친다. 그의 존엄을 훼손하지 않으며 마음을 전하려면 예민한 감성과 세련된 지성을 동원해야 한다. 배은망덕에는 다 원인이 있다. '너는 그것을 매우 더럽고 치사하게 내게 주었다. 나는 너에게 감사하지 않는다.' 언젠가 서울의 친척 집에 기거하며 고학한 시골 젊은이가 크게 성공한 후 그 집과 의절한 이야기를 들은 적 있다. 먹여주고 재워줬더니 배은망덕하기 짝이 없다고 사람들은 욕을 해댔지만, 젊은이에게 그 집에서 보낸 시간은 혀를 깨물며 버틴 치욕과 수모의 나날들이었다. 누군가를 돕기 위해서는 그가 필요로 하는 것을 그가 원하는 방식으로 주어야 한다. 그 젊은이가 원한 것은 숙식과 호의였지, 숙식과 적의가 아니었다. 눈칫밥 잔뜩 줘놓고 은인 대접을 바라며 배은망덕을 운운한다. 이소라는 언제나 옳다. 추억은 다르게 적히는 것이다.

쿤데라의 아버지는 그 유대인 작곡가를 도울 수 있는 소박하지만 아름답고, 담담하지만 용감한 방법을 고안해냈다. 그가 나치를 박멸해 그 작곡가를 참혹한 운명으로부터 당장 구원해낼 수는 없을 것이다. '쉰들러 리스트' 같은 것을 만들어 실행할 만한 역량도 자원도 없다. 친구를 좀 더 쾌적한 아파트에 숨겨주거나, 몰래 목돈을 손에 쥐여줄 수는 있었을지 모른다. 하지만 그것은 작곡가의 영혼에 생채기를 낼 것이 분명하다. 해줄 수 있는 것이라곤 고작 이 참혹한 현실 속에서도 그가 자신의 일상을 지속할 수 있도록 아들을 학생으로 보내주는 것. 사람들이 병원균 보듯 피하는 유대인 작곡가에게 모두가 그렇지는 않다는 걸, 내가 네 곁에 있겠다는 걸 보여주는 것. 단지 돕는다는 이유로 당신을 침해하지는 않겠다는 예의의 선언. 누군가를 돕는 이토록 선한 나를 전시하기 위해 당신의 불행을 이용하지 않겠다는 정결한 몸가짐을 여기서 배운다.

소설가 오에 겐자부로가 지적장애를 안고 태어난 아들을 키우며 살아가는 이야기는 그의 소설과 산문에 자주 등장한다. 시각장애까지 있는 중년의 아들이 성인병 증상을 보이던 어느 날, 오에 겐자부로는 아들이 장차 혼자서도 건강하게 걸을 수 있도록 매일 한 시간씩 아들과 보행 훈련을 시작한다. 산책로를 걷던 어느 날, 늙은 아버지가 산만한 생각에 빠져 있는 동안 돌에 발이 걸린 아들이 꽈당 하고 넘어졌다. 작고 늙은 아버지가 길바닥에 나뒹구는 커다란 아들을 일으켜 세워 길 한쪽으로 옮기느라 안간힘을 쓰는 모습은 당연히 행인들의 눈길을 사로잡았다. 자전거를 타고 나온 나이 지긋한 부인이 뛰어내리더니 "괜찮아요?" 하고 말을 걸면서 아들의 어깨에 손을 댔는데, 이는 아들이 가장 싫어하는 상황이었다. 오에 겐자부로는 "우리를 그대로 내버려두어 달라"고 강력하게 말한다. 이런 순간에는 어쩔 수 없이 목소리를 높일 수밖에 없다고 그는 변명한다. 자신의 호의와 친절이 문전박대를 당하자 부인은 화가 난 채 가버렸다. 남의 호의를 무안하게 박대한 괴팍한 늙은이 같으니라고, 하며 씩씩거렸을 것이다.

그때 일정한 거리를 두고 역시나 자전거를 세운 채 이들 부자를 가만히 쳐다보고 있는 한 학생이 작가의 눈에 들어온다. 소녀는 호주머니에서 휴대전화를 꺼내 오에 겐자부로를 향해 보여주고선 가만히 지켜보고만 있었다. 가까스로 아들이 일어서고 부자가 다시 걷기 시작하자 소녀는 살짝 고개를 숙여 인사하고는 가뿐히 자전거를 타고 떠난다.

> 저에게 전해진 메시지는, 내가 여기서 당신들을 지켜보고 있다. 구급차나 가족에게 연락할 필요가 있으면 휴대전화로 협조하겠다, 하는 것이었습니다. 저희가 걷기 시작하는 것을 보고 떠난 그 소녀의 미소 띤 인사를 잊지 못합니다. [⋯⋯] 불행한 인간에 대한 호기심만 왕성한 사회에서 저는, 주의 깊고 절도 있는 그 소녀의 행동에서 생활에 배어 있는 새로운 인간다움을 찾아낸 것 같았습니다. 호기심은 누구에게나 있습니다만, 주의 깊은 눈이 그것을 순화하는 것입니다.
>
> ─오에 겐자부로, 『말의 정의』

우리는 타인의 행과 불행에 지나치게 관심이 많다. 걱정과 배려 속의 호기심, 축하와 공감 안의 호기심, 어쨌든 거기엔 호기심이 있다. 알려지고 싶지 않을 때 굳이 알아채는 쓸데없이 발달한 너의 촉수. 아니, 나의 촉수. 행이야 고맙다 하고 지나치면 그만이지만, 나의 불행에 개입하는 너, 아니 너의 불행에 개입하는 나의 오지랖은 참말로 못나 빠지지 않았는가. 남의 사정을 염탐하느라 자신의 마음을 들여다볼 여유가 없는 사람들처럼 되고 싶지는 않다. 호기심만 왕성한 이 징글징글한 사회에서 이제 나는 '돕는 나', '걱정하는 나'라는 비대한 자아를 뒤로 물리고, 조용히 응시하는, 절도 있게 기다리는 사려 깊은 사람이 되고 싶다. 말없이 지켜보다 웃으며 떠난 자전거를 탄 그 소녀처럼.

큰아이가 유치원에 다닐 때, 매달 한 번씩 가는 현장학습에 도시락과 간식을 싸오지 못하는 친구가 한 명 있었다. 부모님이 모두 돌아가시고 할머니가 키우는 아이였다. 가정 형편도 매우 어려웠고, 할머니는 너무 연로하셔서 언제가 현장학습 가는 날인지 기억도 잘 못 하시는 것 같았다. 꼬맹이들 사이에 먼저 파다하게 소문이 퍼져 부모들 귀에까지 들어오게 된 형편이었다. 아이들은 때때로 믿을 수 없을 만큼 잔혹해서, 나는 놀이터에 들를 때면 먹던 음식으로 그 아이를 희롱하는 못된 꼬마 하나를 자주 목격하곤 했다. 자전거를 타고 뱅뱅 돌다가 입에 물고 있던 막대사탕으로 그 아이를 유인하면 아이는 자석에 이끌린 쇠못처럼 자전거를 따라 뛰었다. 입에 들어갔다 나왔다를 반복하던 사탕이 그 못된 꼬마의 입에서 불운한 아이의 입으로 마침내 옮겨지던 순간. 사탕을 넘겨준 못된 녀석의 비열한 웃음과 그 더러운 사탕을 받고서도 기쁨에 겨운 가여운 아이의 환한 미소를 보고 있자니, 마음은 분노로 들끓는데 이러지도 저러지도 못한 채 놀이터 바닥에 주저앉아 울고 싶은 마음뿐이었다.

그런 거 먹지 말라며 새로 줄 수 있는 사탕도 당장 내겐 없었고, 남의 집 아이를 훈계하거나 잘 알지도 못하는 그 집 부모에게 목격한 바를 알려줄 용기도 없었던 나는 그날 밤 분노와 자괴감에 뒤척거리며 제3의 방안을 모색했다. 그래, 앞으로 그 아이 현장학습 도시락은 내가 싸주자. 그리하여 몇 주 후 나는 새벽부터 일어나 어설픈 김밥과 온갖 간식들로 가득한 앙증맞은 도시락 두 개를 싸놓고 큰애한테 이르고 또 일렀다. "이 도시락을 그 친구한테 어떻게 줘야 한다고? 남들 다 보는 데서 주면 된다고, 안 된다고? 준 다음에는 다른 친구 옆으로 가서 먹어야 한다고 한 거 안 잊었지?" 아이는 특급 미션을 수행하기 위한 복잡한 설명에 연신 고개를 끄덕이며 도시락 두 개가 든 무거운 가방을 메고 유치원으로 갔다.

해가 서쪽으로 넘어가기 시작할 무렵 유치원 셔틀버스에서 아이들이 내리기 시작했다. 미션 수행의 결과가 너무나 궁금한 나는 아이 손을 잡고 종종걸음으로 걸으며 "어떻게 됐어? 도시락 몰래 전해줬어?"부터 물었다. 큰애가 울 것 같은 표정으로 나를 올려다보며 고개를 저었다. "못 줬어." 나는 너무 실망한 나머지 언성을 높이고 말았다. "왜애?" 아이가 걸음을 멈추더니 억울하다는 듯 외치기 시작했다. "너무 떨렸단 말야! 너무 떨려서 줄 수가 없었다고!" 그래, 너처럼 소심한 샤이 보이한테 엄마가 너무 큰 짐을 지웠다. 미안하다. 온종일 얼마나 긴장하고 있었니.

쉰 냄새가 나기 시작한 눅눅한 김밥을 집어먹으며 가만히 생각해보니, 이 모든 소동 역시 선한 인간이고 싶은 나의 과시적 의지, 내 아이를 윤리적으로 잘 가르치고 싶은 빗나간 모정에 불과한 것 아닌가 싶었다. 내 아이의 윤리 교육을 위해 그 아이를 이용한 혐의가 내게 전혀 없는가. 우리 아이가 그 집 아이의 사정을 이미 알고 있다고 한들, 도시락을 전달받는 장면을 연출한 것 자체가 나의 도덕적 착오였다. 나는 그걸 담임선생님께 조용히 전달하고, 그 아이가 도시락의 출처를 모르도록 했어야 했다. 엄마의 추잡스런 마음에 비하면 온종일 떨렸던 너의 소심한 마음이 참으로 옳고 맑구나.

세상에는 선하면서 현명한 사람들도 없진 않아서, 이 문제는 담임선생님의 슬기로 자연스럽게 해결되었다.

"이제부터 우리 반은 현장학습 때마다 도시락을 다 같이 모아놓고 뷔페처럼 점심을 먹으려고 합니다. 똑같은 김밥이 집집마다 어떻게 다른 맛을 내는지 확인하면서 다양한 음식을 함께 즐기면 미각교육도 되고, 더더욱 즐거운 시간이 될 것 같아요. 아이들이 평소 먹던 것보다 더 많은 양을 먹을 수도 있으니, 부모님들은 좀 더 넉넉하게 음식을 싸주시면 좋겠습니다. 저도 넉넉하게 음식을 싸와 제 요리 솜씨도 아이들에게 보여주려고 해요!"

담임선생님의 공지 문자를 받고서 나는 무릎을 탁 쳤다. "천재다!" 그리하여 한 달에 한 번씩 커다란 찬합 가득 김밥을 싸는 맹훈을 시작하게 되었는데, 재료가 김밥 가운데로 쏙 들어오는 기술은 왜 이렇게 습득이 안 되는지, 어리석음의 일관성이란 이토록 강력한 것이다.

'누군가 울고 있다면 마음 놓고 울라고 음악을 크게 틀어주는 것'(오에 겐자부로) 말고 내가 먼저 나서서 할 수 있는 일은 없을 것이다. 그러니까 나는 이제 알고 싶은 궁금한 마음을 모두 접고서 가만히 기다리는 조력자가 되고 싶다. 내가 이 오른손으로 선을 행했소, 외치기보다는, 결심이 섰을 때 당신이 가장 먼저 찾아오는 사람이 나였으면 하고 바랄 뿐이다. 호기심 따위 저 멀리 던져버리고, 그저 당신의 예비군이 되고 싶을 뿐이다.

클로저

캘리포니아에 살 때다. 중학생이던 큰애와 동갑인 옆 동네 소년이 가족들과 하프문 베이에 놀러갔다가 이안류에 휩쓸려 실종됐다. 몇 다리만 건너면 아는 집이었다. 맑은 날씨에 잔잔한 파도를 즐기던 가족은 유령처럼 잠입한 빠른 물살의 역파도가 순식간에 아이를 삼켜버릴 수도 있다는 걸 상상도 못 했다. 이안류라는 게 뭔지도 잘 몰랐다. 눈 깜짝할 사이, 그냥 아이가 사라져버린 것이다. 코로나 팬데믹으로 인한 사회적 격리 때문에 바닷가가 가장 안전한 나들이 공간으로 각광받던 시절이었다. 해경이 며칠간 수색에 나섰지만 아이는 찾아지지 않았다. 태평양이라 불리는 그 바다는 너무 드넓었다.

수영을 아주 잘하는 아이라고 했다. 부모는 이대로 수색을 끝내지 말아달라고, 열두 살 수영 선수는 먼바다 어딘가 바위 위에 매달려 구조를 기다리고 있을지도 모른다고 애원했다. 학교마다 수색 연장을 요청하는 탄원서가 돌았다. 부모의 친구들과 가까운 이웃들이 발 벗고 나섰다. 또래 자녀들을 둔 학부모들이 대거 모인 우리 동네 왓츠앱 그룹챗에도 탄원서가 올라왔다.

"부질없는 짓이야."

어떤 아빠가 말했다. 아무리 수영을 잘해도 실종된 지 며칠이나 지난 시점에 아이가 살아 있을 리 없으며, 의미 없는 수색을 연장하는 것은 시민들의 세금을 낭비하는 일일 뿐이라는 것이었다. 세금 낭비라는 가혹한 말에 눈살이 찌푸려지긴

했지만, 나 역시 아이를 찾을 수 있으리라는 기대는 허황된 것이라고 여기고 있었다. 일어난 비극을 되돌이킬 방법은 없다는 게 비극의 본질이라고 짐짓 학구적인 척하며, 다만 그런 말은 입 밖에 내지 않고 독백 처리할 수 있는 교양이라는 외피를 뒤집어쓴 채 그저 잠자코 있었다.

그때였다. "A님이 타이핑하고 있습니다."라는 작은 말풍선이 스크린 위에서 움직이고 있었다. A로 말할 것 같으면 스탠퍼드에서 수학 박사학위를 받은 인도계 미국인으로 남녀노소, 인종, 국적을 불문하고 모두를 자신의 학생처럼 가르치려 드는 태도로 유명한 동네 엄마였다. 그녀와 만나고 나면 어쩐지 내가 전생에 인도 노예 계급인 수드라였을 것 같은 기분이 들곤 했던 탓에, '세금 낭비'에 이어 그녀가 입을 떼는 것이 이내 불안해졌다. 어쩐지 낭비될 액수를 순식간에 계산해냈을 것 같은 초조한 기분이 엄습했다. 이안류에 대해 무지했던 것을 질책하지는 않을지, 역병이 창궐하는데 바닷가는 뭐 하러 갔냐고 힐난하지 않을지 조마조마했다.

"아이작," A가 나직이 세금 낭비 아저씨의 이름을 불렀다. "그 부모에겐 클로저closure가 필요해. 우리 서명하자."

심장이 쑥 내려앉았다. 클로저란 말이 갈고리처럼 나를 낚아 무릎 꿇렸다. A는 말했다. 그 클로저 없이 소년의 부모는 단 한 발자국도 앞으로 나아가지 못할 것이며, '이만하면 되었다'는 감각이 생길 때에야 그들은 생을 지속할 수 있을 것이다.

그러므로 그때까지만이라도 우리가 도와주자고 했다. 나는 순식간에 얼굴이 뜨거워졌다. 덧셈도 매일 틀리는 내가 소년이 생존해 있을 가능성과 경우의 수에 따른 경제적 손익이라는 가당치도 않은 계산에 골몰하고 있을 때, 수학자인 A는 아이를 잃어버린 부모가 장차 어떻게 생을 지속할 수 있을지, 어떻게 그들에게 클로저의 감각을 줄 수 있을지 그 방안에 대해 궁리하고 있었던 것이다. 소년을 생각하면 이미 끝난 일이지만, 부모를 생각하면 이제 시작된 일이었다. 그들에겐 클로저가 필요했다.

클로저란 단어를 어떻게 번역하는 게 적절할지 모르겠다. 마무리, 결말, 종료, 결론…… 모두 어딘가 부족하다. 느닷없이 비극이 나를 찾아와 가격할 때, 왜 내게 이런 일이 일어났는지 납득하는 것. 사태의 원인을 찾아내고 직면하는 것. 왜 하필 나란 말인가, 라는 끝도 없이 솟구치는 질문에 마침내 '그럴 수도 있다'며 세계의 부조리를 수용하는 것. 고통스럽지만 이것이 돌이킬 수 없는 최후의 결말이라고 인정하는 것. 이만하면 되었다, 울면서 나직이 중얼거리는 것. 그러나 살아야 하므로 두 발 파묻힌 콘크리트 바닥을 가차 없이 곡괭이로 내리치는 것. 더 이상은 '왜'와 '만약'에 시달리지 않으며, 슬프지만 현명해진 얼굴로 깨진 콘트리트 속에서 한 발씩 꺼내 마침내 기우뚱거리며 앞으로 걸음을 내딛는 것. 그렇게 지속되는 삶 속으로 걸어들어가는 일련의 과정이 클로저라는 저 한 단어에 모두 응축돼 있을 것이다.

　　이만하면 되었다.

　　내가 이 말을 처음으로 중얼거린 것은 서른한 살 늦봄이었다. 대학에서 만나 오래 사귄 연인이 돌연 나를 떠났다. 그의 변심은 이미 눈치챘지만, 알량한 내 자존심이 기가 막히게 그럴듯한 핑계들을 찾아내곤 했다. 그는 그저 피곤한 것일 뿐이어야 했다. 이 연애의 역학은 언제나 나를 압도적 힘의 우위에 올려놓아야 했으므로, 기다리고 애원하고 사과하고 제안하는 것은 오랜 세월 그였다. 그런데 그 일들을 언젠가부터 내가 하고 있었다. 인파로 가득한 홍대 앞 거리였다. 언제나 보폭을 맞춰주던 그가 자꾸만 성큼성큼 앞서나가고 있었다. 나는 종종거리며 인파를 헤치고 그의 옆에 다시 서길 반복하다가 떨어지는 벚꽃잎들처럼 문득 서러워져서 그 자리에 우뚝 멈춰 섰다. 그는 계속 걷고 있었다. 나는 가만히 멈춰 선 채 그의 뒷모습을 바라보았다. 어디쯤에서 그는 뒤돌아볼까. 얼마쯤 더 가면 나의 부재를 눈치채게 될까. 그는 돌아보지 않았다. 끝내 돌아보지 않았다. 나는 울면서 뒤로 돌아 집으로 왔다. 그는 내게 전화도 걸지 않았다.

　　나는 그를 벌줘야 했으므로 헤어지자고 말했다. 그가 그러자고 했다. 봄밤이었다. 갓길에 세워둔 자동차 안에 앉아 있는데, 땅바닥이 벌떡 일어서 나를 덮치는 것처럼 어지러웠다.

차 안에 앉은 채 나는 휘청거리고 있었다. 귓속으로 윙 하는 이명이 울렸다. 뭐, 헤어지자고? 그는 지난 6년간 아흔아홉 번을 내게 매달렸었다. 그런데 지금 이게 뭐지? 백 번째 이별 통보는 왜 효력을 상실한 거지? 나는 온 힘을 다 짜내 줄다리기를 하고 있었는데, 그는 휘슬이 울리자마자 줄을 놓아버렸다. 나는 뒤로 내동댕이쳐졌다.

그는 떠났고, 나는 길고 긴 자기 형벌의 시간을 가졌다. 그를 기다리면서 나를 벌줬다. 나의 오만, 나의 미성숙, 나의 통제광적 욕구, 나의 무책임, 나의 이기심, 나의 어리석음, 나의 졸렬함, 나의 협량함, 나의 공격성을 나는 날마다 비난했다. 나를 해부했고, 나를 발골했다. 그때마다 '만약 이랬더라면'이라는 가정이 귀신처럼 들러붙어 나를 괴롭혔다. 사투를 벌였고, 매번 졌다. 그가 가여웠다. 안쓰럽고 미안해서 아무 데서고 울었다. 긴 세월 나는 그에게 잠식돼 있었다. 매 순간을 그에게 의지하고 있었고, 그러면서 매번 그를 깔봤다. 나 같은 인간은 당해도 싸다. 버림받는 게 당연했다. 후회와 회한 속에서 나는 부서졌다.

나는 그를 기다렸다. 그는 돌아오지 않았다. 그럼에도 그를 기다리며 이듬해 봄을 맞았다. 금요일, 대학로였다. 급히 사건 기사를 작성하고 송고할 곳을 찾아 눈에 띄는 PC방에 들어갔다. 이메일로 기사를 보내고, 습관처럼 그가 보냈던 옛날 이메일들을 다시 읽어보다가 문득 그의 이메일 계정 암호가 생각났다. 서로 아무 비밀이 없으면 좋겠다며 싫다는데도 굳이 귓속에 속삭여줬던 숫자들이 두둥실 눈앞에 떠올라버렸다. 설마 맞을까 의심하며 그의 계정에 접속을 시도했다. 쓰레기 같은 짓이라고 생각하는 머리와 재빨리 자판 위를 움직이는 손가락은 같은 인간의 두 신체 부위가 아니었다. 만일 열린다 해도 이건 암호를 바꾸지 않은 네 잘못이야. 열려라 참깨, 구호에 번쩍 열리는 돌문처럼 계정이 열렸다. 늘어선 이메일 목록 중 마치 핫핑크로 쓴 글씨라도 되는 양 순식간에 눈길을 휘어잡는 제목들이 있었다. 그의 새 연인이었다. 그렇다. 그에게는 새 연인이 생긴 것이다.

　　나는 사건의 타임라인을 구성하기 위해 쓰레기통을 뒤지는 민완기자처럼 그 많은 이메일들의 목록을 끝도 없이 뒤로 물렸다. 이 사건이 언제 시작됐는지가 핵심 쟁점이었다. 1년 치의 이메일을 뒤지다 보니 플러팅의 텐션으로 가득한 싸이월드 일촌신청 메일에까지 당도하게 되었다. 멈춰야 했다. 나는 이런 인간이 아니다. 하지만 내겐 나를 멈추게 할 수 있는 무기가 없었다. 싸이월드가 뚫렸다. 나는 모든 것을 보았다. 나를 홍대 거리에 버려두고 간 그 무렵, 그는 이미 새로운 여자에게 흠뻑 빠져 있었다는 사실을 알게 되고야 만 것이었다. 나는 울면서 PC방을 뛰쳐나갔고, 사람들로 가득한 성대 앞 대로에서 손바닥으로 눈물을 훔치며 이쪽으로 뛰다가 다시 저쪽으로 뛰다가 또다시 이쪽으로 뛰던 끝에 길거리에 주저앉아 대성통곡을 하고 말았다. 인파 속에 쭈그리고 앉아 엉엉 우는 미친 여자를 내려다보며 사람들이 저마다 갈 길을 갔다.

그렇다. 이별의 원인은 하나뿐이다. 우리 모두는 인정하기가 싫을 뿐이다. 그토록 확고한 이별이란 오로지, 바람이 났을 때만 가능한 것이다. 다른 사람에게 가고 싶을 때에만 우리는 냉정하게 옛 연인을 버릴 수 있다. 그는 아마도 상처 입을 나를 위해 이 모든 것을 감춰둔 채 말없이 떠나간 것인지 모른다는 생각은 말 같지도 않은 개수작이다. 바이러스에 감염되는 것은 면역력이 약해졌을 때인 것처럼 이 연애에 문제가 있어서 저 연애로 건너간 것이라는 자아성찰 역시 되도 않는 개소리일 뿐이었다. 나는 아무것도 뉘우치지 않으련다. 그는 그냥 바람이 난 것이다. 죽이고 싶었다.

내가 그를 죽이지 못하리라는 것은 그도 알고, 나도 알고, 온 세상이 다 아는 일이었다. 적을 죽이지 못하는 사람이 손쉽게 이끌리는 선택지는 자기 자신을 해치는 일이다. 일평생 규범적 삶을 살아온 제도권의 딸답게 나는 스스로를 해치는 방식에서조차 고루했다. 글을 썼고, 울었고, 날마다 폭음했다. 맨정신에는 울고 있었고, 웃고 있을 때면 술에 취해 있었다. 어느 날 서울시경 야근 당직실에서였다. 전국 경찰청에서 팩스로 올라오는 사건 보고서들을 읽고 있는데, 참 이상하기도 하지, 치정 살인이 연달아 네댓 건이나 보고됐다. 오늘은 치정의 붉은 축제가 벌어지는구나. 대체로 남자가 여자를 죽였지만, 여자라고 남자를 죽이지 못하란 법은 없었다. 눈살을 찌푸리며 사건 보고서를 읽기 시작한 나는 페이지가 넘어감에 따라 심각해졌다. 야간 사건 보고서를 그렇게 열심히 읽어본 적은 전에도 없었고 이후에도 없었다. 나는 어떤 몰입의 경지에 도달해 있었다. 당직 경찰과 각 언론사의 야근기자들만이 바삐 돌아가는 CCTV 아래서 각자의 업무에 열중하고 있는 야심한 밤. 나는 나도 모르게 어떤 말을 중얼거린 후 스스로 너무 깜짝 놀라버렸다.

"얼마나 미웠으면."

그때 당직 경찰관이 나를 돌아봤던가. 아마 아닐 것이다. 빠르게 피가 돌며 심장이 쿵쾅거리는 소리가 내 귀에 들리는 것 같았다. 나는 그 경찰관을 돌려세워 말하고 싶었다. 저기요, 저 이 사람들 이해가 돼요. 얼마나 미웠으면 그랬을까요?

나는 가해자들에게 깊이 이입하고 있었다. 오로지 가해자의 입장에서만 사건을 보고 있었다. 그들은 무죄라는 취지의 기사라도 쓰고 싶었다. 나는 미쳤다. 내 도덕은 붕괴했다. 나는 남의 이메일이나 훔쳐보는 쓰레기에 그치지 않고, 괴물이 되어가고 있었다.

야근 보고를 작성하고 집으로 돌아가는 새벽 2시의 사스마리● 차 안에서 나는 눈을 감고 깊은 생각에 잠겼다. 내 생애

● 경찰 출입 사건기자. 신속한 이동이 중요해 언론사 차량이 제공되며 운전 담당 직원이 상시 대기한다. 사건 현장마다 동행하는 운전 담당 직원은 통상 초년병이 맡는 사건기자에 비해 연배가 높아서 보통 '형님'이라는 호칭으로 불린다.

이렇게까지 각성된 밤은 처음이었을 것이다. 나도 범죄자가 될수 있을까. 범죄와 비범죄를 가르는 선은 얼마나 희미하고 흐릿한가. 내가 너무 미워서, 이렇게까지 못난 내가 너무 싫어서, 운전해주시는 형님이 듣지 못하게 꺽꺽 울음소리를 삼키며 주홍빛 가로등만 외롭게 늘어선 야심한 강변북로를 달렸다.

복수라는 건 클로저의 가장 극단적이고 폭력적인 형태일 것이다. 뭔가를 부숴버리고 싶다는 욕망. 박살내버리고야 말겠다는 의지. 피를 봐야지만 끝낼 수 있을 것 같은 광기. 인간이라는 존재가 혐오스러워서 견딜 수가 없었다. 그래서 수녀원에 전화를 걸었다. 인간들은 보지 않은 채 오직 신을 바라보며 노래하고 싶었다. 수녀가 되기에는 너무 나이가 많았던 나는 배신하지 못한 자의 비애에 빠져 허우적거렸다. 무엇을 부술까. 무엇을 박살내면 내가 다시 살 수 있을까. 치정癡情: 어리석을 癡, 사랑 情. 어디에서 피를 보면 나는 이 어리석은 사랑을 끝낼 수 있을까.

탱크톱을 입은 여가수가 춤을 춘다. 매끈한 아랫배, 깊은 만처럼 굴곡진 허리와 골반이 흔들리고, 기름한 배꼽 위에선 아름다운 보석이 빛난다. 찰나의 빛처럼 반짝이고 이내 사라져버린 그녀의 보석을 나의 눈은 좇는다. 배꼽을 뚫으면 피가 많이 나올까. 별 이상한 생각을 다 하고 있네, 자조하는 순간, 강렬한 욕망에 사로잡혔다. 피를 보겠다. 남의 피를 볼 수 없으니, 나의 피를 보겠다. 나는 배꼽 피어싱을 검색했다. 동대

문 밀레오레였을 것이다. 젊고 아름다운 여자 사장님이 나를 눕히고 배꼽 위로 굵은 바늘을 찔러넣은 후 바느질 땀을 따듯살 속을 통과해 배꼽 바깥으로 바늘을 꺼내 올렸다. 눈을 감고 내 배를 관통하는 바늘의 궤적을 음미했다. 약간의 피가 배어 나왔다. 지혈과 소독이 진행되는 동안 나는 울었다. 눈물이 중력에 굴복하며 관자놀이를 가로질러 귓바퀴를 타고 흘렀다.

이만하면 되었다.

이제 되었다.

몸 한복판에 긴 바늘을 꽂아 넣고 영롱한 보석으로 날카로운 바늘침을 막아놓은 채, 폴랑거리는 나비처럼 가벼워진 마음으로 밀레오레를 나왔다. 내 몸 한가운데 보석이 박혀 있다는 사실이 그렇게 기쁠 수가 없었다. 아무도 볼 수 없지만, 나는 배꼽에 보석을 박아넣은 여자다! 여전히 나는 배신당한 여자다. 하지만 이 보석의 정기가 나를 살인하지 않는 인간으로 지켜줄 것이었다. 기뻤다. 충분히 울었다는 사실이 기뻤다. 넘치도록 분노했다는 사실이 기뻤다. 썩은 내 진동하는 내 사랑의 시신을 속속들이 해부하고 그 흉측한 부위들을 내 두 눈으로 똑바로 보아냈다는 사실이 기뻤다. 이제 진짜로 끝났다는 사실이 미치도록 기뻤다. 이 어리석은 짓거리도 이젠 끝인가보다 생각할 때마다 영화 「링」의 마지막 장면처럼 모든 고통이 다시 시작되었더랬다. 하지만 이번에는 분명히 알 수 있었다. 정말로 끝났다. 사랑의 시신을 부여잡고 아무리 곡을 해봐야 그 사랑은 다시 살아나지 않는다. 거저 잡지의 표지처럼 통속한 나의 사랑은 주 예수 그리스도의 시신이 아니므로 부활하지 않는다. 클로저. 마침내 클로저. 미제 사건의 수사를 마치고 힘차게 사건첩을 덮는 열혈 형사처럼 나는 이 긴, 환멸나는 인간탐구를 드디어 끝마친 것이다.

종결감sense of closure. 내가 느낀 기쁨이 그것이었다. '종결'이 클로저의 가장 그럴듯한 번역어일 것이다. 종결 없이 끝내버린 생애사의 주요 사건들은 어딘가에 매복해 있다 돌연 우리를 가격한다. 억압된 것은 반드시 귀환한다는 프로이트의 말은 참으로 진리이다. "표현되지 않은 감정은 결코 죽지 않는다. 산채로 묻혀 있다 훗날 더 추악한 형태로 나타날 것이다." 비겁하게 도망친 관계, 제대로 애도하지 않은 상실, 직면하지 않고 회피한 생의 진실은 원한 서린 귀신처럼 어느 모퉁이에서고 우리를 기다리고 있다. 원혼을 달래는 진혼굿처럼 우리에게는, 아무리 힘겨울지라도, 클로저의 여정이 필요하다.

서소문 거리를 홀로 걷던 오후. 플라타너스 낙엽이 흩날리는 늦가을 거리에서 공사장 가림막에 붙어 펄럭거리는 한 장의 전단지를 보았다. 흑백의 오래된 아기 사진 밑에 긴 머리의 아름답고 성숙한 여인이 수줍게 웃는 사진이 붙어 있었고, "나의 생모를 찾습니다(Looking For My Birth Mother)"라는 제목 위로 본인의 이름과 생년월일, 태어난 곳과 연락처가 한글과 영어

손글씨로 가지런하게 적혀 있었다. 어느덧 중년의 위기로 바람 나부끼는 쓸쓸한 거리를 홀로 헤매이고 있던 나는 그 앞에 우뚝 멈춰서 몇 번이고 그의 이름과 생년월일을 중얼거려보았다. 1969년 전주에서 태어난 그의 이름은 김한숙이었다. 나는 그녀의 클로저에 대해 생각해보았다. 이만하면 되었다, 는 종결감을 그녀는 아직 갖지 못했다. 여전히 전단지를 붙이는 그 아득한 마음을 너무나도 납득할 수 있어서 그냥 내가 울고 싶은 심정이 되었다. 김한숙 씨에게 편지를 써볼까. 그건 너무 주제넘은 일이겠지. 그래서는 안 되겠지. 휴대폰을 꺼내 전단지의 사진을 찍었다. 그러고도 한참을 그 앞에 서 있다 다시 바람 나부끼는 거리를 걷고 또 걸었다.

종결감을 갖는다는 것이 어떻게 해도 도무지 달성할 수 없는 과업일 때, 인간은 어떻게 앞으로 나아갈 수 있을까. 나는 사진으로 찍어온 김한숙 씨의 이메일 주소를 구글에 검색해보았다. 2019년 처음으로 한국에 와 생모를 찾기 시작했을 때 일간지와 한 인터뷰 기사가 검색됐다. 두 살에 캐나다로 입양돼 두 번의 파양을 겪으며 힘겨운 성장과정을 거친 그녀는 현재 법무사로 일하며 생모 찾는 일에 발 벗고 나서주는 좋은 남편과 잘 살아가고 있는 듯 보였다. 기자가 물었다. 엄마를 만나면 물어보고 싶은 질문이 뭐냐고. 그는 한동안 말없이 있다가 어렵게 입을 뗀 후 답했다.

"엄마를 보면 무슨 말을 해야 될지 아직 모르겠어요. 그 당시 엄마가 왜 그런 선택을 했는지에 대해서는 무엇이든 이해하고, 묻고 싶지 않습니다. 다만 알고 싶은 건, 내가 언제, 어떻게 존재하게 됐는지예요."

캐나다에서 온 또 다른 한국계 입양인 마이클 씨가 옆에서 덧붙였다. "엄마에게 괜찮다고 말해주고 싶어요. 엄마가 저를 만나고 싶지 않으셔도 전 괜찮습니다. 만나지 못하더라도 '괜찮다'는 말을 전해주는 게 제일 큰 소망이에요."●

너무 많은 걸 이해해주고 있다는 건 절박하다는 뜻이

● 「48년 전 캐나다로 입양된 안젤라 "친엄마에게 행복한 모습 보여주고 싶어"」,《한겨레》, 2019년 7월 10일.

다. 이 사태를 납득해야 한다. 납득해야 종결하고, 종결해야 전진한다. 나는 그들이 클로저를 향해 가고 있다는 걸 분명히 알 수 있었다. 몇 년째 전단지를 붙이는 과정 자체가 클로저의 여정이었다. 아무런 단서를 찾지 못해도, 또 붙인다. 아무리 기다려도 돌아오지 않는다. 그래도 또 전단지를 붙인다. 우리 엄마를 아냐고 아무나 붙들고 묻고 또 묻는다. 그렇게 자꾸 엄마에 대해 얘기하는 것, 그것이 클로저다. "내가 언제, 어떻게 존재하게 됐는지" 김한숙 씨는 알고 싶다고 했다. 김한숙 씨는 마침내 알게 될 것이다. 많은 나쁜 일들을 겪었지만, 내 옆의 소중한 존재들을 만나기 위해 자신이 태어났다는 걸. 내 상처가 타인의 고통을 감지하는 예민한 촉수가 되어 누군가를 돕고 웃게 하고 살 수 있게 하기 위해 이 세상에 왔다는 걸. 불운이 끼어들었지만 온 우주는 김한숙 씨의 탄생을 환영하고 축복했으며,

세상에 태어난 건 참으로 잘한 일이라는 걸 그는 마침내 알게 될 것이다. 그것이 그녀의 클로저가 될 것이다.

이안류에 아이를 잃은 그 부부는 현재 캘리포니아 해안에 상설 구명 초소와 구명 튜브 설치 운동을 벌이고 있다고 한다. 그때 벌인 서명운동과 모금운동 덕분에 헬기와 배를 빌려 한동안 수색 작업을 계속했지만, 결국 아이는 찾지 못했다. 지역신문 기사에 따르면 그들은 아이를 잃은 슬픔을 같은 비극으로부터 다른 사람들을 보호하는 소명으로 전환해나가고 있었다. 적잖은 성과도 거두고 있는 듯 보였다. 그때 A가 말했던 클로저가 이런 것이었을까. 이제 그들은 앞으로 나아가고 있는 것일까.

기사 말미에 아이 아빠가 말했다. "이곳에 올 때마다 저는 항상 수색 중이죠. 여전히 우린 아이를 찾고 있어요."

나는 신이 있었으면 좋겠다.

천국이 꼭 있었으면 좋겠다.

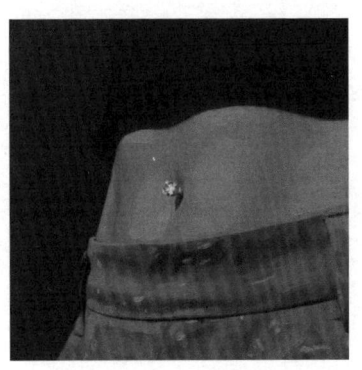

웃을 일이
아니다

— 정색의 기술

움베르토 에코의 『장미의 이름』은 아주 기발한 상상에 기반해 펼쳐지는 추리극이다. 아리스토텔레스의 『시학』이 본래 비극론뿐 아니라 희극론도 다루었으나, 웃음으로 인해 가톨릭의 권위가 전복될 것을 두려워한 교회 권력이 희극론을 은폐해 버렸다는 상상이다. 천국에서 만난 아리스토텔레스마저 에코의 머리를 쓰다듬으며 탄복할 법한, 지적으로 날렵하고 서사적으로 세련된 설정이다. 그 자신, 가공할 유머리스트인 에코는 그러나 웃음의 힘을 좀 과대평가한 것 같다. 나도 종교를 적는 칸에 '유머'라고 적고 싶을 만큼 웃음을 숭상하는 사람이지만, 기실 웃음에는 세상을 뒤엎을 정도의 힘이 없다. 세상을 견디도록 도와줄 수는 있다. 하지만 세상을 뒤집어엎는 거대한 힘은 웃음소리에서 나오지 않는다. 울음소리, 더 정확하게는 곡소리만이 세계를 전복한다.

한국은 골계미의 전통이 강한 나라다. 비장미라든가 숭고미, 우아미 같은 것은 크게 두드러지지 않는다. 임진왜란으로 무너진 양반의 권위와 신분질서의 동요는 판소리나 탈춤 같은 민중예술을 통해 풍자와 해학의 골계미를 후대의 유전자에 깊게 새겨놓았다. 오늘날 주요 사건 기사의 댓글창마다 넘쳐나는 패러디와 드립을 보라. 인공지능 개발이든 기후변화 억제든, 인류의 난제 해결에 투입해야 할 천재성이 전부 여기에 소모되고 있는 것 아닌가 괜한 걱정이 들 지경으로 한국인들은 웃긴다. 비꼬기와 조롱에 천부적 재능이 있다. 반면, 운명에 맞서 싸우거나 불의에 항거하다 스러져가는 비장미나 숭고미 같은 것은 한국의 미적 전통에서 그다지 승하지 않다. 별 인기도 없거니와 허황하게 느껴지는 경우가 많다. 자력으로 신분제를 타파하지 못하고 20세기 목전까지 노비제를 끌고 왔던 정치적 무의식이 수용자의 내면 깊숙한 곳에서 작동하고 있는 건지도 모르겠다. 주인의 목을 따기보다 가짜 양반첩을 사기로 다 같이 작정한 곳에서 숭고라니, 가당치도 않지. 영화 「라이언 일병 구하기」나 「그래비티」 같은 이야기가 한국을 배경으로 펼쳐진다고 상상해보자. 어쩐지 민망해진다. '조선 4대 비극' 같은 게 없는 나라에서 박찬욱의 「올드보이」 같은 영화가 나왔다는 게 나는 아직도 감탄스럽다.

동양은 세계를 일원론적으로 바라보기 때문에 운명에 맞서 싸우는 고귀한 개인의 몰락이라는 서구적 개념의 비극정신이 전반적으로 발달하지 않았다고들 한다. 하지만 한국에는 또 다른 요인이 강력하게 작용하고 있는 것 같다. '작은 나라'라는 요인이다. 생존이 역사의 주요 과제인 나라에서는 아마도 비극이 서식할 영토가 부족할 것이다. 자주 하는 생각이지만, 중국 대륙의 끄트머리에 붙은 내 조국이 반만년간 단 한 번도 중국에 복속되지 않은 독립국가였다는 사실은 매번 놀랍다. 천연자원도 없는 척박한 산간지대, 굳이 갖고 싶진 않다며 버려둔 거라기엔 이 나라의 독자적 언어와 문화가 지나치게 강건하다. 큰아이가 급성맹장염으로 외국 병원에서 긴급 수술을 받은 적이 있었다. 의사들로부터 수술 경과를 안내받는 나를 병원 시큐리티 가드가 물끄러미 바라보더니 조심스레 다가와 물었다. "한국은 중국이랑 다른 나라지?" 너무 오랜만에 받는 놀라운 질문이라 내가 잘못 알아들었나 싶었지만, 한국 드라마 팬이라는 그녀는 정녕 궁금했던 것이다. 아이처럼 천진한, 온갖 창의적인 질문들이 쏟아졌다.(물론 스킨케어도 물어봤다.) 그럴 수 있지. 지도를 봐도 눈에 잘 들어오지 않는 대륙 끄트머리의 작은 나라에서 중국인이랑 똑같이 생긴 사람들이 중국어와는 전혀 다르게 들리는 말을 사용한다는 게 이상했을 것이다.

조공과 책봉으로 대국의 비위를 맞추며 성공적으로 독자 생존을 도모했던 이 고요한 아침의 나라에 장엄한 비극의 서사를 요구하는 것은 어쩌면 가혹한 일인 것도 같다. 슬픈 일은 많았다. 하지만 개인이 운명에 맞서 싸우다 숭고하게 스러지는 비극의 서사적 전범은 이 나라의 미적 전통일 수가 없다. 기껏해야 척화파와 주화파의 갈등이 비극의 주요 소재다. 노량의 바다에서 왜구의 총탄을 맞는 이순신의 비극적 영웅 서사가 있지만, 중화를 상대로는 가능하지 않은 플롯이다. 한 국가에 반드시 건국설화가 필요한 것처럼, 운명에 맞서는 영웅의 비극 서사도 국가의 존속에 필수적이다. 그런 면에서 일본은 대항자로서 우리에게 반드시 필요한 적이었다.

존 F. 케네디의 캐나다 버전이라 할 수 있는 피에르 트뤼도 총리는 1969년 미국 국빈 방문 당시 기자회견에서 "미국과 국경을 맞대고 살아간다는 건 코끼리 옆에서 잠자는 것과 같다"는 유명한 말을 한 적이 있다. 아무리 유순할 때라도 코끼리는 잠결에 우리를 깔아뭉개 죽일 수 있는 존재라서, 초강대국의 그늘에 있는 나라는 불가피하게 왜곡된 정치적 무의식을 갖는다. 무모하게 비극 놀이나 하고 있을 수는 없다. 생존은 지엄한 것이다. 하지만 항거의 원천적 배제가 공동체 구성원들의 정치적 무의식에 끼치는 악영향은 지대하다. 대국에 지고 온 소국의 임금은 신하들에게 가혹하고, 임금에게 수모당한 양반은 백성들에게 혹독하다. 양반에게 모욕당한 백성은 처자식에게 모질고, 뒤틀린 권력의식은 이렇게 위에서 아래로 대대손손 전승된다. 오래 축적된 그 역사적 무의식을 나날의 삶 속에서 자주 실감한다.

　　세계에서 가장 늦게 신분제를 철폐한 나라 중 하나답게, 대한민국에는 차별의식과 피해의식이 뒤범벅된 수동공격성이 매우 강한 자기장을 형성하고 있다. 유리할 땐 귀천을 나누고 싶고, 불리할 땐 평등을 외친다. 수동공격적 미학인 골계미와 친연성이 높다. 웃음에도 힘이 있다. 압력솥의 김을 빼주는 사회적 순기능을 한다. 앙리 베르그송은 웃음을 사회적 교정장치로 보았다. 웃음은 공동체가 부조리라는 사회적 악에 대해 수치심과 굴욕감으로 사회적 제재를 가하는 행위라는 것이다. 그렇지만 내게는 그 제재가 지나치게 솜방망이처럼 느껴지는 때가 많다. 정색하고 맞서야 할 때, 사람들은 웃는다. 분연히 일어서 싸워야 할 때 그저 비꼬고 놀린다. 그것도 대체로 뒤에서 보이지 않게, 혹은 익명의 그늘에 숨은 채. 봉산탈춤의 말뚝이가 방백의 형식으로 양반을 조롱할 때, 이 골계미는 체제를 가격하는가, 체제에 복무하는가. 고전문학 시간은 늘 마음이 번잡했다. 양반의 입장에서는 권위가 실추된다는 게 혁명의 칼부림으로 지위를 잃는 것에 비하면 얼마나 안온하고 수지맞는 셈법이란 말인가. 숭고미가 작동하지 않는 세계에서는 수치심도 자극되지 않는다. 양반들은 생각했을 것이다. 그렇게 해서 여러분들의 분이 좀 삭여진다면, 저야말로 개이득입니다만.

농담을 다큐로 받는다는 말이 언젠가부터 듣기 싫다. 다큐 찍는데 왜 농담합니까? 도리어 되받아치고 싶을 때가 많다. 농담이랍시고, 진지하게 해법을 모색해야 할 때 구멍을 폭 뚫어 김을 빼버리는 사람들. 조롱한 대가로 묵과하고, 비웃었으니까 방면한다. 징역 10년도 시원치 않은데 매번 집행유예로 풀어주고 있는 기분이다. 집단 성희롱 발언을 일삼는 상사 앞에서 마치 세련된 처세술인 양 "자꾸 이러시면 사장 못 되십니다." 농담하고선 불의에 일격을 가했다는 듯 회심의 미소를 지은 적이 내게도 있다. 그러냐고 껄껄거리며 "요즘 세상엔 말조심해야 한다니까."라던 상사는 그러나 말조심을 하지 않는다. 아무 말도 못 하고 뒤에서만 분기탱천하는 사람들보다야 아무렴 내가 낫지, 도덕적 자긍심을 가졌던 게 무색하게도 이튿날이면 상사는 또 성희롱 발언을 해대고, 달라진 것은 아무것도 없다. 정색을 해야 할 때 농담을 하고, 혁명을 해야 할 때 풍자를 하면, 이런 꼴을 면할 수 없다.

　골계미의 미학적 전통은 한국 사회의 많은 병리와 닿아 있다. 내가 오래 몸담았던 언론계를 보자. 한국 신문에는 '세상에 이런 일이' 류의 사회면 고정 기사 코너가 있는데, 주로 우스꽝스러운 삽화와 함께 사회 2면에 배치된다. 정상적 사고회로와 평균적 시민의식을 가진 독자라면 혀를 끌끌 찰 만한 일들을 기사화하는데, '세상에는 우리와는 전혀 다른 이상한 부류의 인간이 존재한다'는 게 기본적 전제다. 기자와 독자가 함께 혀를 끌끌 차면서, 베르그송이 말한 대로 웃음의 형식으로 그 이상한 사람들에게 사회적 제재를 가하는 기사들이다. 나는 옛날부터 이 기사들이 그렇게 싫을 수가 없다. 그 사람들은 왜 그런 '이상한 짓'을 했는가. 이 중요한 질문이 완전히 생략돼 있기 때문이다. 문학을 통해 '세상에 그냥 이상한 사람은 단 한 명도 없다'는 믿음을 습득한 나로서는 사회적 제재로서의 이 웃음이 공동체에 어떤 순기능을 하는지 모르겠다. 게다가 우리가 이상하다고 생각하는 많은 사람들은 그저 나와는 다른 사람인 경우가 많아서, 어느 날은 페미니스트가 그 자리에 들어가 손가락질을 받고, 어느 날은 맘충이라고 어머니가 모욕당하며, 다음 날은 노인이거나 외국인이거나 성소수자가 그 자리를 차지한다. 정점의 권력자인 경우는 없다.

　웃음은 감정적 거리두기에 기반해 있고, 타인의 승인을

필요로 하는 사회적 행위다. 울 때는 혼자 울지만, 웃을 때는 함께 웃는다. 이 집단적 거리두기가 웃음이라는 행위의 수동공격성과 비겁성의 원천이다. 스스로를 공동체의 일원으로 내부에 설정하지 않는 웃음은, 어떻게 하면 이 문제를 해결할 수 있을까 하는 고민을 봉쇄한다. '이상한 사람'을 지적하는 동안 자동으로 획득되는 '멀쩡한 사람'의 지위에 사람들은 중독돼 있고, 이 사람들의 가장 앞자리에 기자와 교수, 논객 같은 이 사회의 논평가들이 있다. 구조의 바깥에서 손가락질하는 사람들만 드글거리고, 구조 안에서 어떻게든 문제를 해결해보려 고민하는 사람은 드물다. 아무런 모순도 해결하지 못 하는 이 수동공격적 웃음이 사회에 너무 팽배해 있어서 변화의 동력이 축적되지 못한 채 산산이 흩어진다. 정치의 만성적 예능화, 가혹한 뒷담화와 가학적 조리돌림 문화가 이 웃음과 연관돼 있다는 오랜 의심을 걷어내지 못하고 있다. 두 팔 걷고 어떤 문제를 해결해보겠다는 결연한 투지 대신 웃음으로 눙치고 마는 문화, 그래서 싸우자고 덤벼드는 사람들을 더욱 외롭고 슬프게 만드는 이 풍토를 어쩌면 좋을까.

"자유를 사랑하고 있는 줄로만 알았다. 그런데 겨우 주인을 미워하는 것이 고작인 경우도 있다." 알베르 카뮈가 『작가수첩 Ⅲ』에 인용한 알렉시스 드 토크빌의 말이다. 알고 보면 우리는 모두 주인이 되고 싶어서, 주인의 자리를 없애는 건 원치 않아서 맹렬히 주인을 미워하며 골계미의 미학 속에 안전하게 체류하고 있는 것 아닐까. 원칙을 고수하지 않고, 원칙에 대해서는 그다지 생각하지 않으며, 깽판치는 주인의 폭력으로부터 다만 안전거리를 확보한 채 분노를 삭이는 것. 그러다 기회가 되면 내가 그 자리를 차지하는 것. 그게 우리의 기저욕망인 건 아닐까.

큰애가 한국 중학교에 다니기 시작한 해의 겨울이었다. 학교에서 돌아온 아이가 '짭클레어'가 뭐냐고 물었다. 같은 반 아이들이 엄격한 중년의 여자 선생님에게 '짭클레어'라는 별명을 붙인 채 그렇게 흉을 본다는 것이었다. 남중이었다. 나는 깜짝 놀랐다. 10대의 남자아이들이 몽클레어는 어찌 알며, 그게 진품인지 가품인지는 어떻게 구분하는 것인지, 무엇보다도 선생님의 부당한 처사를 공격하는 포인트가 어떻게 고급 의류의 가품을 입었다는 사실인지, 놀라웠다. 만일 그게 가품이 아니라 진품이라면 선생님의 과오는 없던 일이 되는 것인가.

"야, 애들 너무 한다. 선생님 흉볼 수 있지. 근데 어떻게 짭클레어가 포인트냐. 선생님이 너희한테 부당하게 하신 거, 그걸 정확하게 찍어서 얘기해야지."

부당한 대우가 있었다면 학급이 의논해서 선생님께 정식으로 항의 내지 건의를 해야 한다는 말까지는 하지 못했다. 큰아이가 유치원에 다닐 때, 아이의 가정 형편을 알아보기 위해 아이가 입은 옷의 목덜미를 뒤집어 태그의 브랜드를 확인한다는 교사의 풍문을 듣고 우리는 선생님께 그러시지 않으면 좋겠다는 건의를 드리는 대신 단체로 미국 폴로 사이트에서 아이들 옷을 직구했던 부끄러운 전력이 있기 때문이다. 30대 어른들도 못한 것을 아이들에게 요구할 수 없거니와, 그런 어른들 밑에서 보고 자란 아이들이 저러는 것 아니겠는가. 나만 아니면 된다. 우리만 아니면 된다. 그런 생각들을 모두가 갖고 산 탓에 세상이 이 모양이 되었다.

아이 학교에 교복 대신 값비싼 외국 브랜드의 사복을 입고 등교해 매번 벌점을 받는 아이가 있다고 했다. 외부 활동으로 사복이 허용되는 날에는 학급 아이들의 목덜미 라벨을 뒤집어 브랜드를 확인하고 저렴한 옷인 경우 놀린다는 얘길 들었다. 우리 아이는 유니클로와 지오다노를 입는데! 슬며시 걱정이 되어 아이에게 물었다. "너도 좋은 거 하나 사줄까?" 아이가 됐다고 했다. 그런 거 안 중요하다고. "멋지다, 내 아들! 브라보!" 나는 아이에게 그런 순간 어떻게 대응하는 것이 현명한지 가르쳐주고 싶었다. "만약 누가 니 목덜미 까보면 '넌 내세울 게 그런 거밖에 없냐? 그런 거 입으면 훌륭한 사람 되냐?' 그래." 신이 나서 종알거리는 나를 아이가 무표정으로 바라보았다. "굳이?" 역시, 너는 대한민국의 MZ로구나.

가정 형편으로 놀리거나 괴롭히는 사람이 있다면 정색을 하고 그게 잘못됐다고 말해야 한다. 모두가 다 같이 말해야 한다. 가정 형편을 위장하기 위해 무리해서 좋은 옷을 사 입도록 만들 게 아니라 우리의 건강한 원칙을 고수하며 그런 글러먹은 생각과 행동은 공동체에서 도태시켜야 한다. 마음속으로 그런 생각을 품을지라도 공공연히 발화할 용기는 품지 못하도록 만들어야 한다. 우리는 자유를 사랑하는 것이지 단지 핍박받는 자의 자리에 있기 싫어서 주인을 미워하고 있는 것이 아니어야 한다.

정색正色. 바른 얼굴빛. 사전은 '얼굴에 엄정한 빛을 나타냄'으로 풀이한다. 경직되고 고루하고 센스가 없어서 종종 분위기를 망치는 사람에게나 쓰는 거라며 우리가 구석에 밀어둔 말. 우리는 유머와 센스가 넘치고 융통성이 있으며 서글서글하고 싹싹하여 분위기를 부드럽게 만드는 발군의 처세가니까 별로 쓸 일이 없는 말. 과연 그러한가.

분위기에 찬물을 끼얹으면 시원할 때도 있다. 더없이 청량하고 상쾌할 때도 많다. 찬물을 잔뜩 뒤집어쓰고, 갈증 났었는데 잘됐다고 입술을 핥는 사람도 드물지만 있다. 18년 전 처음으로 문학 담당을 맡았던 때, 출판사에서 홍보용으로 제공하는 철학 전집을 해당 서평 기사를 작성하는 것도 아니면서 공짜로 받고 기뻐하다가 타 신문사의 절친한 후배에게 정색의 조언을 들은 적이 있다. "그런 관행은 잘못된 것이니 앞으로는 기사 쓸 책 아니면 선배가 직접 돈 주고 사서 봤으면 좋겠어요." 정신이 번뜩 들었다. 경찰기자 시절부터 기자실에서 함께 먹고

자고 취하던, 너무나 친밀해서 오히려 그런 말은 하기 힘든 사이였다. 민망하고 부끄러웠다. 만연한 관행이었으므로 "왜 나만 갖고 그래?" 항변하고 싶은 동물적 본능이 첫 반응으로 튀어나오려 했지만, 그것이 더 수치스러웠으므로 순순히 내 잘못을 인정했다. 이때의 기억이 너무도 강렬하게 남아 있어서 이후 나는 관행 따위와 무관하게 좀 더 엄정해질 수 있었고, 이런 쪽으로는 부끄러운 짓을 하지 않게 되었다. 여전히 가깝게 지내는 이 존경스런 후배 기자는 이때의 이야기를 꺼낼 때마다 환하게 웃으며 자신의 조언을 받아들인 나를 칭찬해준다. 그녀의 칭찬을 듣는 것이, 어린 시절 담임선생님이 머리를 쓰다듬어주던 날처럼, 나는 퍽 좋다.

내가 그날의 조언을 받아들일 수 있었던 건 그녀가 주인을 미워하는 것이 아니라 자유를 사랑하고 있다는 걸 잘 알았기 때문이다. 그녀는 다정하고, 예의 바르며, 언제나 침착하다. 그 조언을 할 때도 그랬다. 온전한 가치관의 강력한 집행 의지, 옳은 것을 향해 뚫고 나아가는 직진력이 그 차분한 말들 속에 담겨 있었다. 그래서 나는 납득이 되었다. 우정을 잃지 않고, 조금 더 좋은 사람이 될 수 있었다.

정색할 때 우리가 각오해야 하는 것들의 목록이 짧아질 수 있다면, 회피하고 우회하는 대신 돌파하는 힘이 우리에게도 생겨날 것이다. 뒤에 모여 낄낄대고 조롱하는 대신 앞에 나가 문제 해결을 도모해볼 수도 있을 것이다. '모난 돌이 정 맞는다'

는 속담이 있는 나라에서 홀로 용기를 내기란 여간 어려운 일이 아니지만, 우리는 모두가 서로의 인과관계여서 내가 움직이지 않으면 상대 역시 움직이지 않는다. 나만 빼고 너희가, 우리 말고 네가 먼저. 그렇게 기다리고만 있다간 우리 사는 이 병들고 뒤틀린 곳을 영원히 고칠 도리가 없다.

인간이 가진 가장 아름다운 능력 중 하나는 자신을 교정할 수 있는 능력이라고 생각한다. 누구도 고정된 악인이 아니다. 우리는 더 좋은 사람이 된다. 사람 고쳐 쓰는 것 아니라는 말이 맞는 말처럼 보이는 것은 사람들이 자신을 바꿀 결심을 품지 않기 때문이고, 달라질 결심을 품지 않는 것은 굳이 힘들게 달라져봐야 얻을 실익이 없다고 여기기 때문이다. 더 좋은 사람이 되는 일의 아름다움을 잠깐이라도 엿보게 된다면, 그런 사람들이 빚어내는 변화의 아름다움을 잠시라도 겪게 된다면, 생각을 고쳐먹게 될 것이다. 자기가 속한 작은 곳에서부터, 가정과 학교, 직장, 나 사는 마을에서부터 옳지 않은 것을 보면 정색해보자. 뒤에서만 쑥덕공론하다가 한 번에 보내버리지 말고, 시시때때로 정색하면서도 서로에게 관대했으면 좋겠다. 더 좋은 사람이 될 기회를 서로가 서로에게 주었으면 좋겠다.

나는 내 나라를 미워하면서도 사랑하고 있다. 오랫동안 흘겨보았던 내 동포들을, 이 아쌀하고 정 많은 사람들을 마침내는 아주 좋아하게 되었다. 탈출은 지능순이라는 내 조국이 살 만한 곳이 되어서, 내 아이들이 이곳에 뿌리내리고 싶어하면 좋겠다. 이곳에서 상처받지 않았으면 좋겠다. 아이들이 태어나고 그 아이들이 또 아이를 낳아 내 조국이 소멸국가의 운명에서 벗어나면 좋겠다. '탈조'라는 말이 더 이상은 유통되지 않았으면 좋겠다. 멸망이 답이라는 우습지도 않은 농담은 이제 그만 집어치우자. 웃을 일이 아니다.

4부

숭고를 향하는 인간들

늘 여기가
아닌 곳에서는

원래는 퇴사여행이 아니었다. 15년 장기근속 휴가의 시효만료를 겨냥해 일찌감치 계획된 축하여행이었다. 한자리에 이렇게 오래 머물고 있다니. 나 같은 퀴터에게 이는 실로 대단한 위업이 아닐 수 없다. 해보려다 포기한 것들의 목록으로 내가 지구 두 바퀴 반 정도는 휘감을 수 있는 사람이라고. 장하여라! 태어나 이렇게 오래 해본 일은 기자질밖에 없어!

나도 죽기 전 한 번쯤은 이 주짜리 휴가를 가야겠다고 여기저기 큰소리 땅땅 쳐놓고(사전 밑밥 깔기), 로키산맥을 가로지르는 야간횡단열차까지 예약해뒀다(일단 지르기). 미국 라스베이거스에서 자동차를 빌려 그랜드 캐니언을 구경한 후 캐나다 밴쿠버로 날아가 재스퍼까지 스물두 시간 동안 야간기차를 탄다. 재스퍼에서 다시 자동차로 레이크 루이스와 모레인 호수를 둘러보며 밴프 국립공원을 관통, 캘거리를 통해 귀국하는 일정이었다. 결국 퀴터 본색을 감추지 못해 특별 근속휴가에서 퇴사 기념여행으로 변질되고 말았지만, 여행의 장소로 로키산맥을 선택했을 때 어쩌면 결판은 이미 나 있던 건지도 모른다. 나는 더 이상 그 이전과 같은 사람이 아니었다. 존재의 변곡점. 눈에 띄지 않던 작고 더딘 변화들이 축적과 누적을 거듭하는 동안, 나의 중요한 무언가가 이미 변해 있었다.

큰 것을 보고 싶다고 갈망해본 것은 이때가 처음이었다. 큰 것은 인간에게 없고 자연에만 있으므로, 그것을 보기 위해서는 자연 속으로 들어가야 했다. 자연. 스스로 그러한 것. 사전의 풀이에 따르면 '사람의 힘이 더해지지 아니하고 세상에 스스로 존재하거나 우주에 저절로 이루어지는 모든 존재나 상태'다. 오랜 여행의 이력에서 자연이 내 욕망의 대상이었던 적은 한 번도 없었다. 1995년 첫 배낭여행 중 노르웨이 베르겐으로 피오르를 보러 갔을 때, 나는 그곳에 가자고 우겼던 친구에게 약간 삐쳐 있었다. 빙하가 깎아내린 가파른 절벽의 협만들은 거대했다. 세계지리 시간에 '피요르드'라는 한국어 표기로 배웠던 세계 최대의 그 피오르는 그러나 '빙하로 말미암아 빚어진 U자형 계곡'이라는 용어 정의의 시각적 재현 말고는 딱히 불러일으키는 감흥이 없었다. 진짜로 U자 모양이군, 쳇. 멀기는 오지게도 멀었다. 안타깝게도 피오르의 장엄은 내게 입력되지 못했다. 아직까지 뇌리에 강하게 남아 있는 건 엉뚱하게도, 세계 각국의 노인들 틈 속에서 고막을 난자하던 우렁찬 한국어. "으어, 죽이네, 죽여." "크으, 이거 소금강 저리 가라네." 어르신들, 저희는 일본인입니다만. 니혼진데쓰네.

　　리베카 솔닛이 『길 잃기 안내서』에서 말했듯 "어린 시절에는 거리가 없다". 아이에게는 전망이라는 것이 확보되지 못한다. 그랜드 캐니언에 가서도 땅에 납작 엎드려 발밑의 나뭇잎만 보며 깔깔거리는 아이들, 그림처럼 넓게 펼쳐진 경치와 높은 곳에서 내려다보는 전망에 감탄하는 것은 어른들뿐이었던 책 속의 상황은 우리의 가족 여행에서도 똑같이 발생했다. 아이들에게 먼 곳의 풍경이란 '중세화의 배경 같은 벽'일 뿐이어서 아무리 "얘들아, 저 멀리 협곡 좀 봐."라고 외쳐봤자 그들에게는 아무런 감흥도, 동요도 없다. 아이들에겐 원근법이 없고, 그래서 겁도 없다. 20여 년 전 피오르에 갔을 때 나 또한 여전히 아이의 상태였고, 그런 상태로 20여 년을 더 살았다. 눈앞만, 발밑만 보고 산 것이다. 내게도 전망이랄 게 없었다. 그런 사람이 돌연 큰 것을 보기 위해 자연 속으로 들어가고자 했다면 그 이유는 하나뿐. 나는 인간이 싫어졌던 것이다. 인간이 만든 그 모든 게 지겨워졌고, 인간이 고작 이런 존재라는 사실이 견딜 수가 없었다. 사회 부적응자만이 청록파 시인이 된다고, 나라를 잃었는데 자연이나 예찬하고 있다며 청록파를 모함했던 과거의 나를 나는 벌줘야 했다.

우리 세대가 대체로 그렇듯, 내게도 여행에 대한 강박이 있었다. "열심히 일한 당신, 떠나라!" 배낭여행 본격화 세대. 세계화의 시대적 소명. 글로발라이제이션! 대학교 1학년 1학기 기말고사를 치르던 중 광화문 탑항공으로 첫 항공권을 끊으러 갔을 때, 나는 대한민국에 연간 해외여행 2000만 명 시대를 도래케 할 사회적 주역 중 한 명이 될 운명이었다. 어느 나라 사람이냐는 질문에 소크라테스가 답했다지. "세계시민이오." 나도 반드시 저 대사를 쳐보고야 말리.

나는 본디 여행을 싫어하는 아이였다. 풍류꾼이었던 아버지 덕분에 우리 가족은 단칸방살이에도 불구하고 여름이면 곧잘 경포대니 주문진이니 동해안을 돌아다니며 모래사장에 일주일씩 텐트를 치고 지냈다. 취학 전부터 시작된 그 가족 전통은 한 살 한 살 나이를 먹으며 내게 무척 힘들어졌다. 엄마와 아빠, 이모와 이모부가 동생들을 나에게 맡기고 텐트 앞에 둘러앉아 신나게 고스톱을 치거나 소주잔을 기울이는 동안, 어렸던 나는 존재의 소외 같은 걸 겪었다.

그때의 여행을 생각하면 혼자 파도놀이를 하다가 물살에 휩쓸려 죽을 뻔했던 일, 그런데도 어른이라는 사람들이 고스톱이나 치고 있어 속상했던 일, 놀이 취향이 전혀 맞지 않는 어린 남동생들, 텐트 안에서도 잔뜩 밟히는 모래 같은 것부터 떠오른다. 태양 아래 나뒹군 지 사흘째면 어김없이 온몸에 화상으로 인한 수포가 잡혔는데(자외선차단제가 뭔가요?), 이때쯤이면 어린이였던 나의 신경증도 폭발하곤 했다. 수포가 터지면서 허물이 벗겨지면 진물에서 풍겨나오는 꼬릿꼬릿한 냄새 때문에 나 자신이 미칠 듯이 싫어지던 기분. 벗겨지다 만 허물로 얼룩덜룩해진 나는 잔뜩 심통난 얼굴로 모닥불에 둘러앉아 기타를 치며 노래를 부르던 대학생 오빠들의 모습만 훔쳐보았다. 그 와중에 가슴은 왜 또 두근거렸는지. "모닥불 피워놓고 마주 앉아서, 우리들의 이야기는 끝이 없어라." 모르는 오빠들의 노랫소리를 듣다가, 화투장과 소주잔 사이를 시끄럽게 오가던 우리 집 어른들을 찡그린 얼굴로 바라보다가, 머릿속만 조숙했던 나는 다시는 이 여행을 따라오지 않으리라 굳게 결심했었다.

1989년 해외여행이 자유화된 이후 개학날이면 일본을 갔다는 둥, 미국을 갔다는 둥 하는 아이들이 하나둘 생겨나기 시작했다. 동작구 저소득층 밀집지역의 중학교에서 서초구 반포 아이들이 다니는 고등학교로 튕겨져나간 나는 방학 동안 홍콩이나 싱가포르에 다녀온 친구들이 사다주는 기념품을 별다른 질투도, 슬픔도 없이 받아들곤 했다. 열쇠고리에 새겨진 Singapore를 "신가포레?"라고 읽어서 해맑게 아이들이나 웃겼다. 해외여행이 자유화되거나 말거나 우린 경포대에 갈 거니까 아무 상관 없던 나는 그런 곳들도 그저 경포대 비슷한 곳이겠거니 생각해버렸다. 듣기만 해도 발바닥이며 등짝에 잔뜩 모래가 달라붙어 성가신 느낌. 저렇게 먼 데까지 다녀오려면 얼마나 귀찮을까, 쓸데없는 남 걱정을 하며 윤상의 「이별의 그늘」이나 듣곤 했었지.

그랬던 내가 그 여름의 초입 탑항공으로 달려갔던 건 오로지 친구에 대한 그리움 때문이었다. 그 시절 영혼의 단짝이던 친구가 영국 케임브리지대학교로 어학연수를 떠났고, 나는 그의 가족 외 인물로는 유일하게 이별의 공항에 초대된 사람이었다. 공항이라는 곳에 가본 건 그때가 처음이었다. 전날 목에 건 목걸이를 풀어주며 영원히 나를 잊지 말라고 눈물을 펑펑 쏟았던 나는(고작 1년인데!) 공항에서 돌아오는 길, 친구네 운전기사가 모는 링컨 자동차 안에서 딸의 부재를 슬퍼하는 친구 어머니의 손을 잡고 위로의 말들을 건네고 있었다. 계급을 초월해—그래, 그땐 그래도 종종 초월하곤 했었지—맹목과 열정으로 점철된 사춘기적 우정의 결말부로 질주하면서 우리는 목하 열애 중인 세기의 연인처럼 매주 편지를 쓰고, 국제전화를 했다. 그리움에 허덕이던 우리는 방학에라도 만나야 했다. 친구가 나를 불렀다. "우리 두 달간 함께 여행을 하는 거야!" 어, 나는 여행을 싫어하는데. 심지어 해외여행이라니, 그건 너무 귀찮고 무섭잖아. 그러나 그녀가 부르니까, 나는 가기로 한다. 두 달간의 유럽여행이 기획되었고, '경포대 가족'의 가정경제에 심대한 타격을 가하는 이 기획에 거국적 차원에서 재정 승인이 떨어졌다. 돈이 제법 벌리기 시작해 신바람이 나 있던 운 좋은 중년의 자영업자 부부는 딸을 대학에 보낸 데 이어 유럽에까지 보내게 됐다며 동네방네, 사돈의 팔촌에게까지 자랑하느라 여념이 없었다.

초여름의 해 질 녘. 세계화가 무서웠던 나는 터덜터덜 심란한 마음으로 광화문 탑항공에 갔다. 싱가포르 경유 런던행 왕복티켓과 유레일패스를 끊고, 인근 교보문고로 걸어가 유럽여행 가이드북을 샀다. 가이드북의 지시대로 착착 준비를 마치고, 마침내 가이드북이 시키는 대로 김포공항에 도착해 그 복잡한 출국심사를 마쳤다. 처음으로 기내식을 먹고, 비행기를 갈아탄 후 런던 히스로공항에 도착. 영국 입국심사가 문제였는데, 심사관의 "쏘울?"이라는 말을 몇 번이나 못 알아들어(영혼도 데려왔냐고요? 슈어~!) 뒤에 서 있던 한국인의 통역 서비스를 받아야 했다. "서울에서 왔냐고요." 88 올림픽 개최지를 발표하던 사마란치 IOC 위원장의 발음("쎄울, 꼬레아!")에만 대비해온 나의 패착이었다. 오오, 조국의 영어교육이여! '제가 이래 봬도 수능 영어 만점자라고요!'를 영어로 말하고 싶었지만 할 수 없었다.

히스로공항 입국장에 마중 나온 친구와 감격의 상봉을 마친 후 코치(영국 고속버스)를 타고 해가 지지 않는 백야의 영국 전원을 달릴 때, 톰 크루즈를 닮은 미남 뱃사공이 삿대를 저어주는 작은 배에 올라 "저 남자 정말 잘생기지 않았냐?" 깔깔거리며 펀팅(기다란 막대기로 강바닥을 찍으며 앞으로 밀고 나가는 영국 뱃놀이)을 할 때, 스파클링 워터라는 걸 난생처음 마셔보고 '토할 것 같은 맛이군.'이라고 인상을 찌푸릴 때, 나는 몰랐다. 이 여행이 내 삶의 향배를 결정지을 것이며, 내가 영원히 이날들을 그리워하는 인간으로 살아가게 될 거라는 걸.

두 달간의 그 여행은 나란 아이의 내면을 완전히 바꾸어버렸다. 내 욕망의 지도는 완전히 재편되었다. 나는 세계와 처음 접촉했다. 처음이어서 얼마나 다행이었는지. 미리 경험했다면 놓쳐버렸을 많은 좋은 것들이 두부처럼 무르고 순박한 내 영혼에 쏙쏙 꽂혔다. 나는 가장 좋은 시기에 가장 좋은 것들과 가장 좋은 형태로 만났다. 미리 탕진되지 않은 최초의 절정. 이런 완벽한 조합은 이후로 주어지지 않았다. 프랑화와 마르크화, 리라화 같은 국가별 화폐를 복대에 한가득 담고서 국경을 넘을 때마다 남은 동전을 쓰기 위해 기념품점에서 엽서를 사던 행복은 이제 다시 누리지 못한다. EXCHANGE라고 쓰인 환전소를 보면 달려가 줄을 서고, 기차에서 내리면 가장 먼저 아무 여관이나 유스호스텔에 들어가 "두 유 해브 어 룸?"을 외치며 헤매다닐 일도 더 이상은 없다. 모든 것이 처음이어서 작은 호의에도 감동하고 아무것에나 충격을 받느라 나는 제정신이 아니었다. 유럽을 방방 뛰어다니며 이 넓은 세계가 나를 키워줄 것이라는 강력한 희망의 질병에 감염되고 말았다.

명승지를 좋아하는 친구와 유적지를 좋아하는 나는 결정적으로 여행 취향이 엇갈렸다. 송네피오르와 필라투스를 봤으면 됐다는 나와, 모차르트 생가, 카프카 생가, 베토벤 생가를 찾아다니는 게 지겨워진 친구는 융프라우를 가느냐 마느냐의 문제를 놓고 갈등을 겪었다. 거대하고 장엄한 설산이 있다. 그래서 어떻다는 것인가. 내가 설산이 될 수 있는 것도 아닌데, 왜 거기 가야 한다는 말인가. 나는 훌륭한 인간이 되고 싶었으므로 훌륭한 인간들의 행적을 탐구하고 싶었다. 인간이 무엇인지 알고 싶으니까 설산 같은 곳엔 가고 싶지 않다. 물론 생가 같은 곳에 들락거린다고 해서 내가 모차르트나 베토벤이 되지 못하는 것도 매한가지이긴 하다. 그러나 설산과 베토벤, 둘 중 하나는 반드시 되어야만 하는 형벌을 받는다면 누구라도 베토벤을 선택할 수밖에 없지 않겠는가. 우리가 설산이 될 수 있는 방법은 어디에도 없잖아.

각자 여행한 후 다시 만나기로 약속하고 우리는 결국 헤어졌다. 어리고 뜨거웠던 우리의 우정이 쇠락의 국면으로 접어든 크리티컬 모먼트였다. 나는 생애 처음으로 혼자 여행하는 고독한 방랑가가 되어 프랑크푸르트로 달려갔다. 나는 생가 애호가니까, 괴테 생가에 가야 한다. 그런 분들의 생가는 망상적 자아비대 문학도였던 내게 성지나 다름없었다. 융프라우가 크냐, 괴테가 크냐. 나한테는 괴테가 컸다. 훗날 읽었던 책들에서 알게 된 괴테는 혁명을 싫어하고, 혁명적인 거의 모든 것을 꾸짖고, "무질서보다는 차라리 불의가 낫다."는 발언으로 나를 난감케 했지만, 『문학과 예술의 사회사』에서 아르놀트 하우저가 정리했듯 "시종 자유와 진보의 편에 선 사람"이었다. "평생 동안 일체의 억압에 대한 반대자였고 정신적 생활공동체로서 시민계급에 가해진 일체의 불의에 대한 투사"였다. 시민의 이성으로 제어되는 뜨거운 정념의 세계. 내겐 이것이 융프라우보다 거대하고 숭엄했던 것이다.

아직은 이런 것들을 모르고, 다만 그런 것들이 있으리라는 예감으로만 가득 차 있던 1995년 7월의 어느 일요일 아침. 야간기차에서 내린 초라한 행색의 나는 지도를 손에 쥐고 괴테 하우스를 찾아나섰다. 이곳저곳을 정처 없이 헤매다가 내 공간 지각력으로는 도저히 안 되겠다는 절망 속에서 어느 독일 아저씨에게 수줍게 길을 물었다. 30대 초중반 정도로 보이는 살짝 머리가 벗어지기 시작한 이 독일 남성은 '얘의 어버버하는 영어로 미루어 보건대 아무리 설명을 해줘봤자 이해를 할 것 같지가 않다'는 생각이 들었던지, 직접 데려다주겠다며 "컴 온, 렛츠 고!"를 외쳤다. 어색한 미소와 어색한 대화를 시도하다 피차 포기하고 어색한 침묵 속에서 한 10분쯤 걸었을까. 마침내 괴테하우스 앞에 도착했다. "디스 이즈 괴테하우스." 아저씨는 별다른 말 없이 손을 한 번 들어올리더니 총총 사라졌다. 그의 뒤통수에 대고 속삭이듯 "당케쇤(고맙습니다)."이라고 말했지만, 그가 들었을 것 같지는 않다. 그는 독일적으로 친절했고, 나는 한국적으로 수줍었다.

고요한 일요일 아침의 프랑크푸르트를 모르는 아저씨와 말없이 걸으면서 어쩌면 나는 이미 울고 싶은 기분이었던 것도 같다. 천천히 괴테가 살던 집을 구경하다가 젊었던 괴테가 『젊은 베르테르의 슬픔』을 썼다는 방 안으로 들어섰는데, 그냥 울음이 터져버렸다. 일요일 아침의 아무도 없는 괴테의 방. 오랜 여행으로 피로해서 그랬을 수도 있고, 아직 시작되지도 않은 내 첫사랑이 미리 서러워서 그랬을 수도, 사춘기적 우정의 쇠락이 서글퍼서 그랬을 수도 있다. 세계가 이렇게 크고 좋은데 나는 이토록 작고 보잘것없어서 슬펐을 것이다. 어쨌든 나는 그 방에서 풍기는 괴테의 아우라에 압도됐다. 산천은 의구한데 인걸은 간데없는 아득한 기분. 책상은 의구한데 작가는 간 데가 없네. 죽은 지 150여 년이 지났다는데, 책상도 방도 너무 멀쩡했다. 사람만 그저 사라지는구나. 홀연히 사라지는구나.

한참을 혼자 훌쩍거리다가 일본인 단체 관광객이 들어오는 소리에 바깥으로 나왔다. 기념엽서 몇 장을 사서 괴레하우스 출입구 옆 그늘에 앉아 이제는 잘 기억도 나지 않는 한국의 친구들에게 편지를 썼다. "그리운 ○○이에게"로 모든 편지는 시작되었다. 모든 것이 그리울 나이였다. 그리움을 그리워하고 있던 시절이었다.

이후 정말 많은 곳으로 여행을 떠났다. 뉴욕에서 보스턴, 워싱턴을 오가고, 플로리다에서 뉴올리언스까지 열차로 달렸다. 자그레브에서 플리트비체, 스플리트를 거쳐 두브로브니크까지 자동차로 질주했다. 파리에서 바르셀로나까지 야간열차를 타고 갔다가 마드리드를 거쳐 코르도바 같은 안달루시아의 도시를 헤매다녔고, 두바이의 사막에도, 몽골의 초원에도, 앙코르와트에도 갔다. 도쿄에도, 방콕에도, 하노이에도, 알자스에도 갔으며, 스톡홀름에도, 하와이에도, 피에몬테에도 갔다. 여행을 향한 나의 게걸스런 식탐은 멈출 줄을 몰랐다. 무엇 하나 진득하니 깊이 들여다볼 수도 없었으면서 기회만 생기면 무작정 떠났다. 통장에는 돈이 남아 있지 않았다.

그 시절의 내가 얼마나 여행에 미쳐 있었냐면, 대학교 3학년 때 학업우수 장학금 받은 걸 집에 숨기고 그 돈으로 혼자 베트남으로 여행을 다녀왔다가 딱 걸린 것이다. 아버님, 부산의 친구 집에 가 있는 줄 알았던 댁의 따님은, 네, 그렇습니다.

호찌민시티에 가서 밀랍으로 방부 처리한 호찌민의 시신이 있는 묘소를 어슬렁거리고 있었던 것입니다. 부모 노고도 모르는 철딱서니 없는 것! 수강신청일 아침, 여름옷 차림으로 비행기에서 내려 베트남 전통 모자 농을 쓴 채 겨울의 인문대학으로 올라가는 나를 보고 설마 저 미친 이가 내가 아는 그자일까, 의심하며 눈을 씻던 동기들이 기억난다. "박선영?"

　　내 거친 생각과 불안한 눈빛, 그걸 지켜보는 '경포대 가족'의 걱정은 이만저만이 아니었다. "쟤가 미쳤구나." 취업해 안심했건만, 버는 족족 여행으로 가산을 탕진하는 철없는 딸을 볼 때마다 아빠는 혀를 끌끌 차다가 어느 날 조용히 나를 불러 앉혔다. "우리는 매일 케이블 TV에서 해주는 「걸어서 세계 속으로」를 본다. 얼마나 좋은지 모른다. 우린 여기 앉아서 안 가본 데가 없다. 돈도 안 들고 몸도 하나도 안 피곤하다. 앞으론 여기 앉아 너도 같이 보자." 아, 진짜 아빠는! 우울이 깊은 날이면 무작정 김포공항으로 가는 버스에 올라타 공항 로비에 앉아 있다 오던 내게 그것은 씨알이 먹힐 리 없는 얘기였다. 아마도 박완서 소설에선가 읽고 공항의 우울을 흉내 냈을 것이다. 어디서 보고 흉내 낸 것이든 공항은 언제나 나를 달랬다. 죽지 않고도 다시 태어날 수 있는 방법이 있다면, 그것은 멀리 떠나는 것이다. 저 멀리 떠날 수 있다는 공항의 희망만이 자주 슬픈 나를 달랬다. 아빠는 딸을 너무 몰라!

　　결혼을 하고서도, 아이들을 낳고서도 마찬가지였다. 여

행강박은 중산층—특히 신규 중산층—의 질병이어서 1년에 한 번은 꼭 먼 곳으로 떠나자고 약속한 남편과 착실하게 이곳저곳을 떠돌아다녔다. 이유식 먹는 아기의 온갖 짐들을 이민가방 같은 트렁크에 욱여넣고서도 우리는 매년 떠났다. 하루 두 번 낮잠에 세 번 이유식을 먹고 기저귀도 못 뗀 애를 데리고 떠난 사이판 여행에서 돌아오는 길, 혼비백산한 우리 부부는 기내에 앉아 허탈하게 중얼거렸다. "우리가 지금 서태평양의 사이판을 갔다 온 거냐, 일동사이판을 갔다 온 거냐?" 오로지 아기 변기를 사기 위해 툭툭을 타고 쇼핑몰을 정신없이 돌아다녔던 기억만이 남아 있는 푸껫도 빼놓을 수 없다.

　　그러면서도 여행이 더 이상 즐겁지 않다는 진실은 필사적으로 회피했다. 뭔가 잘못됐다고 느꼈지만 단지 떠나기 위해 떠났다. 우리는 계속해서 여행을 낭비하고 있었다. 휴가라고 해봐야 1년에 일주일. 앞뒤로 주말을 붙여봐야 최대 9일이다. 이 9일을 위해 1년의 356일을 견딘다. 저 지랄맞은 것들을, 일들을, 날들을 참는다. 그러니 어디든 가야 한다. 일단은 가지만 가본들 별수 없다. 356일을 감당할 수 있을 만한 9일이란 어디에도 없다는 것을 우리는 알지 못했다. 9일에 너무 많은 기대가 실리고, 과부하를 버려내지 못한 9일간의 여행은 반드시 어디선가 무너졌다. 우리에게 필요한 건 9일짜리 화끈한 여행이 아니라 행복을 365일에 적절히 분배하는 기술이었다. 여행이 인생의 메타포라면, 그것은 '동경한다-다가간다-실망한다-돌아선다–다시 동경한다'의 영구 순환이라는 점 때문일 것이다. 세상의 많은 곳을 주유한다고 해서 충만한 행복에 도달할 수 있는 건 아니라는 것. 어떤 사람이 "여행을 했는데도 조금도 유쾌해지지 않았습니다."라고 말하자 우리들의 현자 소크라테스는 이렇게 답했다지. "당연한 일이지. 여행하는 동안 줄곧 자기 자신을 데리고 다녔으니까." 떠나봤자 다 부질이 없다는 것을 왜 그토록 많이 떠나본 후에야 알게 되는 것일까.

보들레르는 산문시집 『파리의 우울』에서 여기가 아닌 다른 곳에서는 왠지 잘 살 것 같은 기분에 대해 상세히 서술한다. 내가 잘 살고 있지 못한 이유는 여기에 있기 때문이므로, 우리는 늘 다른 곳을 꿈꾼다. 혹독한 진실이 여기에 있다. 떠나본들 장차 그곳도 결국은 '지금 여기'가 된다는 것. 그러면 또 그 느낌이 찾아온다. 지금 여기가 아닌 곳에서는 잘 살 것 같은, 보들레르적인 바로 그 느낌. 이번 판은 나가리입니다. 다음 판을 기대하세요. 이곳에 있든, 저곳에 있든, 내가 데리고 다니는 인간은 바로 나니까 다음 판 역시 나가리일 텐데, 그런 생각은 급박한 마음에 떠오르지가 않는다.

인간에 대한 염오, 세계를 향한 권태, 관계에 대한 냉소. 이런 것들과 맞닥뜨릴 때면, 지금 이곳이 아니라면 행복은 어디에나 있을 것 같은 근거 없는 낙관 속으로 도피했다. 이것은 강력한 이데올로기였다. 내게 가장 절실하게 필요했던 건 언제나 적요와 침묵. 시끄럽고 소란스런 여기만 아니라면, 여기가 아니기만 하다면. 다만 잠시일 뿐이라도 여기만 아니라면. 그래서 떠났다. 언제나 떠났으나, 대체로 실망했다. 내가 데리고 떠난 게 남의 자아가 아니라 내 자아였기 때문이다.

　　　이것이 당분간 우리들의 마지막 여행이 될 것이라는 생각으로 떠난 로키 여행에서 나는 분명히 깨닫게 됐다. 삶 속에서 쫓기고 있다면 여행 속에서도 쫓기지 않을 도리가 없다고. 여행이 즐겁기 위해서는 삶 속에서도 어느 정도는 즐거워야 한다고. 장엄하고 숭고한 것을 위해 보기 떠난 로키로의 여행은 기적적이게도 기쁨과 황홀의 순간들로 타올랐다. 이층침대 객실 두 개를 터서 연결한 야간횡단열차에서 우리들은 밤이 늦도록 깔깔거렸다. 몸이 가늘고 작은 둘째가 자꾸 침대 사이 틈새로 빠져 아래 칸의 부모는 난데없이 머리 위로 툭 떨어지는 두 다리의 출몰에 비명을 질렀고, 위 칸의 아이들은 매트리스에 매달려 살려달라고 낄낄낄 숨이 넘어갔다. 기차 밖으로는 동면에서 깬 아기곰이 잠에 취해 어슬렁어슬렁 걸어다니는 모습이 간혹 보였다. 천 길 벼랑 위를 흔들다리 하나에 의존해야 하는 캐필라노 협곡을 건너며 심장마비로 돌연사할 뻔한 내 옆에서 전망이 없는 아이들은 폴짝폴짝 뛰어오르며 엄마를 골려먹었고, 반쯤은 얼음으로 뒤덮인 5월의 레이크 루이스에서는 양말을 벗고 얼음물에 발을 담갔다. 로키의 풍경은 그야말로 압도적이었다. 구름을 뚫고 솟은 거대한 바위산들을 보고 있노라면 왜 고대 그리스인들이 올림포스산에 신이 산다고 믿었는지 알 것 같은 기분이 절로 들었다. 죄를 지으면 안 될 것 같았다.

> 만일 세상이 불공정하거나 우리의 이해를 넘어설 때,
> 숭고한 장소들은 일이 그렇게 풀리는 것이 놀랄 일은
> 아니라고 이야기한다. 우리는 바다를 놓고 산을 깎은 힘들의
> 장난감이다. 숭고한 장소들은 부드럽게 우리를 다독여 한계를
> 인정하게 한다.
> —알랭 드 보통, 『여행의 기술』

우리를 경악시키는 압도적으로 크고 힘센 것, 어떤 것이 우리를 놀라게 할 정도로 엄청나게 크고 세다면 그것은 미학적 힘을 가지고 있다고 알려준 철학자는 이마누엘 칸트다. 그는 우리를 두렵게 하며 무한을 향해 뻗어나가는 그 광대하고도 난폭한 풍경을 '숭고'라는 이름으로 불렀다. 인간인 나 자신의 보잘것없음과 미약함을 자동적으로 환기시키는 저 압도적인 크기(수학적 숭고)와 위력(역학적 숭고). 놀라운 크기와 힘으로 내면을 휘저어 끝내 나를 울게 하는 그 무엇.

칸트는 폭풍우로 높은 파도가 치는 넓은 대양, 거칠고 무질서하게 중첩되어 있는 얼음으로 뒤덮인 산봉우리 산맥, 높이 솟아 금방이라도 내려앉을 것 같은 험한 절벽, 그리고 저 유명한 "우리 머리 위의 별이 빛나는 하늘" 같은 것들을 숭고의 전형적 예로 제시한다. 자연의 이 막막한 것들을 보면서 인간

은 공포와 무력감을 느끼고, 때로는 구토감과 현기증 속에 외면하고 싶은 강렬한 감정을 느낀다. 그러나 숭고가 지닌 힘은 작고 나약한 한 인간이 저 광대하고 거센 것을 향해 무릎을 펴고 일어서는 결의의 순간을 만들어낸다는 데 있다. 그 결의는 다름 아닌 도덕적 결의다. 인간성을 향한 도덕의지의 우뚝한 기립이다.

> 자연의 위력과 그것이 우리 속에 순간적으로 야기하는 공포는 우리로 하여금 이러한 위력에 저항하여 우리를 지탱해 줄 어떤 것을 찾게 만든다. 우리가 물리적으로는 이러한 자연의 위력에 상대가 되지 않기 때문에, 우리는 관점을 전환하고 우리 내부의 인간적 본성 속에서 매우 상이하고도 '이질적'인 요소를, 즉 우리가 우리를 둘러싼 자연보다 더 위대하고 강력하다고 여기는 요소를 찾는다. 이 요소는 인간성과 도덕성의 이념이며, 이것을 우리는 인간으로서의 우리 자신 속에서 발견한다. 이러한 점에서 우리는, 말하자면, 무엇에 의해서도 침해될 수 없다.
> ─크리스티안 헬무트 벤첼, 『칸트 미학』

우리의 척추가 인간성과 도덕성의 이념으로 구축된 것이라면, 우리는 감히 자연의 저 광대한 숭고에 필적할 만한 것을 우리의 내면에서도 발굴해낼 수 있다. 나는 작다. 나는 미약하다. 나는 비루하다. 나의 고통은 자연의 섭리가 집행되는 과정에서 발생하는 한낱 부수적 피해에 지나지 않는다. 자연의 힘에 나는 속수무책 당할 수밖에 없다. 그러나 나에게 인간성과 도덕성의 이념이 있다면, 나는 무릇 숭고하다. 저 푸르른 자연처럼, 저 광대한 잿빛의 무한처럼, 나도 숭고하다. 자연 앞에 겸손하지만, 인간으로서 숭고하다. 비루하지도, 비참하지도 않다.

> 그러므로 우리가 우리의 내부에 있는 자연보다 우월하며, 따라서 우리의 외부의 자연보다 우월하다는 것을 의식할 수 있는 한, 숭고성은 자연의 사물 가운데에 있는 것이 아니라 오직 우리의 심의心意 가운데 있는 것이다.
> ─이마누엘 칸트, 『판단력비판』

인간 정신을 저 높은 곳으로 들어올리는 고양의 힘. 지금 내가 땅이 꺼지도록 심려하고 있는 것들을 하잘것없는 것으로 간주할 수 있게 만들어주는 힘. 로키로의 여행은 바로 그 숭고를 체험하기 위한 것이었다. 오랜 세월 내가 속해 살아온 소우주를 부숴버리고, 이제 허위와 협잡과 허명과 모략과 질시와 견제와 경박과 아첨과 가식과 험담과 염탐과 무의미를 떨쳐버리고 싶었다. 성공했다는 것은 부도덕하게 살았다는 의미라는 절망적 생각에서 나는 벗어날 수가 없었다. 아니라고, 그런 것은 그저 무능한 현실도피자들의 핑계일 뿐이라고 오래도록 믿어왔는데, 이제 나의 신념을 철회해야 하는 시점에 이르렀다. 나는 인간으로서 조금은 숭고하고 싶었다. 그리고 성공도 하고 싶었다. 그런데 이 두 가지를 동시에 이룰 수 있는 방법들이 보이지 않았다. 남들이 비아냥거릴지언정 딴에는 숭고의 희미한 불꽃 같은 것이 내 안에 반짝이고 있어야 했다. 그 불꽃이 완전히 꺼져버리면 안 되는 것이었다. 성공? 성공이 뭔데? 내가 존경하는 모든 사람은 성공하지 못했고, 성공한 사람의 자리에는 늘 놀라운 얼굴들이 있다. 너무도 놀라운 얼굴들만 있다. 로키의 절벽들을 올려다보면서 나는 성공하지 못한 그 많은 훌륭한 사람들의 이름을 떠올려보았다. 나는 아무래도 그편에 함께 있는 게 좋을 것 같았다.

로키 이후, 나는 여행하지 않았다. 무직자로서 경제적 내핍에 힘써야 하는 이유도 있었지만, 무엇보다도 여행의 욕구가 일지 않았다. 어디로 떠나든 나는 나를 데리고 다녀야 한다. 그렇다면 지금 여기서 나와 잘 지내보는 게 더 긴요한 일이었다. 나는 나 자신을 탐사해야 했다. 비가 오나 눈이 오나 따박따박 나와주는 급여에 중독된 삶. 그 돈을 지불하고 나는 적요와 고독을 구매했다. 오로지 나 자신과만 만나는, 혼자 있을 수 있는 이 값비싼 고독의 시간을 여행에 탕진하고 싶지 않았다. 이방인에게는 우리가 사는 곳이 여행지다. 여행자의 눈으로 일상을 살 수만 있다면, 지금 여기에서 평생토록 여행하듯 살아갈 수 있다. 어느 날은 독일 가곡을 틀어놓고 독일 맥주를 마시며 니체를 읽는다. 어느 날은 알자스 와인을 마시며 세르주 갱스부르의 샹송을 따라 부르고, 어느 날은 블루보틀의 원두를 갈아 커피를 내린 후 후지와라 신야의『아메리카 기행』을 읽으며 서해안적 고독에 대해 생각한다.

나의 낭비된 여행들을 후회하지는 않는다. 여행은 나를 성장시켰고, 나는 여행에서 많은 것을 얻었다. 다시 스무 살로 돌아간다고 해도 나는 그 방랑벽을 선택해 또다시 여행들을 탐진할 것이다. 누구에게든 여행에 탐진된 한 시기는 있는 편이 좋다고 생각한다. 젊어서 할 수 없었다면 나이 들어서 해도 좋을 것이다. 그러나 여행이 삶을 구원한다는 그런 낭만적 생각은 아마 다시는 갖지 않을 것 같다. 내겐 결핍들을 축적해 갈망으로 변환시키는 숙성의 시간이 필요했다. 일에 쫓겨, 현실이 싫어, 그저 떠나는 것에만 강박적으로 매달렸던 미친 시간들은 더 이상 필요치 않다.

자기 자신을 탐사하는 일에 좀 더 정성을 기울이는 것. 지금의 내게는 그것이 여행의 정의와 보다 더 가깝다. 그러니까 가장 중요한 것은 지금 여기에서 나 자신을 잃지 않는 일이다. 헨젤과 그레텔의 빵 부스러기처럼 여기저기 흩뿌리며 살아온 내 자아. 비둘기와 참새 떼가 어쩌면 모조리 쪼아먹었을지 모를 내 마모된 자아를 이제라도 그러모아 잘 돌보아야 한다.

지금 여기가 아니면 늘 잘 살 것 같은 그 보들레르적 느낌에 이제는 그만 속도록 하자.

　　여행을 마치고 돌아와 칸트 철학 강의를 들으러 다녔다. 칸트는 '이성의 향유적 관심'이라는 말로 나는 무엇을 희망할 수 있는가 물었다. 그리고 끝없는 도덕적 향상과 도야만이 희망의 근거이며 행복의 원천이라고 답했다. 이때 도덕이란 누군가 가엾고 불쌍해서 행하는 것도 아니고, 그 행위가 나에게 어떤 이득을 가져다줘서 하는 것도 아니다. 그저 그것이 옳기 때문에 행하는 것이다. 이것이 바로 그 의무론이다. 단지 옳기 때문에 그 일을 하는, 그것만이 희망의 근거라는 게 독일의 변방 쾨니히스부르크에서 평생을 시계처럼 살다 간 칸트의 결론이었다.

　　아무리 역사가 진보하고 세상이 좋아져도 도덕과 행복 사이의 거리는 좁혀지지 않는다. 착하게 살아봤자 아무런 보상도 주어지지 않는다. 호구처럼 이용만 당하다 버려지는, 시스템의 패자가 될 뿐이다. "하지만 칸트는 그럼에도 불구하고, 그 불가능성에도 불구하고, 우리가 무엇인가를 희망할 수 있다면, 도덕과 행복의 저 합치 가능성을 믿어야 한다고 생각한 겁니다." 여름밤, 늙은 철학 교수가 말했다. 나는 패자가 되기 싫어서 어쩌면 죄를 짓고 싶었던 것도 같다. 세상의 운영 원리에 투항하고 싶었는지도 모른다. 도덕과 행복의 합치 가능성을 도무지 믿을 수 없어서 희망도 없던 그 여름밤. 늙은 교수가 그 유명한 『실천이성비판』의 맺음말을 읽기 시작했다. 사람 많은 대형 강의실 한구석에 앉아 나는 그만 울음이 터져버렸다.

그에 대해 자주 그리고 계속해서 숙고하면 할수록, 점점 더 새롭고 점점 더 경탄과 외경으로 마음을 채우는 두 가지 것이 있다. 그것은 내 위에 별이 빛나는 하늘과 내 안의 도덕법칙이다.

퇴근 인파가 빠져나간 초여름밤의 광화문 거리를 나는 미친 여자처럼 억억 울면서 배회했다. 휘황한 고층 빌딩들과 연초록의 잎을 피워내는 가로수들 사이로 많기도 많은 신문사들이 전광판을 번쩍이고 있었다. 내가 품었던 꿈과 내가 저지른 실패들. 어디에도 내 자리는 없다. 이 실패들은 장차 나를 어디로 데려갈까. 인간은 잘 살고 싶어서 비관한다. 기대가 크니까 낙담하고, 환상을 품으니까 환멸에 시달린다. 낙담한다는 것은 생을 사랑하고 있다는 증거다. 나는 기자라는 일을 사랑하게 되었고, 그래서 내내 낙담했으며, 결국은 도망쳐 광화문 거리에서 울고 다니는 여자가 된 것이었다.

옳은 일을 하다가 낙담하지 말지니.
―「갈라디아서」 6장 9절

더 이상 기자가 아니니까 날마다 스스로를 도덕적 잣대로 심판하는 일은 하지 않아도 된다. 소소한 시민의 규칙을 준수하는 한 도덕적 판단의 기로에 설 일도 아마 없을 것이다. 하지만 자주 생각하려고 한다. "내 머리 위에 별이 빛나는 하늘과 내 안의 도덕법칙"이라는 칸트의 묘비명을 말이다. 데스밸리에 여행을 갔다가 우연히 밤하늘을 올려다보고서 전율했던 날을 잊을 수 없다. 반짝이가루 통을 들고 뛰어가던 아이가 넘어진 것처럼 까만 바탕에 온통 은빛 가루들이었다. 그 무한의 숭고, 영겁의 공포를 이겨내는 유일한 방법은 지금 여기에서 그저 옳은 일을 하는 것이다. 옳은 일을 하다가 낙담하지 않는 것이다. 알량한 도덕군자로 명랑하게 살아가는 것. 그것이 나의 장래희망이다.

추락하는 모든 것은
날개가 있다

'몰락'은 아마도 한국인들이 가장 두려워하는 말 중 하나일 것이다. 여기까지 어떻게 올라왔는데, 절대 돌아갈 수 없다. 우리가 좋아하는 말은 '비상'이라든지 '도약'이라든지 '상승' 같은 것이지, '몰락'이라든가 '추락'이라든가 '전락' 같은 것이 아니다. '낙하'나 '하강'도 안 된다. 아래로 내려가는 것은 무엇이든 용납 못 한다. 나는 아닌 것처럼 말하고 있지만, 나야말로 밑을 내려다본 적이 없는 '비상 인간'이었다. 출발점이 너무 낮아 밑이랄 것이 없었던 덕에 고개가 늘 위를 향해 있는 것은 조금도 흉이 아니었다. 저 빛나는 창공의 태양을 부신 눈으로 바라보는 것은 청년의 미덕 아닌가. 야심이 없는 청년처럼 슬픈 것도 없어서, 고개 숙인 젊은이의 어깨를 두드려주는 것은 어디서건 어른의 마땅한 의무다.

　　그러나 우리가 언제까지나 젊을 수는 없으므로 삶에는 하강의 변곡점이 있을 수밖에 없다. 누구도 영원히 날아오르지는 못한다. 2008년 한 해 동안 매주 문화예술계 거장들을 만나 와이드 기명 인터뷰 지면을 만든 적이 있다. 구내식당에서건 관공서에서건 나는 99퍼센트의 확률로 지문 인식 기기의 본인 인증에 실패하는데, 그때 손바닥이 닳도록 애걸복걸 인터뷰이를 섭외하느라 그랬을 것으로 추정하고 있다. 평생 한 번 만나기도 힘든 인물들을 매주 만나 서너 시간씩 깊은 대화를 나눈 것은 개인적으로 큰 영예이자 즐거움이었지만, 슬퍼라. 그때 지문이 사라지도록 통사정하며 만났던 거장과 스타 중 지금까지도 자신의 분야에서 활발하게 활동하고 있는 사람은 약 서른 명 중 서너 명도 채 되지 않는다. 일부는 구속됐고, 일부는 불명예 퇴진했으며, 애통하게 자살한 이도 있다. 대개는 잊혔다. 가장 잘된 경우가 예전 같지는 않지만 묵묵히 자신의 일을 이어가고 있는 사람들이다. 구설을 이겨내고 아직도 정상의 자리를 지키고 있는 사람은 단 한 명뿐이다.

우리는 모두 한물간다. 1년 가까이 진행했던 인터뷰를 통해 배운 가장 중요한 것이 바로 이것이다. 우리는 모두 몰락하는 존재들이라는 것. 너무 높은 곳까지 올라간 사람들이나 낙폭이 큰 거지, 우리 같은 사람들의 소소한 성공에 몰락이라니 가당치 않다고 손사래를 칠 수도 있다. 어렵게 마련한 아파트 한 채 잘 쥐고 있고 싶고, 아이들은 어지간한 대학을 나와 그래도 좀 번듯한 직장에 들어갔으면 좋겠고, 하는 일이 잘되거나 재테크에 성공해서 집을 한 채 더 가지면 노후가 안정적일 것 같아 이리저리 좀 궁리해보는 것뿐이다. 이런 걸 욕심이라고 하면 좀 억울하다, 라고 많은 사람들이 생각한다.

기사 쓰기의 무용함과 공허함에 지친 내가 내 글을 쓰겠다며 고정수입이 없는 정규직 트랙에서 벗어나려고 할 때마다 모친은 매번 나를 윽박질러 주저앉혔다. "돈 없으면 끝이다!" 배금주의 앞에 학벌주의를 저버린 엄마는 좋다는 대학 나오고도 저임금 육체노동에 종사하는, 평생토록 수집해온 온갖 사례들을 열거하며 한번 밑으로 떨어지기 시작하면 순식간에 나락이라고 나를 겁췄다. 대책도 없이 글인지 뭔지 쓰겠다고 직장을 그만뒀다가는 너도 결국 그렇게 될 거라고 내가 무언가를 시도하려고 할 때마다 언성을 높였고, 나는 이튿날이면 울면서 출근을 했다. 우리 엄마는 내가 아는 가장 순하고 착하고 다정한 사람이지만, 몰락의 공포에 한해서는 더없이 억세고 거친, K-아줌마였다.

한국인들의 우악스러운 몰락 공포는 아마도 '흥남 철수 DNA' 때문일 것이다. 지금 저 배에 올라타지 못하면 살지 못한다. 너를 밀치고서라도 나는 이 배에 붙어 있어야 한다. 우리들은 모두 전쟁고아였다. 살아남는다는 것은 죄를 짓는 것이고, 죄는 지은 자에게도 상처를 남긴다. 그래서 한국인은 상처입은 종족이다. 밤하늘을 수놓은 서울의 저 화려한 스카이라인은 세대에서 세대를 거쳐 우리가 상처입은 대가로 지어진 것이다. 오래 입은 내상을 감추고, 떨어지지 않으려 아등바등하면서, 우리는 서로를 곁눈질한다. 몰락은 신나는 구경거리지만 조마조마하다. '저러다 망한다.'와 '이러다 망하면 어떡하지?'가 머릿속을 분주하게 오간다. 상처입은 사람들 특유의 수동공격성이 서로를 너무나도 피곤하게 하지만, 상처입은 사람들이라 연민이 많다. 여기까지 오느라 너무 많은 상처를 입은 존재들이 자주 서로를 흘겨보고 가끔 서로를 껴안는다. 한때 나는 내 동족을 혐오했지만, 이제는 가엾다. 가여워서 사랑한다. 그들도 나와 같았다.

큰애가 혁신초등학교 2학년이던 때, 학교에서 학부모 대상 강연자로 대한민국에서 가장 유명한 사교육 기업의 회장을 부른 일이 있었다. 서둘러 퇴근해 강당의 인파 속으로 파고들었던 늦봄의 금요일 저녁. 그가 말한 하나의 문장이 내 뇌리를 강타했고, 오로지 그것만이 이제껏 잊히지 않는다. "어머님들." 그가 한껏 멋을 내고 나온 젊은 엄마들을 불렀다. "마, 아가 공부를 몬하면 그냥 몬하는 대로 좀 두면 안 되겠습니꺼?" 나는 너무 놀랐다. 질병이 발견됐는데 치료를 하지 말라는 말인가. 그건 자식을 포기하는 무책임한 부모잖아. 아니야, 아니지. 공부 못하는 게 질병은 아니지. 그렇지만 그걸 그냥 놔둬야 한다고? 사랑하지 않으면 가능하겠다. 오로지 공부 하나로 계층의 사다리를 오른 나는 너무 참신한 그의 사상에 저녁 내내 정신이 혼미했고, 결국은 '우리 애가 그렇게까지 공부를 못하기야 할라고.'라는 근거 없는 희망에 의지해 결론을 회피해버렸다.

아이가 고작 초등학교 2학년이어서 회피할 수 있었던 그 질문을 몇 년 후 리처드 리브스의 『20 VS 80의 사회』를 읽으며 다시 맞닥뜨렸다. 계급을 대물림하기 위한 중상류층 부모의 높은 교육열이 오늘날 거의 모든 선진사회가 겪고 있는 불평등의 근본적 원인이며, 사회 이동성은 계몽된 중상류층 부모들이 자발적으로 위쪽의 자리를 비워줄 때 비로소 확보될 수 있다는 파격적 주장이었다. 이동이란 자고로 상향과 하향의 쌍

방향이기 때문이다. 저자는 파리에 가서 "미국에는 더 많은 계층의 하향 이동성이 필요하다"고 주장해서 분위기를 싸늘하게 만들곤 했다고 한다. 왜 아니겠는가. 한국에서라면 옆에서 듣고 있던 사람이 "어디서 악담이야?"라며 잔에 든 샴페인을 얼굴에 끼얹었을 수도 있다.

저자의 말마따나 "사회가 더 평등해져서 아래로 떨어져도 큰 문제가 아니게 된다면 사람들은 하향 이동성에 대해 더 느긋한 태도를 가질" 것이다. 공부가 아니어도 할 수 있는 다른 일들이 많다면, 그 일들을 해도 제법 괜찮게 살 수 있다면, 우리가 피땀 흘려 번 그 많은 돈을 학원가에 뿌리고 있진 않을 것이다. 하지만 사회 탓만 하고 빠져나가기엔 우리의 멘탈리티를 옥죄는 보다 근본적인 문제가 있다. 누군가가 위로 올라가려면 누군가는 내려와야 한다는 냉정한 진실 말이다. 리처드 리브스는 "친애하는 중상류층 독자께" 말한다. "당신이 더 공정하고 계층 간 이동성이 더 큰 사회를 진정으로 원한다면, 거기에 반드시 따라와야 할 불편할 사실 하나를 회피하지 말아야 합니다. 우리 아이들이 더 많이 아래로 내려가야 하리라는 사실 말입니다. 이것은 도덕적인 주장이 아니라 단순한 산수입니다. 상위 20퍼센트에는 인구 중 20퍼센트만 있을 수 있습니다. 그러므로 더 많은 사람이 사다리를 올라 상위 20퍼센트 칸에 들어오게 하려면 그 칸에서 그만큼 많은 사람이 아래로 내려가야 합니다." 위쪽의 자리가 끊임없이 늘어나는 게 아니라면 산술적으로 지극히 당연한 계산이다.

내가 위로 올라갔던 사람이라고 해서 내 아이들을 아래로 내려보내는 일이 슬프지 않은 것은 아니다. 내가 잘되는 것보다 자식이 잘되는 게 훨씬 더 기쁘다는 어른들의 말을 이제야 납득한다. 아니, 틀렸다. 내가 아무리 잘돼도 잘 안 풀린 자식 보는 건 평생 가슴에 응어리로 남는다는 말이 더 절실하게 와닿는다. 내가 고등학교에 다닌 1990년대 초반에도 이미 한 달에 과외비로 200만 원을 쓴다는 아이가 같은 반에 있었다. 그 결과로 공부를 잘하게 되지는 않았다. 그 아이들이 하향 이동을 해준 덕분에 내가 상향 이동을 할 수 있었다는 것은 늘 알고 있던 서늘한 진실이지만, 이제는 그 부모들의 슬픔이 더 먼저 떠오른다.

슬프기는 하지만, 내가 상위 20퍼센트에 있다고 해서 내 아이들도 상위 20퍼센트에 있으리라는 보장은 없다. "마, 아가 공부를 몬하면 그냥 몬하는 대로 좀 두면 안 되겠습니꺼?" 사회 정의 실현을 위해 멀쩡히 공부 잘하는 자식 멱살을 잡고 아래로 내려갈 일은 아마 없을 것이다. 하지만 하향 이동의 공포 때문에 유리바닥을 깔아주려 아등바등, 애면글면하는 일은 이제 멈출 수도 있지 않을까. 학원 그까짓 것 가나 안 가나 별 차이도 없는데, 일타 수업이라고 들어봐야 특별할 것도 없던데, 이 엄청난 돈을 버는 족족 학원에 갖다 바치는 일을 언제까지 계속해야 하는 걸까. 집집마다 아우성이다. 부모의 갱년기와 아이의 사춘기라는 화약고에 미친 교육열이라는 화염을 들이 붓는다. 특목고에 들어갔던 큰애가 자퇴생이 되어 나올 때까지 나와 아이 역시 이 불길에 휩싸이지 않을 도리가 없었다. 아이는 한국이 무섭다고 했다. 한국 사람들이 무섭다고, 자기는 착한 사람들이 모여 있는 곳에 가 살고 싶다고 울었다.

우리 좀 대충 살면 안 될까. 부모의 높은 기대로 괴로워 하는 저 많은 아이들을 보라. 길거리에 나붙은 저 많은 소아청소년정신과와 심리상담센터의 간판을 보라. 포기한다고 해서 사랑하지 않는 것은 아니다. 포기와 체념은 사람을 살게 한다. 미국에서도, 한국에서도, 인근 학교 학생의 자살 소식을 1년이면 한 번은 꼭 들었다. 과중한 학업 스트레스로 동네 고등학교에서 인도계 학생 한 명이 자살했다는 소식에 학교에서 학생, 교사, 학부모는 물론 동네 주민들까지 불러 상담 세션을 연 날이었다. 늦은 밤 집으로 오는 자동차 안에서 나는 아이들에게 말했다. "세상에서 가장 아름다운 두 글자가 뭐라고 생각해?" 아이들이 사랑, 가족, 행복 같은 단어들을 댔다. "엄마는 포기라고 생각해. 포, 기." 백미러에 아이들의 의아한 표정이 비쳤다. "정말 힘들 땐 포기하면 돼. 포기해도 괜찮아. 포기가 인간을 얼마나 자유롭고 홀가분하게 해주는데. 포기하지 말아야 할 것은 세상에 하나밖에 없어. 삶." 해보기도 전에 포기할까봐, 맨날 포기할까봐, 그게 무서워서 포기하지 말라고, "포기는 배추 셀 때나 쓰는 말"이라고 가르쳤지만, 우리가 실상 아이들에게 가르쳐야 하는 건 포기하는 법인지도 모른다. 언제 포기할 것인지, 어떻게 포기할 것인지, 왜 포기하는 것인지를 가르치는 게 포기하지 않는 법을 가르치는 것만큼이나 중요한 것 아닐까.

대충 살자는 결심. 안 되면 포기한다는 마음. 그래도 살 수 있고, 거기에도 행복이 있다는 조촐한 낙관이 없이는 이 경쟁압 높은 세상을 살아내기가 어렵다. 날마다 마음이 지옥이다. 외줄타기를 하는데 안전그물은 안 쳐져 있고, 뒤에서는 사람들이 우르르 몰려오고 있다. 아래를 내려다보면 너무 무서워서 숨이 안 쉬어지고, 발이 안 떨어진다. 그럴 땐 앞만 보고 대충 뛰어가는 것이다. 까짓것 떨어지면 머리는 꼭 감싸안고 등부터 떨어지도록 몸을 둥글려보는 거지. 좀 다치겠지만 쉬면서 회복하고 다시는 거기 안 올라가면 되는 것 아닌가.

대충 살아지지가 않아서 스스로를 많이 괴롭혔다. 남도 괴롭혔다. 대충 사는 사람들을 경멸하고, 대충 사는 삶을 비난했다. 모두가 치열하게 사는 세상의 끔찍함을 몰라서 그랬다. 들이닥칠 삶의 난관들을 사전에 모조리 예방하고 대비하려는 몹쓸 통제욕이 사슬처럼 나를 묶어놓았다. 집이 없으면 어떤가. 나이 들어 조용히 살아가는 데 꼭 서울살이를 고집할 필요는 없다. 그렇게 말하면 꼭 병원 얘기가 나온다. 늙을수록 병원 가까이 살아야 한다는데, 그때 병원은 서울의 빅4 대학병원을 말한다. 이런 식으로 단 1인치도 욕망의 사이즈를 줄이지 않는다. 줄여야 하는 상황이 오면 그건 망한 것이다. 망했으니까 누구도 만나지 않고 어디에도 가지 않는다. 삶의 하방 압력을 견뎌내지 못하고 무너지는 사람들이 그렇게나 많아서, 한국이 자살 공화국이다.

나는 망하면 친구들을 만날 것이다. 그들이 사주는 맛있는 밥을 먹고, 샴페인도 마시고, 간혹 울기도 하다가, 같이 울어줄 게 분명한 친구들 어깨에 기대 한참을 쉬다 올 것이다. 친구들은 그때도 나를 좋아해줄 것이므로 나는 무너지지 않는다. 나는 살 것이다. 큰애가 자퇴했을 때 친자식처럼 아이를 아껴줬던 친구 쉴피가 전화를 걸어왔다. 이런저런 근황과 오랜 위로의 말 끝에 돈 걱정을 하는 내게 그녀가 말했다. "Sunyoung, don't worry. Money comes and goes." 그날 저녁, 역시 돈 걱정을 하는 남편에게 내가 말했다. "허니, 머니 컴즈 앤 고즈." 한국인인 그가 정색하며 반문했다. "'머니 고즈 앤 컴즈' 아니고?" 돈이 들어오는 걸로 문장이 끝나야만 직성이 풀리는 한국인의 이 상승 욕구. 돈이 나가버리는 걸로 문장이 끝나버리면 마음이 너무나 찝찝한 우리 '흥남 철수 DNA'의 소유자들.

땅바닥에 부딪혀 부서지지 않는 한 추락도 비행이다. 고도를 낮추는 것뿐이다. '추락하는 모든 것은 날개가 있다'는 말을 다시 날아오를 수 있다는 희망으로 해석했던 것은 어린 시절의 오만이었다. 추락 자체가 비행이다. 학벌이라든지, 재산이라든지, 사회적 지위라든지, 미모라든지 그런 외적 기준들로 자신을 규정하기 때문에 추락이라는 개념이 생성되는 것이다. 변하지 않는 것들, 나이가 들어도 소멸하지 않고 축적되는 것들로 자신을 꾸려간 사람에게는 추락이라는 사건이 발생하지 않는다. 고공비행과 저공비행이 있을 뿐이다.

무엇이 사라지지 않고 축적되는 것일까. 잃게 될까봐 전전긍긍하지 않아도 되는 것, 누구도 내게서 빼앗을 수 없는 것은 무엇일까. 덕성과 지성이다. 우는 이도 웃게 하는 유머와 함께 울어주는 눈물이다. 타인의 환난을 외면하지 않는 착한 마음과 부당함에 함께 맞서는 용기다. 자신의 오류를 끊임없이 발견하고 수정하는 성찰과 타인의 말에 귀 기울이는 겸손, 지성을 흠모하고 진리를 수행하는 지혜다. 한마디로 좋은 사람의 덕성이다.

내가 한없이 낮은 저공비행을 하고 있을 때, 다시 비상할 수 있으리라는 어떠한 전망도 없이 교착돼 있을 때, 여전히 빛나는 보석처럼 나를 아껴주고 귀히 여겨주는 선배들이 있었다. 아직도 내게 아낌없이 경탄하고 거침없이 파고드는 후배들이 있다. 이들이 불러내고 찾아와서 밥 먹이고, 술 먹이고, 거액의 비상금도 쥐여주고, 꽃다발도 안겨주고, 유명 맛집의 먹거리도 잔뜩 보내준다. 사치 좋아하는 선배가 돈이 없어 얼마나 고생이 많냐며 알뜰살뜰한 후배가 매년 특급호텔을 예약해 하룻밤 광란의 파티를 열어준다. 웨지우드 물병을 주고, 어깨 안마기를 주고, 수세미도 주고, 쟁반도 주고, 핸드크림도 주고, 잘 써지는 펜 세트도 준다. 그리고 거기에는 늘 편지가 있다. 좋아한다고, 너는 좋은 사람이라고, 언제나 함께하자고 쓰여 있다. 나는 불행할 틈이 없었다.

나는 아무것도 아니지만 좋은 사람이라는 생각은 그 무엇도 나를 죽이지 못하게 했다. 나는 더 좋은 사람이 되고 싶다. 이들과 더 많이 웃고 더 많이 울면서 장차 더 좋은 사람이 되고 싶다. 이들 덕분에 7년이라는 긴 시간 동안 아무것도 하지 못하고 아무도 되지 못한 나를 용서할 수 있었다. 굳이 추락하고 싶지는 않지만, 추락이 그렇게까지 두렵지는 않다. 이 생각이 나를 얼마나 자유롭게 하는지, 비로소 숨 쉬게 하는지, 자주 놀란다. "인간이 사랑스러울 수 있는 것은 그가 건너가는 존재이며 몰락하는 존재이기 때문"이라고 니체는 썼다. 인간은 짐승과 초인 사이에 놓인 밧줄, 그것도 심연 위에 놓인 밧줄을 건너가는 존재다. 끊임없이 자기 자신을 초극하면서 짐승에서 초인으로 가는 외줄타기를 해야 하는 게 인간의 운명이며, 그 과정에서 떨어지는 것은 불가피하다. 니체가 말하는 몰락이란 자기 자신을 초극하기 위한 과정이고, 이를 위해서는 기존의 자신을 해체해야 한다.

나는 사랑한다. 몰락하는 자로서 살 뿐 그 밖의 삶은 모르는 자를.

왜냐하면 그는 저편을 향해 건너가는 자이기 때문이다.

─프리드리히 니체, 「차라투스트라는 이렇게 말했다」

비가 온다. 해가 진다. 멀리서 기적 소리가 들린다. 우리는 몰락한다. 몰락해야 한다. 울지 말고 명랑하게, 사랑스럽게. 추락하는 모든 것은 날개가 있다.

헤밍웨이의 트렁크

여름이 오면, 이상하게도, 한국전쟁이 한창이던 내 조국의 외진 산간 지대 전방초소에서 헤밍웨이의『노인과 바다』교정쇄를 읽던 해군 대위 제임스 미치너가 떠오른다. 매미 소리가 우렁찼을 것이다. 새까만 밤하늘엔 별이 가득하고, 반딧불이들이 땅에도 별을 피워올렸을 것이다. 전깃불이 자주 나가는 이 작고 가난한 나라의 산골 초소 전등 아래서, 뉴욕 이외 지역에는 딱 하나밖에 없는 원고라는 그 맹렬한 소설의 교정쇄를 넘기며, 이 소설가 출신 군인은 전율하고 있었다. 헤밍웨이는 당시 한물간 정도가 아니라 재기 불능의 지경으로 평론가들의 난도질을 당하고 있었고, 그로 인해 크게 상처받은 상태였다.『노인과 바다』의 원고를 받은 《라이프》지가 까딱했다간 돈과 명예를 다 잃고 같이 추락할지도 모른다는 우려 때문에, 어쩌면 이 원고를 좋아해줄지도 모르는 제임스 미치너에게 추천사를 겸한 리뷰를 받으러 "산발적인 전투가 벌어지던 산간 지대를 헤매고 다닌 끝에" 이 위험한 전장의 한복판까지 그를 찾아온 것이었다. 총성이 울리지 않는 밤의 깊은 적막 속에서 회심의 놀라운 걸작을 읽고 미치너 대위는 흥분으로 동요했다. "불꽃 같은 강렬한 감동에 흠뻑 빠져" 곧바로 리뷰를 쓸 수가 없었던 그는 교정쇄를 침구 밑에 감춘 후, 아마도 군복 소매를 접어올린 채 "한국의 여름밤 속으로 산책하러 나갔다." 1952년 여름이었다.

　　1952년 여름, 한국전쟁의 전황이 어떠했던가. 유엔군과

중공군은 거듭되는 전투에도 교착상태에 빠졌고 이미 휴전협정이 논의되고 있었다. 포로교환 논의가 활발히 진행됐으나 타결되지는 못했다. 이승만 대통령은 단독정부 수립을 위해 휴전을 완강히 거부하고 나홀로 북진 입장을 고수하고 있었다. 그리고 나의 모친이 그 여름, 전쟁의 와중에 잉태되었다. 스물둘한겨울에 나를 임신하고 과즙이 뚝뚝 떨어지는 복숭아가 그렇게 먹고 싶었다던 내 생명의 근원이 미치녀가 헤밍웨이의 교정쇄를 읽고 있던 그 여름, 같은 밤하늘 밑에서 피어나고 있었다. 무덥고 습한 한국의 여름밤, 미치녀는 "산간의 비탈길을 조심스럽게 골라 디디면서" 그 훌륭한 비평가들이 헤밍웨이의 전작에 어떤 사형선고를 내렸건 『노인과 바다』는 문단의 대가가 다시 그 지위에 걸맞게 써낸 걸작이라는 의견을 당당히 밝힐 결심을 했고, 내 할머니와 할아버지는 38선 부근으로 전선이 고착된 틈을 타 충청도 산골의 초가에서 정념을 불태웠다.

전쟁의 참혹 중에도 멈추지 않는 것들이 있다는 생각은 묘하고도 숙연한 감흥을 불러일으킨다. 대학을 졸업하던 해 한국전쟁에 징집됐던 불문학자 김붕구가 봇짐 속에 보들레르의 『악의 꽃』 프랑스어판을 넣어 다니며 전투와 전투 사이 읽곤 했다는 이야기도 대학 시절 어디선가 읽고선 잊지 못한다. 참호 속에 웅크린 채 "우리 뇌수 속엔 한 무리의 마귀 떼가 / 백만의 회충인 양 와글와글 엉겨 탕진하니, / 숨 들이키면 죽음이 폐 속으로 / 보이지 않는 강물처럼 콸콸 흘러내린다." 같은 구절의 번역어를 고르고 있었을 한 청년을 떠올리면, 어쩐지 이렇게 허랑방탕하게 살아서는 안 될 것 같은 기분이 드는 것이다. 언제 머리 위로 포탄이 떨어질지 모르지만 시를 읽고 사랑을 나눈다. 폭격을 피해 아기를 낳고 젖을 물리며, 자신의 명성이나 평판 따위 어떻게 되든, 다시 걸작을 써낸 한물간 작가를 위해 '자신의 목을 길게 뽑아 비난의 칼을 대신 맞아줄' 서평을 쓰기도 한다.

　　미치너가 한국 상공을 날며 전투를 하고 지상에서는 초소근무를 하는 동안, 헤밍웨이는 아직도 그에게 글을 쓸 자격이 있는가 전방위에서 의문을 제기하는 혹평의 포화 속에서 스스로와 내전을 치르고 있었다. 도쿄에서 비행기를 타고 전방초소로 찾아온 《라이프》지 도쿄지사의 특사에게 미치너는 더 유명한 작가들도 있는데 왜 자신을 찾아왔냐고 물었다. "편집자들은 전쟁이나 인간의 역할에 대해 잘 아는 당신이 적임자라고 생각한 것 같"다고 특사가 답했다. 여기서 전쟁이란 축자적 의미로 쓰인 것만은 아닐 것이다. 노인이 힘겹게 잡은 거대한 물고기를 상어에게 뺏기지 않으려 사투를 벌이는 것도 전쟁이고, 상어처럼 달려들어 너는 이제 끝났다고 물어뜯는 평론가들의 매도를 견디는 것도 전쟁이며, 그럼에도 맹렬하게 다시 일어서 새로운 소설을 쓰는 것 또한 전쟁이다. 삶의 다음 챕터를 구상하는 게 망상처럼 여겨질 때, 이제는 다 끝장났다는 생각이 시야에 암막을 드리울 때, 어떤 사람들은 주저앉고 어떤 사람들은 다시 선다. 걸핏하면 주저앉는 내게 다시 서는 사람들의 위엄과 아름다움이란 도달하지 못할 덕의 가파른 능선이어서, 그런 이야기들은 아무리 많이 읽어도 물리지 않는다.

어려서는 끝없이 다시 일어서는 사람들의 그 생명력이 징그러웠다. 불굴의 의지 같은 것, 혐오스러울 때가 많았다. 어차피 끝인데 뭘 그렇게까지 살아보겠다고 발버둥을 치는 것인지, 그 생에의 의지가 흉측스러웠다. 전쟁통에 그 짓을 한다는 것이 짐승 같아서, 전쟁 중 내 엄마를 수태한 늙은 할머니의 얼굴을 골똘히 바라본 일도 있다. 피란길, 한방에 십수 명이 칼잠을 자던 곳에서도 사람들은 젊은 부부가 있으면 잠시 방을 비워줬다는 얘기를 어느 정치학 교수에게 듣기 전까지는 말이다. 젊은 부부니까 정을 나눠야 한다고, 아기를 가지라고 사람들이 우두커니 뒷짐을 지고 집 주변을 어슬렁거리는 동안 새로운 생명이 잉태된다. 전쟁 중에도 삶은 계속되는 것이고, 계속돼야 하므로, 피란을 가더라도 갓난아기를 등에 업고 가는 것이다. 세기말의 퇴폐미와 무정부주의, 천재의 요절 같은 것에 이끌리던 시절에는 이것이 숭고라는 것을 알 턱이 없었다.

《라이프》지가 1952년 9월 첫째 주 미치너의 추천사와 함께 잡지 전체에 중편소설 단 한 편만 싣는 파격적 실험으로 『노인과 바다』를 내보냈을 때, 잡지는 국제적 센세이션을 불러일으키며 이틀 만에 530만 부가 팔려나갔다. 헤밍웨이는 그 기세로 퓰리처상과 노벨문학상까지 석권하며 "9회 말 역전 KO 승으로 챔피언의 자리를 탈환"했다. 회심의 한 방으로 보란 듯이 재기에 성공한 것이다. 오로지 미치너 때문에 나는『노인과 바다』를 40대가 돼서야 읽었다. 중학교 때인가, 학급문고에서 몇 장 들춰봤다가 세상 지루하다며 냅다 집어던졌던 그 무식했던 꼬마를 나는 칭찬한다. 나이에 합당한 무지 덕분에 그 책은 내게 낭비되지 않았다. 40대의 여름밤에 딱 맞게 찾아온 간결하고 힘찬 영어 문장들을 침대에 기대앉아 읽으며, 마침내 나는 헤밍웨이와 화해하고 있었다.

나는 하드보일드가 싫었다. 말로 설명하지 않아도 불편한 심기를 읽어내야 하는 아버지의 헛기침처럼, 그 문장들에서 가부장적 권력의 냄새를 맡았던 것 같다. 왜 이 문체는 주로 남성 작가와 독자 들을 매료할까. '내가 친히 긴말은 않겠다만 너는 나의 심중을 읽으라'는 오만이 읽혔다. 무엇보다도 그 건조한 체하는 문체 뒤에 숨은 허세를 참을 수 없었던 것 같다. 특히 탐정소설을 견디기 힘들었다. 담배를 입에 문 채 쓸쓸히 트렌치 코트 자락 휘날리던 고독한 탐정 이미지의 창안자 필립 말로를 보자. 그가 노상 마시던 김릿은 나도 제일 좋아하는 칵테일이지만, 그를 소개하는 작가 레이먼드 챈들러의 "여기 이 비열한 거리를 지나가야만 하는 한 남자가 있다. 그 자신은 비열하지 않고, 속세에 물들지 않고, 두려워하지도 않으면서." 같

은 문장에서 드러나는 하드보일드의 허세 본색은 못 본 체해
주기가 어려웠다.

흔히 여성적 특성이라 일컬어지는 감정 과잉과 낭만적
과장이 싫었을 것이다. 장식을 배제하는 청교도적(한국이라면 사
대부적) 단순성이 더 강한 화학적 결합을 보이는 시대나 상황도
있다. 하드보일드란, 그 대부로 꼽히는 헤밍웨이의 표현을 빌
리자면, 자고로 물이 완전히 졸아붙도록 완숙으로 계란을 삶
아야지 지단이나 부쳐서야 되겠느냐("Boiling it down always, rather
than spreading it out thin.")는 철학에 기반, 감정을 배제한 채 사실
만을 냉혹하게 기술하는 스타일이다. 적게 말하기. 형용사와
부사, 관계대명사절 없이 주어와 서술어만으로 세계를 구축하
겠다는 야심 찬 문학가들의 문체다.

정확하게 말하기 위해 수식어를 배제한다고 하지만, 나
는 수식어야말로 진실의 가늠자로서 가장 충실한 기능을 하는
요소라고 생각한다. '그가 총을 쏘았다.' 어떤 총을 쏘았는가.
기관총인가, 소총인가, 권총인가. 몇 발을 쏘았는가. 어디에서
쏘았는가. 망설이며 쏘았는가, 자기도 모르게 쏘았는가, 웃으
면서 쏘았는가, 울면서 쏘았는가. 누구를 향해 쏘았는가. 허공
을 향해 쏘았는가, 아니면 자신을 향해 쏘았는가. 이 모든 질문
들을 떠올려보면 '그가 총을 쏘았다.'라는 하드보일드한 문장은
진실에 그다지 기여하는 바가 없다. 헤밍웨이의 '빙산 이론'이
라는 것도 마치 끄트머리만 수면 위로 드러나는 빙산처럼 작가

가 더 많은 세부를 생략할수록 독자는 자신의 상상력과 해석에 의해 더 큰 감동을 받게 된다는 건데, 서사 방법론으로서의 영리함에 탄복하면서도 그 이론의 효과를 실제 작품 속에서 체험해본 일은 별로 없다. 당신들은 독자에게 너무 많은 일을 시키고 있고, 그 정도만 말해도 이해받을 수 있으리라는 기대 자체가 내게는 남성적 특권처럼 보인다. 엄밀한 세부의 측정을 통해 진실에 조심스레 다가가려는 신중함이 결여돼 있다.

형용사를 불신하는 이 작가가 살아생전 발표한 마지막 소설에서 내 눈길을 끈 건 우는 소년이었다. 다섯 살에 노인의 배에 올라 처음 낚시를 배운 이 조수 소년은 노인이 내내 단 한 마리의 물고기도 잡지 못하고 공치자, 41일째 되는 날 부모에 의해 다른 배로 옮겨졌다. 노인은 운이 없는 이들 중에서도 가장 운이 없는 사람이라는 게 이유였다. 매일 허탕을 친 지 84일째 되는 날 노인을 사랑하는 소년은 다시 그의 배로 돌아오겠다고 하지만, 노인 산티아고는 운이 좋은 배에 계속 있으라며 허락하지 않는다. 85는 운이 좋은 숫자라며 노인은 이튿날 일찍 먼바다로 떠나고, 노인이 힘겹게 잡아올린 청새치를 상어떼에게 모두 뜯기며 사투를 벌이는 동안 소년 마놀린은 매일 노인의 집에 찾아와 그의 안위를 염려한다. 노인이 돌아온 건 사흘 뒤였다. 인간은 파괴될지언정 패배하지 않으므로, 패배하지는 않았으나 몹시 파괴된 채 집으로 돌아온 산티아고는 비로소 자기 피로의 도저한 깊이를 실감하며 깊은 잠에 빠진다. 매일 아침 노인의 집에 들렀던 소년이 만신창이가 되어 무거운 잠에 든 노인을 본다. 상처투성이인 노인의 손을 본다. 소년은 운다. 노인에게 줄 커피를 사러 소년은 울면서 거리를 달려 내려간다. 항구의 다른 어부들에게 노인이 돌아왔다는 소식을 전하면서도, 노인에게 가져다줄 음식과 신문을 사러 가면서도 소년은 계속 운다. 헤밍웨이의 여전히 짧고 간명한 문체 속에서 밤바다의 고독과 지속되는 삶을 향한 외로운 투쟁이 번득이는 동안, 소년의 흥건한 슬픔은 노인의 부유하는 영혼을 정박시킨다. 소년의 애정과, 소년의 의리와, 소년의 활력과, 소년의 눈물이 노인을 구원한다.

소설에서 가장 눈에 띄는 단어는 "운luck"이었다. 운명이라는 말은 너무 클 것이다. 그저 운이라고 해두자. 인생에 가해지는 무작위의 힘으로, 그것이 우리 삶의 중요한 것들 대부분을 결정한다. 어디에서 태어나는가, 누구에게서 자라는가, 왜 이렇게 살고 있는가. 이 중요한 모든 것들이 우리의 의지나 노력으로 결정되지 않는다. 나는 늘 실패하는데 너는 왜 매번 성공하는가. 노력의 부족이라면 그다지 괴롭지 않다. 다시 하면 되니까. 하지만 운이 그렇게 결정한 거라고, 운은 본래 내 편을 들어주지 않는다고 생각하면 이 부조리를 견디기 힘들다. 행운의 편애를 받는 사람들이 미워서 견딜 수 없다. 우리의 이해를 벗어나는 이 운동의 법칙에 인과관계를 설정하려 불교는 카르

마라는 개념을 만들어냈을 것이다. 전생에 나라를 팔아먹었기 때문이라고 믿으면 차라리 마음이야 편한 것이다. 이제부터는 함께 고기를 잡자는 소년에게 노인은 말한다. "안 돼. 나는 운이 좋질 않아." 산티아고는 솜씨가 좋은 어부였다. 그가 84일이나 단 한 마리의 물고기도 잡지 못한 건 운의 문제다. 소년이 답한다. "그놈의 빌어먹을 운. 운은 제가 불러올게요."

　　나는 『노인과 바다』가 불운에 맞서는 한 인간의 위엄에 관한 소설이라고 생각한다. 운은 문을 열어줄 뿐 그 문 안으로 들어가는 것은 우리의 의지와 노력이라고, 사람들은 말한다. 그런데 이 보무당당한 선언이 나이가 들수록 오만하고 공허하게 느껴진다. 좋은 운에 대해서는 그렇게 말할 수도 있겠지만, 나쁜 운에 대해서는 망발 아닌가. 운이 좋았고 열심히 산 사람과 열심히 살았지만 운이 나쁜 사람이 모두 존재한다. 누가 성공하고 누가 실패하는가의 원리를 삶의 경험 속에서 귀납적으로 도출하다 보면 나이를 먹을수록 점점 더 운이 가장 큰 변수라는 결론으로 기울게 된다. 운이라는 놈이 특히 비열한 것은 항상 처음에는 초심자의 행운으로 인간을 유혹한다는 점이다. 꼬셔놓고 저버리는 무심한 바람둥이처럼 운은 때때로 우리를 농락한다. 젊어서는 자신만만하니까 어쩐지 나는 운이 좋을 것 같고, 인간사의 보편적 흐름 속에서 왠지 예외일 것 같다. 아이가 둘이면 노동강도가 높은 직종에 종사하기 어렵지만 어쩐지 나는 해낼 수 있을 것 같고, 조금은 총명했으니까 나이가 들어도 지적 쇠락을 겪지 않을 것 같다. 하지만 그 무엇에도 나는 예외가 아니다. 나는 보편이다. 행운의 편애를 받을 줄 알았는데, 고요한 삶의 침식 속에서 소소하게 실패하며 시시하게 늙어가고 있다.

거대한 청새치를 잡으러 바다로 나가자. 회심의 승부수를 던져보자. 운이라는 게 알 도리 없는 깊은 바다의 해류처럼 출렁일지라도, 또 한 번 덤벼보자. 이런 생각은 나의 성정에 어울리지 않는다. 그런 늙은 야심가 옆엔 가까이 가고 싶지도 않다. 헤밍웨이는 산티아고와 달리 힘겹게 잡아올린 청새치를 상어 떼에 뺏기지 않았고, 살아 있을 때 마지막으로 발표한 이 소설로 엄청난 성공을 거두었다. 청새치를 잃는 노인의 이야기로 일생일대의 가장 큰 청새치를 얻었다. 8년 후 소년 마놀린처럼 자신을 두둔해준 미치너와 처음으로 만났을 때, 헤밍웨이는 그러나 그 고마웠던 일에 대해서는 단 한마디도 꺼내지 않았다. 거만과 허세를 떨며 투우 얘기만 했다. 이듬해 헤밍웨이는 엽총으로 자살했다.

미치너는 헤밍웨이가 찬탄해 마지않던 무적의 투우사 오르도녜스의 경기를 그의 자살 이후 여러 차례 보았다. 헤밍웨이가 아주 경멸했던 지저분한 트릭─붉은 망토와 붉은 천으로는 아무것도 이루어내지 못하고 비겁하게 황소 옆구리를 스치면서 찌르는 수법으로 황소를 죽이는 수법─을 남발하는

"대타락"의 현장이었다. "그가 어느 날 오후 정직한 승리를 거두리라는 헛된 희망을 안고서" 거듭 투우장을 찾았으나, 과거 찬란했던 무적의 투우사는 헤밍웨이가 그 꼴을 안 보게 되어 차라리 다행인 민망한 장면만을 연출하고 관중들의 야유 속에 사라져갔다.

삶이 얼마 남지 않았다는 사실이 노년의 타락을 불러온다. 이대로 경기를 끝낼 수는 없다는 초조함이 반칙을 자행하고 비겁을 도모케 한다. 정직한 승리는 희망이 난무하는 젊음의 여름날 우리가 가졌던 푸른 꿈이다. 정직한 패배를 각오하는 것. 그것도 우리가 품을 수 있는 희망이다. 노년의 희망으로는 제법 근사한 희망일 것이다.

1956년 프랑스 파리의 리츠호텔에서 헤밍웨이는 호텔 주인 샤를 리츠에게 점심 식사를 대접받고 있었다. 노벨문학상을 탄 지 두 해가 지났을 때였다. 리츠가 불현듯 1928년 호텔 지하 창고에 맡겨두고 간 여행용 트렁크가 아직 그대로 있다는 걸 아느냐고 물었다. 헤밍웨이는 전혀 기억이 나지 않는 일이었다. 리츠는 트렁크를 사무실로 가져와 헤밍웨이에게 보여주었다. 헤밍웨이는 낡은 여행가방을 열었다. 옷가지와 영수증, 메모, 낚시와 사냥 용품, 스키 장비 같은 시시껄렁한 젊음의 추억들이 가득했다. 그리고 가장 밑바닥에 그가 그토록 찾아헤맸던 그 공책이 있었다. 안에는 가난했지만 예술에 대한 열정으로 오만했던 젊은 작가 헤밍웨이의 파리 시절이 낯익은 필체로 빼곡히 담겨 있었다. 단골 카페에 앉아 담배를 피워대며 손글씨로 꾹꾹 눌러쓴 20대의 파리 생활과 그때 만났던 사람들— 스콧 피츠제럴드, 에즈라 파운드, 제임스 조이스, 거트루드 스타인—의 이야기는 그가 자살 직전까지 고치고 또 고치며 매달렸던 회고록 『움직이는 축제』의 초고가 됐다.

　　『움직이는 축제』에는 경험을 통해 알고 있는 주제에 대해서만 간결하고 진솔하며 사실에 바탕을 둔 문장으로 쓰겠다는, 이제 막 커리어를 시작한 젊은 작가 헤밍웨이의 다짐이 나온다. 스타일로서의 하드보일드가 탄생하는 순간이다. 하지만 죽음 충동에 시달리는 노년의 작가가 뒤돌아본 젊은 날의 이야기들엔 곳곳에 슬픔의 물기가 흥건하게 배어 있다. 공책의 초고가 본디 그러했는지, 노스탤지어에 물든 노작가의 개고가 그렇게 만든 건지는 알 수 없다. 다만, 강인한 남성성의 포즈 뒤에 숨겨진 여리고 취약한 한 인간을 본다. 헤밍웨이가 맡겨놓고 잊어버렸던 젊은 날의 트렁크 안에 들어 있던 건 보편적 인간으로서의 취약성 아니었을까. 책에는 가난한 파리 시절을 함께한 첫 아내 해들리를 여전히 사랑하면서도 미지의 새로운 여성과의 사랑에 불처럼 빠져든 자신의 이기심과 회한, 처절한 자기혐오와 미안함이 애절하게 드러난다. 유고작을 출판한 그의 네 번째 아내가 이 부분을 모조리 도려냈던 것은(훗날 복원됐지만) 질투가 가장 큰 동력이겠지만, 일평생 구축한 마초적 매력으로 미국의 현신이 된 남편의 상징성을 망가뜨리고 싶지 않았던 것인지도 모르겠다.

빛이란 전자가 높은 에너지 준위에서 낮은 에너지 준위로 떨어질 때 그 차이만큼의 에너지를 방출하는 형식이라고 한다. 각각의 전자가 위치하는 궤도인 전자껍질마다 필요로 하는 에너지값이 다르고, 에너지 준위라 불리는 그 특정 값은 직선의 형태가 아니라 불연속적 계단 구조로 상승 혹은 하강한다. 전자가 낮은 계단에서 높은 계단으로 올라설 때 그 차이만큼의 에너지는 빛의 형태(광자)로 흡수된다. 반대로 높은 계단에서 낮은 계단으로 내려갈 때 그 에너지의 차이는 빛의 형태로 방출된다. 빛에 관한 이 설명이 나는 몹시 마음에 든다. 높은 계단으로 올라설 때가 아니라 낮은 계단으로 내려올 때 빛이 나오는 것이다. 올라갈 때는 아무것도 보이지 않는다. 암흑이다. 하지만 내려올 때는 그렇지 않다. 내려와도 괜찮다. 빛이 거기에 있다.

† 파리의 리츠호텔에서 발견된 헤밍웨이의 트렁크는 루이 비통이었다. 여행을 위한 이동용 서재를 표방하며 간이책장에 타자기 수납공간까지 갖춘, 헤밍웨이를 위해 특별 제작된 트렁크였다. 젠장. 가난했다더니. 이런 근사한 가방을 호텔 창고에 맡겨두고 30년이나 잊어버릴 수 있는 헤밍웨이의 호연지기에서 진정한 작가정신을 보고 있는 나란 인간이란.

‡ 제임스 미치너 이야기는 『작가는 왜 쓰는가』를 참고했으며, 헤밍웨이의 『움직이는 축제』는 '파리는 날마다 축제'라는 제목으로 국내에 소개되었다.

지긋지긋한 것은
힘이 세다

미국 앨라배마주 몽고메리 페어 백화점의 재봉사였던 42세의 로자 파크스는 1955년 12월 1일 오후 6시쯤 2857번 버스에 탔다. 백인들은 앞문으로 타서 앞쪽 자리에, 흑인들은 뒷문으로 타서 뒷쪽 자리에 앉아야 하고, 백인석이 부족할 경우 흑인석의 맨 앞 줄부터 백인들이 앉을 수 있게 비워줘야 하는 게 당시의 법이었다. 그날 흑인석 제일 앞 줄 통로석에 앉아있던 로자 파크스는 온종일 커다란 재봉틀을 밟고 있느라 발이 너무 아프고 피곤했다.

사건은 세 번째 정류장에서 발생했다. 백인석이 모두 차고 흑인석도 모두 찼는데, 한 백인 남성이 자리를 못 잡은 것이다. 백인 운전기사는 흑인석 맨 앞 줄을 비우라고 소리친다. 아무도 일어서지 않자 기사의 언성이 높아진다. 파크스와 같은 줄에 앉은 세 흑인이 마지못해 일어서 뒤쪽에 가 선다. 그 순간 로자 파크스의 마음속에는 어떤 불꽃이 퍼드득 피어올랐다. 무언가를 골똘히 생각하다가 그녀는 자리를 양보하는 대신 창가 쪽 자리로 쑥 들어가버린다. 기사는 고래고래 소리를 지르고, 파크스는 결연히 창밖만 바라본다. 분노한 기사가 다가와 삿대질을 하며 "이제는 일어날 거냐"고 소리쳤을 때, 파크스는 냉정을 잃지 않은 채 낮은 목소리로 말했다. "아니오."

이후의 사건 진행은 다음과 같다. 파크스가 현장에서 즉시 구속되고, 흑인민권운동이 들불처럼 몽고메리를 덮쳤다. 381일 동안 몽고메리의 흑인들은 버스를 타지 않고 걸어다녔다. 몽고메리 버스 보이콧 운동은 버스 회사의 재정에 엄청난 타격을 입혔고, 마침내 법은 바뀌었다. 버스가 항복하자 극장도, 레스토랑도, 엘리베이터도, 음수대도, 학교도 항복했다. 흑인들은 드디어 백인들과 같은 극장, 레스토랑, 엘리베이터, 음수대를 이용하고, 같은 학교에 다닐 수 있게 되었다. 토머스 제퍼슨이 독립선언문에 쓴 "우리는 모두 평등하게 태어났다"는 아름다운 문장이 미국이라는 나라에서 근 200년 만에 형식적 의미나마 갖게 된 것이다. 평범한 재봉노동자였던 로자 파크스는 그렇게 민권운동의 어머니가 되었다.

사람들은 오랫동안 말해왔다. 그날 로자 파크스가 끝끝내 자리에 앉아 있었던 것은 그녀가 너무 피곤했기 때문이라고. 크리스마스를 앞둔 성수기에 대형 재봉틀 페달을 하루 종일 밟고 있느라 발이 너무 아파서 백인 아니라 백인 할아버지가 탔더라도 일어날 수가 없었다는 것이다. '그저 피곤해서 움직이지 않았다, 그로써 역사의 흐름을 바꾸었다.'

나는 이 '피곤서사'에 단숨에 매료됐다. 평범한 한 인간이 시대의 영웅으로 거듭나는 서사시적 순간은 이렇게 작고 사소한 계기에서 비롯되는 것이며, 이것이 헤겔이 역사의 배후에 자리 잡은 채 작동하고 있다고 말한 '이성의 간지Trick of Reason' 아닌가. 그저 피곤했을 뿐인 작은 흑인 여성이 세계를 뒤집어 엎었다. 거기에는 분연히 떨쳐 일어서는 어떤 결기도, 피를 두려워하지 않으며 맞서 싸우는 용맹도 없다. 고요하고 차분한,

이제는 어찌 돼도 좋다는 깊은 피로감과 슬픈 체념이 있을 뿐이다. 역사가 작고 평범한 한 인간을 자기 서사의 주인공으로 간택할 때, 거기엔 감당할 수 없을 것만 같은 이 거대한 사명을 그 작은 인간이 벅차게 받아안는 어떤 숭고의 순간이 있다. 처음에는 그저 피곤했을 뿐이었는데, 일이 이렇게 된 이상 내가 해내는 수밖에 없겠구나. 울고 싶은 마음으로 일어서 가슴을 쫙 펴고 두 팔 벌려 달려나가는 순간. 그 슬픈 점화의 순간이 매번 그렇게 나를 뒤흔든다.

이것은 어쩌면 지나치게 문학적인 해석일지도 모른다. 피로와 체념의 힘을 강조하는 것은 아마도 로자의 용기를 폄하하려는 어떤 사악한 의도에서 비롯된 것일 수 있다. '그녀는 영웅이 아니다, 그저 피곤해서 버텼을 뿐인데 어쩌다 보니 일이 그렇게 전개돼버린 것'이라는 함의를 악의적으로 풍기고 싶은 걸지도 모른다. 이 해석은 로자 파크스가 어린 시절 자신을 밀어버린 백인 소년을 되밀어버릴 만큼 용감했고, 재봉사로 일하면서도 NAACP(전미유색인지위향상협회) 몽고메리 지부의 유일한 여성회원이자 간사로 활동했던 역사적 사실들과도 명백하게 배치된다. 그녀는 이미 무명의 투사였다.

자서전과 인터뷰를 통해 로자는 기회가 있을 때마다 '피로원인설'을 부인해왔다. 거의 필사적으로 보일 만큼 수도 없이 많은 자리에서 단지 피곤했던 게 아니라고 설명하고 또 설명했다. "물론 나는 피곤했다. 하지만 그 피곤은 아픈 발에서 비롯된 게 아니었다. 다른 날보다 그날 더 피곤했던 것도 아니다. 사람들이 나에 대해 가진 이미지처럼 내가 그렇게 늙은 나이였던 것도 아니다. 난 마흔둘이었다. 오로지 내가 피곤했던 것은 (우리 흑인들이) 항상 양보하고, 굴복해야만 한다는 점이었다. 그게 지긋지긋했을 뿐이다.(No, the only tired I was, was tired of giving in.)"

어쩌면 나는 이 답변들에서 전범적 영웅서사에 억눌린 그녀의 조바심을 엿본 것도 같다. 그저 너무 피곤했던 것뿐이라고 해도 그녀의 위대함이 사라지는 것은 아닌데. 오히려 나는 거기에서 어떤 인간이라도 영웅이 될 수 있는 숭고의 미학을 보는데……

피곤하다는 말과 지긋지긋하다는 말은 한국어로 전혀 다른 의미를 갖지만, 영어에서는 tired가 이 모든 의미를 동시에 품고 있다. 육체적으로 피곤한 것은 이내 정신적 피곤으로 번지고, 정신적 피곤이 반복되고 축적되면 지긋지긋해진다는 이 모든 격렬한 서사적 과정을 영어는 그저 tired로 게으르게 표현한다. 롱맨 딕셔너리의 정의에 따르면, bored with something, because it is no longer interesting, or has become annoying, 그러니까 '무언가가 더 이상 흥미롭지 않거나 짜증스러워져서 지루해진 상태'를 말한다. 한국어 사전이 '진저리가 나도록 몹시 싫고 괴롭다'고 풀이하는 이 강력한 부정과 염오의 감정이 tired에서는 외국어 화자인 내겐 솔직히 약해도 너무 약하다. sick and tired라고 살을 좀 붙여보아도, "마이 묵었다 아이가"를 그대로 직역한 듯한 fed up으로 바꿔보아도 한국어 표현의 발뒤꿈치에도 미치지 못한다. 지긋지긋하다는, 글자 모양만으로도 이가 갈리고 고개가 절레절레 저어지며 두 번째, 네 번째 음절 [긋]에 악센트가 절로 부여되는, 저 내장 깊은 곳에서부터 치고 올라와 앙다문 윗니와 아랫니의 철벽에 가로막혀 잇소리로 산화하고 마는 한국어의 활화산급 절망과 체념에는 비할 바가 아닌 것이다. 오, 한민족이여, 정념의 민족이여.

이런 편파적 해석의 원인으로는 아마도 다음과 같은 것들을 거론할 수 있겠다. 1) 내가 영어를 못해서. 실생활에서의 풍부한 뉘앙스를 놓치고 있을지도 모르는 일. 2) 영어권 화자들은 사태가 이 지경이 될 때까지 참지 않아서. 흥미를 잃으면 일단 액션 돌입. 이가 갈리고 진저리가 날 때까지 왜 참아? 3) 한국어 화자들은 인내의 역치를 낮췄다간 당장에 정치·경제·사회·문화적 억압에 직면하므로. 인내의 백의민족답게 한번 화끈하게 터질 때까지 무수한 분노의 우라늄을 응축하고 또 응축하는 수밖에 없다. 여기서 한국어 화자는 인종, 계급, 국적 불문 약자로, 영어 화자는 강자로 치환해도 무방하겠다.

언어가 힘을 가진다면 그것은 열에너지라기보다는 위치에너지의 형태일 것이다. 뜨거운 언어가 얼마나 금세 차디차게 식는지 우리는 수시로 목격해왔다. 나는 이제 말들을 믿지 않는다. 말의 거짓, 말의 소란, 말의 피로. 그런데 나도 말을 하고 있다는 자기혐오. 말들이 빚어내는 혁명적 낭만주의의 뜨거운 물결은 언제나 발이 푹푹 빠지는 환멸의 사구沙丘를 남긴다. 뜨거운 단내가 훅훅 끼치는 술 취한 애인의 귓속말 같은 희망의 말들. 그런 것들을 믿고 혁명에 나섰다가는 목구멍까지 모래에 파묻힐지도 몰라. 물론 혁명 뒤에는 언제나 환멸이 온다. 그러니 조급한 실망은 금물이다. 그러나 어떤 환멸은 너무도 성급히 와서 주저앉아 엉엉 울거나 냉담하게 모욕하고 뒤돌아서는 것 말곤 할 수 있는 일이 없다. 말들이 빚어낸 희망은 당최가 믿을 것이 못 된다. 언어에서 열에너지는 궁극의 힘이 아니다. 언어의 힘은 위치에너지에서 나온다. 저것을 움직이게 할 수 있는가. 움직이라고 하는 말에는 힘이 없다. 힘은 움직이고 있을 때 비로소 생겨난다.

모든 지긋지긋한 것들은 그 위치에너지의 힘으로 끝내 우리를 구원한다. 너무나 지쳤다는 것, 지긋지긋하고 넌덜머리가 난다는 것. 입을 뻥긋할 기운도 없는 깊은 절망과 피로. 이것은 엄청난 에너지다. 세상의 많은 혁명은 넌덜머리의 에너지로 발발했으며, 지긋지긋의 에너지로 세상을 바꾸는 데 성공했다. 눈에 아무것도 보이는 게 없도록 만드는 가공할 힘, 넌덜머리. 지긋지긋.

뉴턴의 운동 제3법칙을 나는 세상의 모든 물리법칙 중 가장 사랑한다. 작용-반작용의 법칙이다. 뉴턴이 "모든 작용에 대해 크기는 같고 방향은 반대인 반작용이 존재한다. 즉 모든 상호작용에는 상호작용하는 두 물체 사이에 가해지는 한 쌍의 힘이 있다"고 쓴 이 아름다운 균형과 정의의 운동법칙은, 내가 비록 고등학교 시절 물리 중간고사 점수 16점으로 파란을 빚은 적이 있는 사람이지만, 그 과학맹 시절부터 나를 묘연히 사로잡았다.

물체 A가 물체 B에 힘을 가하면 물체 B는 물체 A에 크기는 같고 방향은 반대인 힘을 동시에 가하며, 힘이란 두 물체가 무엇인가를 주고받으며 상호작용할 때 생겨나는 효과를 일컫는다.

성질 더럽고 괴팍한, 점성술에 미쳐 있던 오만하고 외로운 영국 청년 아이작 뉴턴의 이 발견은 물체에만 적용되는 것이 아니다. 이것은 우주의 삼라만상을 관통하는 섭리이며, 정의의 집행을 위한 인간 본성의 작동 구조다. 다만 물체 사이의 상호작용과 달리 인간사의 적용에서는 제법 긴 시차가 발생한다. A가 힘을 가하고, B는 견딘다. A는 계속해서 힘을 가하고, B는 그저 묵묵히 견딘다. A는 멈추지 않는다. B는 울음을 삼키며 견디고 또 견딘다. A는 착각한다. B에게는 아무런 힘도 없다고. A는 안심하고, 안도한다. B에게 어떤 짓을 해도 나는 괜찮다고. 때가 비로소 무르익었다. 오래 응축해온 지긋지긋과 넌덜머리의 힘으로 저 보잘것없는 B가 우르르 화산처럼 지축을 뒤흔들며 준동하기 시작한다. A는 스스로를 달랜다. B에게는 힘이 없다고. 나는 괜찮을 거라고. A가 또다시 힘을 가하려 한다. 그러나 때는 늦었다. B는 차분하고 담담한 얼굴로 단번에 땅을 뒤집어엎는다. 뉴턴의 운동 제3법칙. 작용-반작용. 찍어 누르는 힘이 거세면 뒤집어엎는 힘도 거세다.

모든 권력은 여론을 모른다. 아무리 소셜미디어가 목소리 큰 소수의 함성으로 쩌렁쩌렁 울려도, 여전히 말없는 다수가 여론의 중심이기 때문이다. 그래서 권력은 자신의 과오를 모르고, 그렇게 종내 스러져간다. 마지막 지푸라기. 나는 그저 지푸라기 하나를 얹었을 뿐인데, 낙타의 등뼈가 부러졌다. 억울해할 것 없다. 내가 그동안 낙타의 등 위에 무엇을 얹어왔던가를 떠올려보라. 로자 파크스에게 2857번 버스를 탔던 1955년 12월 1일 6시는 그저 마지막 지푸라기였을 뿐이다. 로자가 그토록 '피로원인설'을 부인하려고 노력했던 것은, 이 길고 긴 힘들의 상호작용의 역사를 1955년 12월 1일 6시의 2857번 버스로만 한정함으로써, 그날 그 순간의 육체적 피로만을 사태의 원인으로 국한함으로써 백인들이 낙타의 등 위에 올려왔던 그 많고 오랜 억압들을 은폐하려는 의도가 넌덜머리 나서였을 것이다.

이제 무직자가 되었으니 푸드마일리지 제로에 도전해보겠다며 베란다 화분에 바질과 로즈메리를 심은 일이 있다. 씨를 뿌려보는 게 난생처음이라 잘 모르기도 했거니와, 일일이 간격 벌리며 배열하기에는 그 씨앗들이 작아도 너무 작았다. 그냥 우르르 흙 위에 씨앗들을 쏟아놓고 적당히 손으로 펴 벌린 후 흙을 덮었다. 며칠 후. 나는 정말 깜짝 놀랐다. 씨앗들이 폭발하듯 뿌리를 터뜨려 흙을 완전히 뒤집어엎은 것이다. '민초의 난'의 시각적 재현 그 자체였다. 지진이 난 후의 땅처럼 그 작은 씨앗들이 뒤흔든 지축을 보며 나는 다시 한 번 뉴턴의 운동 제3법칙을 떠올렸다. 우리를 넌덜머리 나게 만드는 저 모든 것들, 나를 지긋지긋하게 만드는 저 모든 이들은 두려워하라. 사람들은 지긋지긋함의 힘으로 벌떡 일어선다. 뉴턴의 운동 제3법칙을 잊지 말 것. 지긋지긋한 것은 정말로 힘이 세다.

† 이건 맥락이 좀 다른 사족이지만, 나는 언젠가부터 미루기의 효용을 믿게 되었다. 미리미리 하지 않고 자꾸 미루기만 하는 자신을 오랫동안 혐오해오다 마침내 깨달은 사실이다. 그 지긋지긋한 자기혐오의 축적이 흡사 지진 에너지처럼 쌓이고 쌓여 엄청난 반동의 에너지를 부여해준다는 것이다. 살면서 그나마 이뤄온 것들은 다 그 반동의 에너지로 이뤄진 것이며, 지금 이 글도 솜털처럼 무수한 나날들 다 흩어보내고 마감일까지 끌어안고 있는 지긋지긋한 나 자신에 대한 혐오의 동력으로 쓰이고 있다.

목욕하는 인간

씻지도 않고 침대에 틀어박혀 지낸 최장 기록이 얼마인가. 수술이나 병환 등으로 인한 불가피한 경우는 물론 빼고 묻는 것이다. 동거인은 "길어봤자 24시간에서 36시간이지 뭐."라고 답한다. 풋. 애송이 같으니라고. 늬들이 우울을 알아? 나는 사흘 이상 넘어간 적은 부지기수고, 근 일주일에 육박한 자체 기록도 보유하고 있다. 대학교 4학년이 되기 전 겨울방학이었다. 진로 고민에서 시작된 자기혐오로 한 달이 넘도록 집 바깥으로 한 발자국도 안 나가고, 겨울밤을 하얗게 새우며 폭식만 거듭하고 있던 때 이 자랑스러운 기록이 수립됐다. 장장 6.7일. 겨울의 짧은 해는 이미 저물고, 일주일을 넘기면 나락에서 못 빠져나올 것 같아 두렵기만 했던 오후 5시 무렵. 한 인간이 어디까지 더러워질 수 있는지, 인간의 체취와 체액이 누적에 누적을 거듭하면 어떤 참혹한 결과가 빚어지는지 나는 그때 똑똑히 배웠다. 세상만사가 그렇듯 처음 며칠이 어렵지, 일주일쯤 되니 그런 자신의 상태에 어느 정도 편안함마저 느끼게 되었다. 더러운 나의 육체는 내 비루한 정신의 등가물로서, 한 쌍의 연인이 교합하듯 그 얼마나 정겹고 피차에 걸맞은가.

만 7일이라는 대장정의 완성을 앞둔 그날 오후를 제법 또렷이 기억한다. 침대에서 벌떡 일어나 욕실로 샤워하러 들어가던 그 대결행의 순간을 말이다. 정말이지, 일주일을 넘기고 싶지는 않았다. 그 마지노선을 넘겨버리면 다시는 돌아올 수 없을 것 같았다. 이렇게 해서 멀쩡하던 사람들이 노숙자가 되는구나 납득할 수 있었다.

　　죽을까, 씻을까를 고민하다가 그래도 죽지는 않기로 결심했을 때. 목욕은 내가 감행할 수 있는 가장 용기 있는 도전이었다. 지금 몸을 일으켜 목욕하러 갈 수만 있다면 장차 어떤 일이라도 할 수 있을 것이다, 라는 결기로 나는 그 위대한 도전을 이뤄냈다. 쏟아지는 뜨거운 물 아래 쭈그리고 앉아서 물의 위로를 받았다. 욕조의 배수구를 마개로 막고 펄펄 김이 나는 뜨거운 물을 한가득 채웠다. 한 시간도 넘도록 목욕을 하는 내가 불안했던지 엄마가 욕실 문을 두드렸다. 나는 괜찮다고, 씻고 있으니 걱정 말라고 했다. 그때 내가 울었던가. 불안과 초조와 미성숙과 질투와 자기혐오로 뒤범벅인 채 갖고 싶은 것만 많았던 20대. 진정한 질풍노도의 시기였다.

　　따뜻한 물에 잠겨 있을 때의 기분은 구태의연하게도 자궁과 양수의 후천적 기억—그것은 당연히 만들어진 기억이다—을 떠올리게 한다. 그래서 세상이 무서울 때마다, 세상으로 나가기가 겁나서 울고 싶어질 때마다 나는 엄마 품인 양 목욕으로 도피했다. 큰 기사를 물먹고 거지같이 베껴 쓴 날에도, 배신하지 못한 자의 비애에 잠식된 날에도 나는 긴 목욕을 했다.

　　이것은 꽤 효과적이었는데, 훗날 살펴보니 목욕이 정신 건강에 미치는 효과는 이미 여러 차례 과학적으로 입증된 바 있었다. 예일대가 2012년 발표한 어느 연구 결과에 따르면, 따뜻한 물로 목욕하는 것은 포옹이 제공하는 것과 비슷한 신체적

온기를 제공하고 외로움과 고립감을 완화시켰다. 우울증 환자 45명을 대상으로 한 독일 프라이부르크대의 연구에서도 환자들은 30분간 40도의 물에 몸을 담근 후 기분이 나아졌다고 보고했을 뿐 아니라, 규칙적인 목욕이 에어로빅보다도 이들에게 효과적인 것으로 나타났다.(운동보다 목욕!) 2018년 일본 연구진이 실시한 비슷한 실험에서도 목욕이 스트레스와 긴장, 불안, 분노, 적대감, 우울감 등을 완화하는 것으로 드러났다. 목욕이 두뇌의 화학변화를 초래해 목욕 후에는 코르티솔 같은 스트레스 호르몬이 감소했을 뿐 아니라 기분을 좋게 만들어주는 신경전달물질인 세로토닌의 균형이 촉진됐다. 어디 이뿐인가. 잠이 잘 오는 것은 말할 것도 없고, 혈액순환을 촉진시켜 편두통도 완화시켰다. 가히 하이드로테라피Hydrotherapy라 이를 만하다.

아우슈비츠 생존 작가 프리모 레비가 쓴 『이것이 인간인가』는 웬만하면 다시 들추지 않으려고 하는 책이지만, 내 안의 어떤 검은 심연과 맞닥뜨릴 때면 종종 다시 펼치게 된다. 어느 페이지를 펼쳐도 감정의 격랑을 감당하기 어렵다. 수용소에서도 살아남은 그가 왜 훗날 자살하고 마는지 어렴풋이 알 것도 같아서, "선善의 희미한 가능성"이라는 구절과 맞닥뜨리면 돌부리에 걸려 넘어진 것처럼 문장 앞에 주저앉게 된다. 너무 많은 일을 그는 겪었다. "지금 나는 아우슈비츠가 존재했었다는 사실만으로, 우리 시대에 그 누구도 신의 섭리에 대해 말할 수 없으리라 생각한다"는 말은 이 책의 가장 유명한 문장일 것이다. 결국 신이란 존재하지 않는다. 그 증거를 온몸으로 직접 겪었다. 세상에 선한 인간이라는 게 존재할까, 라는 질문은 아우슈비츠에서 너무 사치스러운 질문일 수 있다. 하지만 인간 종이 어쩌면 지니고 있을지도 모르는 '선의 희미한 가능성'을 상상하지 않으면, 신이 없는 이 세계에서, 살아야겠다는 생의 의지를 도대체 어디에서 퍼올릴 수 있을까.

나는 지금 내가 이렇게 살아 있게 된 것이 로렌초
덕분이라고 생각한다. 물질적인 도움 때문이라기보다는
그의 존재 자체가 나에게 끝없이 상기시켜준 어떤 가능성
때문이다. 선행을 행하는 너무나 자연스럽고 평범한 그의
태도를 보면서 나는 수용소 밖에 아직도 올바른 세상이,
부패하지 않고 야만적이지 않은, 증오와 두려움과는 무관한
세상이 존재할지 모른다고 믿을 수 있었다. 정확히 규정하기
어려운 어떤 것, 선善의 희미한 가능성, 하지만 이것은 충분히
생존해야 할 가치가 있는 것이었다. 이 책에 등장하는
인물들은 인간이 아니다. 그들의 인간성은 땅에 묻혔다.
[⋯⋯] 하지만 로렌초는 인간이었다. 그의 인간성은 순수하고
오염되지 않았다. 그는 이 무화無化의 세상 밖에 있었다.
로렌초 덕에 나는 내가 인간이라는 사실을 잊지 않을 수
있었다.

선은 언제나 희미한 가능성으로만 존재한다, 고 한다면 그건 너무 염세적인 생각일 것이다. 그러나 때때로 염세의 극단으로 우리가 내몰릴 때, 저 멀리 흐릿하게 존재하는, 실오라기 같은 가능성으로라도 선을 떠올린다는 것은 인간을 살게 하려는 유전자의 간계다. 희망은 나를 살고 싶게 만든다. 나의 죽음을, 희망은 방해한다. "그 누구도 극복할 수 없는 단 한 가지 유혹이 있다면 그것은 희망의 유혹일 것"이라고 로맹 가리는 말했다.(그 역시 자살했다.) "지성은 나를 염세주의자로 만들지만, 의지로 인해 나는 낙관주의자"라고 안토니오 그람시도 말했다.(그는 자살하지 않았다. 46세로 병사했다.) 희망을 끝내 희망하는 인간의 질병은 염세라는 유혹과 본능적으로 싸운다. 그러니까 어떤 사람이 결국 자살하고 만다는 것은, 신의 섭리란 한낱 인간의 창작물에 지나지 않으며 신을 창조해낸 그 인간이란 종에게서는 저 먼 곳의 희미한 가능성으로라도 선을 기대할 수 없다는 절망적 자각의 결과인 것이다. 그토록 잔인하고 참혹한 수용소 안에서 왜 유대인들은 자살하지 않았느냐는 무례한 질문에 프리모 레비는 답했다. "우리는 죽음을 갈망하면서도 자살할 수 있다는 생각은 하지 못했다. 수용소에 들어가기 전이나 그후에는 자살에, 자살할 생각에 가까이 간 적이 있다. 하지만 수용소 안에서는 아니었다. [……] 자살하려면 어떻게 해야 하는지 알아낼 기운도 없[었]다."

1944년 아우슈비츠에 수용된 15만 명의 유대인 포로 중

생존한 사람은 수백 명에 불과하다. 프리모 레비에 따르면, 기적적으로 살아남은 사람들은 예외 없이 세 부류 중 하나였다. "의사, 재봉사, 구두 수선공, 음악가, 요리사, 매력적인 젊은 동성애자, 수용소 권력자의 친구거나 동향 사람"처럼 쓸모와 연줄이 있는 사람들. 아니면 나치 친위대의 눈에 들어 역할을 부여받은 "특별히 잔인하고 가혹하고 비인간적인 사람들". 마지막으로 "영리함과 힘으로 권력자들로부터 특혜와 호평을 받은 사람들"이었다. 힘과 쓸모와 네트워크가 있는 강자이거나 얼마든지 다른 사람을 짓밟을 수 있는 악인이어야만 살아남을 수 있는 곳. "모든 형태의 자기절제와 양심을 결여한 채 살아가는" 이 사람들은 슬프게도, "자신들의 이런 결함들에도 불구하고가 아니라, 정확히 말하면 그런 결함들 덕분에 살아간다."

이것은 어쩌면 세상사의 보편적 작동원리가 아닐까. 적자생존이 아니라 악자생존. 적자생존만으로도 힘에 부치고 무서운데, 악자생존이라니. 우리의 영혼은 적을 향한 증오로만 망가지지 않는다. 오히려 동족을 향한 혐오로 더 많이 훼손된다. 적은 멀리에 있고, 이 혐오스런 동족은 바로 내 곁에 있기 때문이다. 「가라앉은 자와 구조된 자」라는 제목부터가 마음을 격동하게 만드는 이 챕터를 읽을 때면, 나는 마치 프리모 레비에 빙의라도 한 것처럼 엉엉 목을 놓아 울고 싶어진다. 부끄럽지만 나도 살고 싶기 때문이다. 양심을 잃은 저들을 혐오하지만, 나도 구조는 되고 싶기 때문이다. 가라앉고 싶지는 않기 때문이다.

죽지 않기 위해 우리가 고안해내고 실행한 방법들은 수없이
많았다. 인간들의 다양한 성격만큼이나 많았다. 그 방법들은
모두 전체를 향한 개인의 힘겨운 투쟁을 담고 있다. 그중
많은 수가 적지 않은 일탈과 타협을 수용하고 있다. 자신의
도덕 세계의 한 부분이라도 포기하지 않은 채 생존하는
것은, 강력하고 직접적인 행운이 작용하지 않는 한, 순교자나
성인의 기질을 타고난 소수의 뛰어난 사람들에게만 허용될
뿐이었다.

진흙투성이에다 사방에서 바람이 새어드는 아우슈비츠
의 세면장은 『이것이 인간인가』라는 거대한 책 전체를 아우르
는 이미지로 내 머릿속에 각인돼 있다. 포로들에게 청결과 건
강을 강제하려던 나치들의 의도와 달리 "매일 그 더러운 세면
대의 흙탕물로 몸을 씻는 것"은 청결과 건강을 위해서라면 사
실상 아무런 소용이 없는 짓이었다. 설령 소용이 있다 한들, 춥
고 배고프고 혹독한 노동과 폭력과 학대에 지쳐 짐승의 나락
으로 떨어졌는데 무슨 얼어죽을 청결과 건강이란 말인가. 프리
모 레비가 수용소 생활 일주일 만에 씻고자 하는 청결의 욕구
를 잃어버렸을 때, 그는 세면장에서 웃통을 벗고 비누도 없이
열심히 몸을 문지르고 있는 50세의 친구 슈타인라우프와 마주

친다. 친구는 인사를 하자마자 지저분한 레비의 행색을 보고 다짜고짜 왜 씻지를 않는지 묻는다. 레비의 마음속에서 분노의 항변이 치밀었다. 내가 왜 씻어야 한단 말인가? 씻는다고 누군 가의 눈에 들어 풀려날 수 있는 것도 아닌데 말이지. 수용소의 참혹 속에서 몸을 씻는다는 건 어리석을 뿐 아니라 심지어는 무례한 행위로 느껴졌다. 어차피 모두 죽을 것이고, 이미 죽어 가기 시작했기 때문이다.

레비의 이런 자포자기적 체념에 일대 타격을 가한 슈타 인라우프의 말은 훗날 레비 자신의 언어로 재구성된다. 오스 트리아–헝가리 제국 하사관으로서 아마도 살아남지 못한 그의 "서툰 이탈리아어와 훌륭한 군인다운 단순어법"을 레비는 그 래서 아픈 마음으로 얼기설기 다시 이어붙이는 수밖에 없다. 단순하고 어눌해서 감동적인 그의 말은 사라졌다. "하지만 나 는 그 당시에나 나중에나 그 말의 뜻만큼은 잊지 않았다. 그건 바로 이런 뜻이었다."

수용소는 우리를 동물로 격하시키는 거대한 장치이기 때문에, 바로 그렇기 때문에 우리는 동물이 되어서는 안 된다. 이곳에서도 살아남는 것은 가능하다. 그렇기 때문에 나중에 그 이야기를 하기 위해, 똑똑히 목격하기 위해 살아남겠다는 의지를 가져야 한다. [……] 우리가 노예일지라도, 아무런 권리도 없을지라도, 갖은 수모를 겪고 죽을 것이 확실할지라도, 우리에게 한 가지 능력만은 남아 있다. [······] 그 능력이란 바로 그들에게 동의하지 않는 것이다. 그러니까 우리는 당연히 비누가 없어도 얼굴을 씻고 윗도리로 몸을 말려야 한다. 우리가 신발을 검게 칠해야 하는 것은 규정이 그렇게 되어 있기 때문이 아니라, 우리 자신에 대한 존중과 청결함 때문이다. 우리는 나막신을 질질 끌지 말고 몸을 똑바로 세우고 걸어야 한다. 그것은 프로이센의 규율을 따르기 위해서가 아니라, 쓰러지지 않고 살아남기 위해서다.

무직자가 되고서 가장 처음 했던 좋은 일은 세수를 하지 않고서 아침을 보낸 것이었다. 아무도 없는 집에서 볕 드는 창가에 앉아 가만히 햇살에 얼굴을 맡기고 멍하니 시간을 보냈다. 회사도 안 가는데 내가 왜 씻어야 한단 말인가. 햇살 세수면 족한 것을. 충일감으로 마음이 차올랐다. 해방감으로 마음이 둥실거렸다. 그러다 며칠 지나지 않아 씻지 않는 이유가 바뀌었다. 우울해서 안 씻고, 게을러서 안 씻고, 불안해서 안 씻는 날들이 생겨났다. 그러다 슈타인라우프를 떠올렸다. 동물로 격하되지 않기 위해, 살아남으려는 의지를 잃지 않기 위해 비누가 없어도 씻기를 멈추지 않았던 늙은 군인. 존엄의 훼손에 분연히 맞선 그의 쟁투를 떠올리면 그 어느 것도 핑계가 되지 못했다.

아무 데도 가지 않지만, 아침에 일어나면 가장 먼저 샤워를 한다. 내게서 샤워젤의 좋은 냄새가 나면 비로소 안도한다. 불안하지만 불안하지 않다. 아무것도 아니어도 나는 괜찮다. 이대로 끝이어도 내 생은 괜찮다. 실패해도 나쁘지 않다. 사소한 선행과 사소한 보람과 사소한 기쁨들로 저 푸른 선인장처럼 나는 직립할 수 있다.

이른 새벽 가족 모두가 잠든 시간. 홀로 고요히 목욕을 한다. 아무도 만나지 않고, 아무 데도 가지 않지만, 꼼꼼히 오래 씻는다. 자기 존엄의 의식으로서의 목욕. 형용 못 할 참혹의 와중에도 인간의 존엄을 위해 씻기를 멈추지 않았던 한 아름답고 강인한 인간을 경의와 찬탄 속에 기리며, 경건한 마음으로 그의 단호한 말들을 떠올린다. 어떤 삶의 역경 속에서도 목욕하는 사람이 되겠다고 다짐하며, 오스트리아-헝가리 제국 하사관 슈타인라우프를 언제까지고 기억한다.

에필로그

— 최초의 혀

    6년 전, 미국 초등학교에 다니게 된 아이들을 픽업하러 학교 앞에 갔을 때였다. 교실에서 수업을 듣고 있어야 할 시간인데, 뒤에서 "엄마!" 하고 부르는 소리가 들렸다. 깜짝 놀라 뒤돌아보았으나, 다양한 피부색의 미국 유치원생들만 뛰어놀고 있었다. 잘못 들었구나 싶어 고개를 돌렸다. 하지만 이내 "엄마!" 소리가 또다시 들려왔다. 분명히 엄, 마, 였다. 화들짝 놀라 뒤돌아보았지만, 역시나 우리 아이들은 없었다. 이상한 일이지. 나는 뛰노는 꼬마들을 한 명씩 유심히 바라보았다. "엄마"라는 소리가 다시 들려왔고, 소리의 출처를 좇아 나는 재빠르게 고개를 돌렸다. 인도계 꼬마 아이였다. 엄마가 한국 사람인가? 아이가 폴짝거리며 뛰어가 품에 안긴 '엄마'는 그러나 인도계 여성이었다. 마마도 아니고, 마망도 아니고, 마미도 아니고, 무터도 아니고, 엄마라니. 몇 달 후 친해진 인도계 학부모에게 물어보니, 인도 남부 언어에서는 엄마가 '엄마'라고 했다. 한국어로도 엄마가 '엄마'라고 하니, 그도 놀랐다.

    전 세계 아기들이 최초로 발설하는 단어인 엄마에는 공통적으로 'ㅁ', 즉 m 소리가 들어간다. 인간이 내기 가장 쉬운 양순음이라서 그렇다. 우리가 엄마의 혀를 모방하며 최초의 언어를 익히는 까닭에 모국어가 '마더텅mother tongue'이고, 세계의 모든 M들은 그들의 혀로 우리를 언어화한다. 다문화국가인 미국에서는 모든 학생들이 엄마[부모]의 언어를 교육 당국에 보고해야 하는데, 엄마의 혀가 다른 언어를 사용하면 아무리 영어가 능숙해도 이 아이들의 모국어는 영어가 아닌 것으로 간주된다. 별도의 영어 교육이 필요한지 판별하기 위한 시험에 합격한 후에야 정규 수업 과정에 배정될 수 있다. 엄마의 혀는 그토록 강력한 것이다.

내 최초의 혀는 엄마의 혀고, 그것은 우리가 만들어내기 가장 쉬운 소리로 시작한다는 것. 촉촉하고 통통한 두 입술로, 때때로 침방울이 부풀어오르는 와중에, 아기들이 m 소리를 낸다. 그러면 젊었던 엄마는 "아이고, 내 새끼!" 손뼉을 치며 우리에게로 달려왔겠지. "엄, 마! 그렇지. 엄, 마! 아이고, 잘한다." 두 혀가 같은 소리를 내는 최초의 시간. M의 존재가 우주적으로 고양되는 시간.

엄마의 혀는 장차 얼마나 많은 일들을 하는가. 내 이름을 부르고, 우는 나를 달래고, 심통 난 나를 어른다. 흥얼흥얼 둥기둥기 자장가를 불러주고, 내 입에 들어갈 쌀죽이 뜨거운지 차가운지 온도를 잰다. 모태에서부터 들어온 엄마의 목소리, 엄마의 발음, 엄마의 어조, 엄마의 웃음소리, 그리고 울음소리. 이 나날들을 거치며 우리는 비로소 호모 로퀜스(Homo Loquens, 언어를 말하는 인간)가 된다.

노르망디 상륙작전에 관한 책을 읽었을 때였다. 이른 새벽 노르망디 해안에 내린 어린 병사들이 절벽 위 요새에 숨어 쏘아대는 나치군의 기관총에 속절없이 쓰러져갈 때, 붉은 바다에 들리는 것이라곤 파도 소리와 죽어가던 병사들이 외치던

"마마" 소리뿐이었다는 늙은 생존 병사의 회고를 읽고 울었다. 죽음의 순간, 그 극한의 고통 속에서 청년들은 "마마"를 불렀다. "마마"가 인간이 내기 가장 쉬운 양순음이어서만은 아니었을 것이다.

내 최초의 혀, 엄마는 내게 아주 순한 혀를 주었는데, 이상하게도 나는 아주 독한 혀를 가진 인간으로 자라나고 말았다. 순한 혀는 지루했다. 착한 혀로는 아무것도 바꿀 수 없다. 나는 많은 것을 바꾸고 싶었다. 나를 둘러싼 거의 모든 것들을 갖다 버리고 새로이 나의 세계를 구축하고 싶었다. 앞으로 나아가고 싶었다. 저 위로 올라가고 싶었다. 첫 대학입시에 실패하고 원치 않는 대학에 등록했을 때. 이대로는 새로운 세계를 구축할 수 없다는 것이 자명해서 학교를 때려치웠다. 재수종합학원에 들어갔지만 두 달쯤 다니고 보니 시간 낭비, 돈 낭비 같아 그마저도 때려치웠다. 홀로 학업에 매진하겠다는 야무진 각오는 그러나 나 같은 퀴터에겐 가당치도 않은 일. 나는 공부를 하는 대신 내 미래를 예측하는 데 대부분의 시간을 썼다. 내가 원하는 대학에 갈 수 있을까. 모의고사 문제집을 펼쳐놓고, 만일 실패하면 샤덴프로이데의 미소를 지을 이들의 목록을 자꾸 머릿속으로 작성하고 있었다. "하! 꼴좋다. 그냥 다닐 것이지, 잘난 척하더니." 아무리 생각해도 원래 학교로는 돌아갈 수 없을 것 같았다. 실패한다면, 나는 고졸이 되겠구나. 외줄타기를 하는 심정이었다. 아래를 쳐다보면 안 되는데, 그냥 앞만 보고 차분히 걸어가야 하는데, 도무지 무서워서 한 걸음도 뗄 수 없었다.

　이런 생각을 할 때마다 머리카락을 뽑기 시작했다. 밤이 새도록 잠을 이루지 못했고, 새벽녘이면 방바닥이 내가 뽑아놓은 머리카락으로 새까맣게 뒤덮었다. 아침에 일어나 그 꼴을 본 엄마가 정신과에 가보자고 말했다. 30년 전이다. 누굴 미친 사람 취급하냐고 펄쩍 뛰고서(훗날 알게 된 바로, 머리카락 뽑기는 '발모광'이라 불리는 행동 및 충동 장애로, 틱의 한 종류였다.) 낮에는 이불을 뒤집어쓰고 내동 잠만 잤다. 그렇게 여름이 다 가고 가을 바람이 불어오기 시작했다. 역사상 가장 더운 폭염이었다는데, 나는 몰랐다. 덥지 않았다.

　일요일 오후였다. 수능은 성큼 다가왔고, 은둔형 외톨이의 삶에 정신은 피폐할 대로 피폐해져 있었다. 불안을 피해 방으로 도망쳤지만, 불안이라는 거대한 괴물은 내가 숨 쉴 틈도 없이 그 방을 점거하고 있었다. 도저히 방에만 처박혀 있을 수 없어서 슬리퍼 차림으로 뛰쳐나갔다. 옷소매로 눈물을 훔치며 수유리 뒷골목을 헤매다녔다. 아무 데로나 마구 걸었다. 두 시간쯤 지났을까. 큰 십자가를 이고 있는 교회가 보였다. 처음 가본 동네의 처음 보는 교회 안으로 망설임도 없이 들어갔다. 오후 예배가 진행 중이었다. 나는 예배당 맨 뒤의 신도석 오른쪽 구석에 앉았다. 사람들이 찬송가를 불렀다. 익숙한 선율, 익숙한 노랫말. 인간이 만들어낸 가장 아름다운 것 중 하나. 젊은 목사가 성경을 읽기 시작했다. 하필이면 그 구절이었다.

수고하고 무거운 짐 진 자들아. 다 내게로 오라.
내가 너희를 쉬게 하리라.
—「마태복음」 11장 28절

나는 신도석 성경 받침대에 이마를 묻고 창자가 떨리도록 울음을 삼키기 시작했다. 바지 위로 후두두둑 눈물방울이 떨어지고 있었다. 신에게서 등 돌린 지 이미 오래고, 축복을 바라는 모든 기도를 경멸해온 오만한 소녀였다. 수능을 잘 보게 해달라는 기도 같은 건 떠오르지도 않았다. 다만 숨을 쉬고 싶었다. 불안과 싸우느라 한시도 쉬지 못한 내 가련한 영혼을 구해달라고, 불안에 번번이 패배하느라 만신창이가 된 어린 죄인을 용서해달라고 나도 모르게 빌고 있었다. 어떡하면 좋냐고 울면서 주께 빌었다.

한참을 울다가 저녁이 돼서야 돌아간 집 안은 발칵 뒤집혀 있었다. 엄마는 말도 없이 뛰쳐나간 내가 죽으러 나간 거라고 여겼다. 어디 가서 찾아야 하나 방법이 떠오르지 않아 넋이 나갔던 엄마가 내 등짝을 사정없이 후드려 팼다. 방바닥에 마주 앉아 엄마가 물었다. 도대체 뭐가 널 그토록 괴롭게 하는 거냐고. 아무 말도 하지 않는 내게 엄마는 대학 같은 거 안 나와도 된다, 그래도 잘 사는 사람이 천지다, 너한테 좋은 대학 가라고 한 사람 아무도 없다, 같은 위로의 말들을 끝도 없이 이어 갔다. 엄마의 순한 혀. 엄마의 다정한 혀. 나를 위로하는 엄마의 지혜로운 혀.

"엄마. 내가 안 괜찮아. 나는 좋은 대학에 가고 싶어. 근데, 못 갈 거야. 그동안 공부를 하나도 안 했거든. 다른 애들은 다 대학 잘 갔는데, 나만 이래. 걔들은 운도 좋던데, 나만 이 모양 이 꼴이야. 또 떨어지면 애들은 나를 비웃겠지. 그 생각을 하면…… 나는 살 수가 없어."

나는 또 울기 시작했다.

엄마의 눈에 맹렬하면서도 단호한 무엇이 스쳤다.

"그러니까 걔들 때문에 니가 괴롭다는 거냐, 지금?"

엄마가 물었다.

"그럼 안 보면 되잖아. 소식 안 알리면 되는 거잖아."

엄마가 말했다.

"엄마랑 시골 가서 살자. 너 글 쓰는 작가 되고 싶다고 했지? 대학 안 가도 그건 할 수 있잖아? 엄마가 시골에 식당 차려서 돈 벌게. 넌 거기 딸린 방에서 엄마가 주는 돈으로 먹고 살면서 글 써. 그까짓 기집애들이 뭐라 할까봐 걱정되는 거면 시골 가면 되는 거야. 걱정할 거 하나도 없어. 책 읽고 글 써. 너 하고 싶은 거 하고 살아. 엄마만 믿어."

놀랍게도, 귀가 솔깃했다. 몹시 마음에 드는 제안이었다.

진짜 그러면 되잖아. 남들 눈이 두려운 거라면 남들 눈에서 사라지면 되잖아. 나는 어느 시골의 식당 내실에 좌식책상을 하나 놓고 그 앞에 앉아 있는 내 모습을 떠올려보았다. 거기 앉아 내가 읽고 싶은 책을 읽으며 쓰고 싶은 글을 쓰는 내 모습이 너무도 마음에 들었다. 아무도 나의 소식을 모른다. 나는 누구의 시선도 신경 쓰지 않는다. 세상이 성공이라는 이름으로 만들어놓은 강철의 틀 안에 나를 꾸겨넣느라 생살이 까지고 가는 뼈가 바스러지는 고통을 겪지 않아도 된다. 숨이 쉬어졌다. 그래, 나는 시골로 갈 거야. 도망칠 거야. 세상 같은 건 더러워서 버리는 거지. 울음이 뚝 그쳤다. 수능 따위, 대학 따위, 그게 뭐라고. 몸이 붕 떠오르는 것 같은 가벼운 기분이 혈관을 따라 퍼졌다. 그것이 내가 최초로 경험한 구원이고 해방이었다는 것을 나는 훗날에야 알게 되었다. 엄마의 혀가 나를 구원한 것이다.

이튿날부터 나는 머리카락을 뽑지 않았고, 책상에 앉아 착착착 모의고사 문제집을 넘기기 시작했다. 나는 시골로 갈 거니까 이깟 문제 틀려도 그만인데, 이상하게도 정답을 너무 많이 맞히고 있었다. 며칠이면 문제집 한 권이 끝났다. 시골로 갈 건데, 공부가 왜 이렇게 잘되지. 이러면 안 되는데. 시골에 못 가는데. 수능을 치렀다. 나는 시골에 가지 못했다.

실패가 두려워 울고 있을 때마다 엄마의 혀는 나를 달랬다. 불안의 노예가 되어 옴짝달싹 못 할 때마다 엄마의 혀가 나를 나아가게 했다. "괜찮아. 엄마한테 돌아오면 돼." 엄마는 늘 말했다. 결혼을 망설이고 있을 때, 결국 이혼하게 될까봐 두려워 결정하지 못하고 있을 때, 엄마가 말했다. "야, 갔다가 아니면 돌아오면 되잖아. 여기 니 방으로 돌아와. 한 번도 안 가면 뭐 좋은 거 있지 않나 평생 궁금할걸. 갔다 오면 적어도 후회는 없다." 나는 웨딩드레스를 보러 갔고, 예식장을 예약했다.

　언제고 엄마에게 돌아갈 수 있다는 것. 그것이 내 삶의 중심축이었다는 걸 오래도록 몰랐다. 떠난다-실패한다-엄마에게 돌아간다. 이것이 내 삶의 핵심 서사 구조이며, 이 든든한 뒷배 덕분에 이제껏 세상을 주유할 수 있었다. 까짓것, 아니면 말고. 엄마한테 돌아가면 된다. 이 나이를 먹었어도 여전히 이 생각을 하면, 나는 힘이 나는 것이다.

　내게 시골로 가자던 엄마보다 이제 나는 나이가 더 많다. 그렇지만 그렇게 지혜롭고 현명한 사람은 되지 못해서, 불안과 우울로 힘겨워하는 내 아이에게 내 엄마 같은 엄마가 되지 못했다. 내 엄마의 혀가 내게 준 것을 나의 혀는 내 아이에게 주지 못했다. 나는 저널리스트니까, 사실을 말하고 현실을 정확히 인식시키는 게 중요하다고 생각했다. 온실 속에서 곱게 자라난 부르주아지의 청순함을 내 아이가 갖게 될까봐 때때로 독한 말들을 내뱉었다. 걱정 말라면 정말로 걱정을 하나도 안 할까봐 걱정이 되어서, 네가 걱정해야 할 일들의 목록을 종종 읊어주었다. 괜찮다고, 다 괜찮으니까 걱정 말라고, 엄마랑 시골로 가자고 단 한 번도 말해주지 않았다. 지는 들었으면서. 지는 받았으면서. 아이 상담선생님이 말했다. "이 아이에게 필요한 엄마는 시골 할머니처럼 '어이구, 우리 강아지.' 하면서 엉덩이 토닥토닥 해주는 엄마인데, 어머님은 너무 냉철하고 분석적이세요. 자꾸 원인을 분석하고 해법을 제시하려고 하지 마세요. 아이에게 필요한 건 그게 아니에요." 나는 억울했다. 다 잘될 거라고 말하면 다 잘되는가.

　　부모가 된 젊은이들은 성장 시절 자신이 겪은 결핍을 예외 없이 자식을 통해 해소하려 한다. 나는 엄마를 그렇게 좋아했으면서도, 도시 엘리트 여성을 엄마로 둔 아이들을 보면 마음속으로 엄마를 배신했다. 친구 집에 갔다가 잡지를 방불케 하는 매끄럽고 새하얀 종이 위에 국어며 산수 문제가 고급스럽게 인쇄된 '아이템풀' 학습지를 봤을 때였다. 풀지 않고 쌓여 있는 친구의 그 배달 학습지를 풀어보고 싶어서, 그 위로 한 번만 연필을 슥슥 그어보고 싶어서, 눈동자에 가득 담긴 갈망을 들키지 않으려 몸을 돌린 채 나는 친구의 학습지를 한 장씩 가만히 넘겨보았다. 저런 걸 시켜주는 엄마가 나도 있었으면, 풀다가 모르는 문제가 있으면 다정하게 설명해줄 엄마가 내게도 있었으면. 그 친구가 누구였는지 기억도 나지 않는데, 그 순간 느낀 갈망과 죄의식은 지금도 내 얼굴을 붉힌다.

　　없는 것만이 소중하다. 지금 내가 쥐고 있는 건 의식조차 하지 못한다. 그래서 인간이 어리석은 존재다. 그깟 학습지,

시켜줘봐야 안 풀고 쌓였을 것이다. 어린 마음에 뭐가 그렇게 사무쳐서 나중에 내 자식한테는 꼭 시켜주리라, 미리부터 결심을 했을까.

남편만 믿고 있다간 자식들 공부도 못 시킬 것 같아 두려워, 엄마는 두 눈 질끈 감고 그 무서운 세상 속으로 뛰어들었다. 허름한 테이블 세 개짜리 식당에서 혼자 아귀찜이며 해물탕을 만들어 팔며 엄마는 태어나 처음으로 돈을 벌었다. 밤늦은 시간, 건달 같은 사내들이 떼를 지어 들어오면 엄마는 심장이 벌렁거려 주문도 받지 못했다. 약해 보이면 안 되니까 엄마는 도마를 식칼로 탕 내려치고 용기를 내 뭘 먹겠냐고 큰소리로 물었다. 밥 잔뜩 퍼주고 반찬 후하게 담아주면 건달들도 순하더라고, 인간을 인간답게 대접하면 별일 없더라고, 엄마가 말했다. 아내의 경제활동에 고무된 건지, 위기의식을 느낀 건지, 아빠도 '나는 이런 일을 할 사람이 아니다.'라는 체면을 벗어던진 채 생업전선에 뛰어들었다. 부모가 그렇게 번 돈으로 우리 가족은 단칸방을 탈출했고, 고3이 되어 나는 처음으로 내 방을 갖게 되었다. 대학에 갔고, 학비를 벌기 위해 아르바이트를 전전하지 않아도 되는 특권을 누리며 공부의 즐거움을 만끽했다. 엄마가 내게 준 것들이 너무 좋아서 나는 자주 행복했다. 엄마가 내게 준 가장 좋은 것이 돈이었다고, 그렇게 착각했다.

얼마 전 아이들을 데리고 엄마한테 갔다. 거실에 이불을 펴놓고 아이들이 할머니랑 같이 잤다. 엄마가 큰애의 이름을 다정하게 부르며, 칠흑 같은 어둠 속에서 가만히 이야기를 시작했다. "우리 애기가 왜 불안할까. 엄마 아빠가 열심히 일궈놓은 꽃밭에서 재밌게 뛰어놀면 되는데, 뭐가 걱정이 그렇게 많아. 어디 엄마 아빠뿐이야. 여기 있는 외할머니 외할아버지, 또 친할머니 친할아버지, 모두 다 빙 둘러싸서 너를 지켜주고 있는데, 넘어지지 말라고, 넘어지면 일으켜 세워줄라고 다 지켜보고 있는데, 왜 불안해. 걱정하지 말어, 응?" 엄마가 돌아누워 멀대처럼 키가 큰 손주의 이마를 쓰다듬는다. 나를 진정시켰던 다정한 말. 나를 달래줬던 사려 깊은 말. 새빨갛게 들어온 편도체의 불을 꺼주는, 쪼그라들었던 전전두엽이 비로소 귀를 쫑긋하게 만드는, 내 엄마의 자애롭고 지혜로운 혀. 내가 너무 뒤늦게 흉내 내기 시작한 내 최초의 혀. 그렇지, 엄마가 내게 준 가장 귀한 것은 바로 이거였지. 실패해도 괜찮다는 말, 언제든 엄마한테 돌아오라는 말, 엄마랑 같이 어디든 도망가자던 말.

　너무 많은 이야기들을 쏟아놓는다는 생각에 돌연 백스페이스를 누르던 순간이 적잖이 있었다. 나는 왜 발가벗는가. 무엇을 위해 누가 시키지도 않는데 발가벗고 있는가. 그러나 책을 쓰고 읽는다는 건 저자와 독자가 오롯이 둘이만 만나 서로 발가벗는 행위라고 여기며 살아왔다. 그 내밀한 소통의 순간을 위해 우리는 독서라는 이 시대착오적인, 힘겨운 노동을 하는 것이다. 저자에게서 위선과 가식의 기미를 느낄 때마다 불쾌해진 기분으로 주섬주섬 옷을 챙겨 입었던 독서의 순간들을 떠올리며, 발가벗기 싫다면 책을 써선 안 된다고, 그것이 공평한 처사라고 스스로를 달래며 Command+Z를 눌렀다. "도덕적이면서 또한 솔직해야 한다는 데 딜레마가 있다"고 앙드레 지드는 말했다. "광기가 불러주고 이성이 받아쓰는 것들만이 아름다운 것들이다."라고도 했다. 도덕적이었는지, 이성적이었는지는 모르겠다. 하지만 솔직하려고는 노력했고, 광기 어린 미친 인간이었던 것은 맞는 것도 같다.

이런 광기 어린 인간을 낳아 기르느라고 혼이 빠졌을 나의 어질고 현명한 엄마. 스트리트 스마트street smart라는 표현을 고교 시절 리더스 다이제스트에서 처음 봤을 때부터 나는 엄마를 떠올렸더랬다. 북 스마트book smart가 되고 싶어 몸이 달아 있을 때에도 어렴풋이 알고 있었다. 스트리트 스마트와 북 스마트가 싸우면 전자가 이긴다는 것을 말이다. 그리고 남몰래 은밀한 자부심도 느꼈다. 우리 엄마는 내게 스트리트 스마트의 유전자를 물려줬다 이거야. 단칸방에 배 깔고 엎드린 채 엄마가 까주는 찐고구마 먹으며 김수현 드라마를 보던 유년 시절, 나는 이미 인간에 대한 거의 모든 것을 배웠던 것 같다. 엄마의 통찰 넘치는 논평과 윤리적 준거가 어린 내게 이루 말할 수 없는 지적 희열을 주었다. 원미경은 정애리한테 그러면 안 되는 거였다! 내게 결여된 것에만 정신이 팔려 그 단호하고 통렬한 서민의 언어가 어떻게 나를 조련했는지 미처 인식하지 못했다. 엄마의 혀가 내게 가르쳐준 것들. 하지만 혼자 배웠다고 시건방 떨며 우겼던 것들. 이제 각주를 달고, 인용의 출처 표시를 해야 할 시간이다. 내 최초의 혀, 엄마. 내가 가진 가장 좋은 것은 엄마에게서 왔고, 내가 가진 가장 나쁜 것은 엄마 말을 듣지 않은 탓이다.

여기 쓰인 글들은 내가, 다른 누구도 아닌, 우리 엄마 딸이었기 때문에 쓸 수 있었던 것임을 밝혀둔다. 그래도 괜찮다면, 엄마에게 바친다.

---

† 1984년 방영됐던 MBC 드라마 「사랑과 진실」을 볼 때였다. 언니 정애리의 출생의 비밀을 훔쳐 부잣집 딸이 된 원미경의 욕망과 그것을 납득게 하는 그녀의 미모에 어린 내가 넋을 놓고 있을 때마다, 어김없이 엄마의 혀 차는 소리가 들려오곤 했다. "어휴, 나쁜 년!" 그러면 나는 퍼뜩 정신을 차리곤 했다. 자기 힘으로 대학에 가고, 미국 유학을 갔던, 자기 삶을 향한 진지함과 성실성으로 결국 진정한 사랑까지 성취했던 정애리에게 엄마가 홀딱 반해 있던 덕분에, 드라마가 끝날 때쯤 나는 정애리 같은 여자가 되고 싶었다.

‡ 앙드레 지드의 말은 알베르 카뮈의 『작가수첩 II』에서 재인용했다.

주

83~84쪽   아르놀트 하우저(백낙청·염무웅 옮김),『문학과 예술의 사회
         사 4』, 창비, 2016, 133~134쪽.

98~99쪽   미셸 에켐 드 몽테뉴(민희식 옮김),『몽테뉴 수상록』, 육문사,
         2013, 45쪽, 48쪽, 49쪽.

107쪽   프리드리히 니체(곽복록 옮김),『비극의 탄생』, 범우사, 1995,
         44쪽, 51쪽, 72~74쪽.

108쪽   위의 책, 142쪽.

108~109쪽 위의 책, 84~85쪽.

110쪽   위의 책, 143쪽.

113쪽   애거서 크리스티(김시현 옮김),『애거서 크리스티 자서전』,
         황금가지, 2014, 19쪽.

136쪽   오언 깅그리치·제임스 맥라클란(이무현 옮김),『지동설과 코
         페르니쿠스』, 바다출판사, 2006, 107쪽.

137쪽   위의 책, 195쪽.

151쪽   후지와라 신야(이윤정 옮김),『인도방랑』, 작가정신, 2009,
         16쪽.

165쪽   전혜린,『이 모든 괴로움을 또다시』, 민서출판사, 1998,
         201쪽.

200쪽   요한 볼프강 폰 괴테(전영애·최민숙 옮김),『괴테 자서전: 시
         와 진실』, 민음사, 2009, 저자 약력.
         미셸 에켐 드 몽테뉴(민희식 옮김),『몽테뉴 수상록』, 육문사,
         2013, 219쪽.

201쪽   존 스튜어트 밀(서병훈 옮김),『자유론』, 책세상, 2017, 저자
         약력.

205~207쪽 알베르 카뮈(김화영 옮김),『최초의 인간』, 열린책들, 2009,

11쪽, 168~172쪽, 183쪽.

207~208쪽   위의 책, 345~346쪽.

211~212쪽   밀란 쿤데라(김병욱 옮김), 『배신당한 유언들』, 민음사, 2013, 263~264쪽.

218~219쪽   오에 겐자부로(송태욱 옮김), 『말의 정의』, 뮤진트리, 2014, 13~15쪽.

247쪽   알베르 카뮈(김화영 옮김), 『작가수첩 III』, 책세상, 1998, 119쪽.

258쪽   리베카 솔닛(김명남 옮김), 『길 잃기 안내서』, 반비, 2018, 65쪽.

265쪽   아르놀트 하우저(염무웅·반성완 옮김), 『문학과 예술의 사회사 3』, 창비, 2016, 200~201쪽.

272쪽   알랭 드 보통(정영목 옮김), 『여행의 기술』, 청미래, 2025, 228쪽.

273쪽   크리스티안 헬무트 벤첼(박배형 옮김), 『칸트 미학』, 그린비, 2012, 233쪽.

274쪽   이마누엘 칸트(이석윤 옮김), 『판단력비판』, 박영사, 1996, 132쪽.

278쪽   이마누엘 칸트(백종현 옮김), 『실천이성비판』, 아카넷, 2009, 271쪽.

285쪽   리처드 리브스(김승진 옮김), 『20 VS 80의 사회』, 민음사, 2019, 93쪽, 106쪽.

291~292쪽   프리드리히 니체(장희창 옮김), 『차라투스트라는 이렇게 말했다』, 민음사, 2004, 19쪽.

295~297쪽   제임스 미치너(이종인 옮김), 『작가는 왜 쓰는가』, 예담, 2016, 157~164쪽.

305쪽   위의 책, 187쪽.

321쪽   프리모 레비(이현경 옮김),『이것이 인간인가』, 돌베개,
        2007, 241쪽.

322쪽   위의 책, 187쪽.

323쪽   로맹 가리(김남주 옮김),『새들은 페루에 가서 죽다』, 문학동
        네, 2007, 21쪽.
        프리모 레비(이현경 옮김),『이것이 인간인가』, 돌베개,
        2007, 312쪽.

324쪽   위의 책, 135쪽, 149쪽.

325쪽   위의 책, 139~140쪽, 56쪽.

326~327쪽 위의 책, 57~58쪽.

342쪽   알베르 카뮈(김화영 옮김),『작가수첩 II』, 책세상, 2002, 11쪽.

참고자료

책

김동리 외,『소년소녀 세계위인전집 1』, 계몽사, 1978.

로맹 가리(김남주 옮김),『새들은 페루에 가서 죽다』, 문학동네, 2007.

리베카 솔닛(김명남 옮김),『길 잃기 안내서』, 반비, 2018.

리처드 리브스(김승진 옮김),『20 VS 80의 사회』, 민음사, 2019.

무라카미 하루키(양윤옥 옮김),『직업으로서의 소설가』, 현대문학, 2016.

미셸 에켐 드 몽테뉴(민희식 옮김),『몽테뉴 수상록』, 육문사, 2013.

밀란 쿤데라(김병욱 옮김),『배신당한 유언들』, 민음사, 2013.

샤를 피에르 보들레르(김붕구 옮김),『악의 꽃』, 민음사, 1974.

아르놀트 하우저(염무웅·반성완 옮김),『문학과 예술의 사회사 3』, 창비,
　　2016.

아르놀트 하우저(백낙청·염무웅 옮김),『문학과 예술의 사회사 4』, 창비,
　　2016.

알랭 드 보통(정영목 옮김),『여행의 기술』, 청미래, 2025.

알베르 카뮈(김화영 옮김),『작가수첩 II』, 책세상, 2002.

알베르 카뮈(김화영 옮김),『작가수첩 III』, 책세상, 1998.

알베르 카뮈(김화영 옮김),『최초의 인간』, 열린책들, 2009.

애거서 크리스티(김시현 옮김),『애거서 크리스티 자서전』, 황금가지, 2014.

어니스트 헤밍웨이(주순애 옮김),『파리는 날마다 축제』, 이숲, 2012.

에리카 종(이진 옮김),『비행공포』, 비채, 2013.

오언 깅그리치, 제임스 맥라클란(이무현 옮김),『지동설과 코페르니쿠스』,
　　바다출판사, 2006.

오에 겐자부로(송태욱 옮김),『말의 정의』, 뮤진트리, 2014.

요한 볼프강 폰 괴테(전영애·최민숙 옮김),『괴테 자서전: 시와 진실』, 민음
　　사, 2009.

움베르토 에코(이윤기 옮김), 『장미의 이름』, 열린책들, 2002.

이마누엘 칸트(백종현 옮김), 『실천이성비판』, 아카넷, 2009.

이마누엘 칸트(이석윤 옮김), 『판단력비판』, 박영사, 1996.

전혜린, 『이 모든 괴로움을 또다시』, 민서출판사, 1998.

제임스 미치너(이종인 옮김), 『작가는 왜 쓰는가』, 예담, 2016.

존 스튜어트 밀(서병훈 옮김), 『자유론』, 책세상, 2017.

크리스티안 헬무트 벤첼(박배형 옮김), 『칸트 미학』, 그린비, 2012.

프리드리히 니체(곽복록 옮김), 『비극의 탄생』, 범우사, 1995.

프리드리히 니체(장희창 옮김), 『차라투스트라는 이렇게 말했다』, 민음사,
    2004.

프리모 레비(이현경 옮김), 『이것이 인간인가』, 돌베개, 2007.

필립 로스(정영목 옮김), 『미국의 목가』, 문학동네, 2014.

후지와라 신야(이윤정 옮김), 『인도방랑』, 작가정신, 2009.

Dr. Seuss, *Horton Hatches the Egg*, Random House Books for Young
    Readers, 2004.

Ernest Hemingway, *The Old Man and the Sea*, Scribner, 1995.

Samuel Taylor Coleridge, *The Rime of the Ancient Mariner*, Vintage
    Classics, 2014.

신문 기사

「우울증·불안장애로 진료받은 아동-청소년, 4년새 80% 늘었다」, 《동아
    일보》, 2025년 10월 6일.

「48년 전 캐나다로 입양된 안젤라 "친엄마에게 행복한 모습 보여주고
    싶어"」, 《한겨레》, 2019년 7월 10일.

「작년 초중고 학생 자살 214명, 역대 최고치… 8년 만 두 배 늘었다」,

《한국일보》, 2024년 9월 26일.
「구두 닦는 아버지의 '메모지 과외' 光났다」, 《한국일보》, 2011년 5월 15
일.

영화 및 드라마
가브리엘 살바토레, 「지중해」, 1991.
스티븐 스필버그, 「더 포스트」, 2017.
알폰소 쿠아론, 「로마」, 2018.
애런 소킨, 「뉴스룸」, 2012~2014.
제임스 캐머런, 「타이타닉」, 1997.
토머스 매카시, 「스포트라이트」, 2015.

그저 하루치의 낙담

1판 1쇄 펴냄 2025년 12월 17일
1판 3쇄 펴냄 2026년 2월 18일

지은이 박선영

편집 최예원 박아름 최고은
미술 김낙훈 한나은 김혜수
전자책 이미화
마케팅 정대용 허진호 김채훈 홍수현
　　　이지원 이지혜 이호정
홍보 이시윤 김유경
저작권 한문숙 송지영 전은서 이지민
제작 임지헌 김한수 임수아 권순택
관리 박경희 김지현 박성민

펴낸이 박상준
펴낸곳 반비

출판등록 1997. 3. 24.(제16-1444호)
(06027) 서울시 강남구 도산대로1길 62
강남출판문화센터
대표전화 515-2000 팩시밀리 515-2007
편집부 517-4263 팩시밀리 514-2329
글 ⓒ 박선영, 2025. Printed in Korea.

ISBN 979-11-94087-94-6 (03810)
반비는 민음사출판그룹의 인문·교양
브랜드입니다.

만든 사람들
책임편집 박아름
디자인 한나은
조판 순순아빠